Horst Bosetzky/Jan Eik

# Nach Verdun

## Kappes vierter Fall

Kriminalroman

Jaron Verlag

**Horst Bosetzky** alias -ky lebt in Berlin und gilt als «Denkmal der deutschen Kriminalliteratur». Mit einer mehrteiligen Familiensaga sowie zeitgeschichtlichen Spannungsromanen avancierte er zu einem der erfolgreichsten Autoren der Gegenwart. Zuletzt erschien von ihm der biographische Roman «Skandal um Zille» (2013). Für die Reihe «Es geschah in Berlin» verfasst er zudem regelmäßig Kriminalromane.

**Jan Eik**, geboren 1940 in Berlin als Helmut Eikermann, ist seit 1987 freiberuflicher Autor und Publizist. Er schrieb zahlreiche Kriminalromane und -erzählungen sowie Hör- und Fernsehspiele. Zu seinen Veröffentlichungen gehören u. a. «Der Berliner Jargon» (2009) und «Schaurige Geschichten aus Berlin» (Neuausgabe 2013). Für die Reihe «Es geschah in Berlin» verfasste er mehrere Bände.

Originalausgabe
2. Auflage 2014
© 2008 Jaron Verlag GmbH, Berlin
Alle Rechte vorbehalten. Jede Verwertung des Werkes und aller seiner Teile ist nur mit Zustimmung des Verlages erlaubt.
Das gilt insbesondere für Vervielfältigungen, Übersetzungen, Mikroverfilmungen und die Einspeicherung und Verarbeitung in elektronischen Medien.
www.jaron-verlag.de
Umschlaggestaltung: Bauer + Möhring, Berlin
Satz: LVD GmbH, Berlin
Druck und Bindung: Clausen & Bosse, Leck

ISBN 978-3-89773-585-9

# EINS

SEIT DIENSTAG, dem 4. Februar 1916, lag die Kompanie in der Nähe von Chaumont in Stellung, gleich hinter der Eisenbahnlinie, die Verdun einstmals mit dem Norden verbunden hatte. Von dem ansteigenden Gelände aus waren im Süden deutlich die Ruinen von zwei kleinen Dörfern zu erkennen, Flabas und Ville. Dahinter lag düster der Caures-Wald, durch dessen nördliche Zipfel sich die Frontlinie schlängelte.

Mehr über die Gegend wusste keiner aus dem ganzen Zug. Nicht einmal der oberschlaue Oberlehrer Seifert, der mit seinem Geschwafel allen auf die Nerven ging. Dass sie sich einige Kilometer nördlich von Verdun befanden und dass diese schwerbefestigte Stadt das Ziel ihres Angriffs sein würde, brauchte er niemandem mehr zu erklären, dennoch wiederholte er es zwölfmal am Tag. Jeder wusste, dass man die 5. Armee unter dem Oberbefehl des Kronprinzen nur zu diesem Zweck hierher verlegt hatte. Die Offiziere taten dennoch sehr geheimnisvoll, insbesondere der Oberleutnant von Zabelsdorff. Der stolzierte umher, als habe er den Plan für die Offensive mit dem Kronprinzen persönlich entworfen.

Seit Zabelsdorff kurz nach Weihnachten den Befehl übernommen hatte, war es ihm gelungen, sich mit seinen Garnisonsmanieren bei jedermann gründlich unbeliebt zu machen. Nur Seifert kroch ihm in den Hintern. Die anderen – gewiefte Frontschweine, die sie waren – gingen ihm aus dem Weg, soweit das zwischen den zerschossenen Häusern des kleinen Fleckens überhaupt möglich war. Von Wegen oder gar Straßen konnte sowieso keine Rede sein. Es regnete seit Tagen, und alles versank nach und nach immer tiefer im Schlamm.

«Jenau wie daheim in Astpreißen», stellte der Riesenkerl Böwert mit seiner gewohnten stoischen Ruhe fest, während Heinrich Pietsch vergeblich nach begehbaren Stellen im aufgeweichten Grund fahndete. Als Großstädter war er es nicht gewohnt, bei jedem Schritt ins Bodenlose zu versinken – in Stiefeln aus Ersatzleder und mit Holzsohle. Dieser ganze Krieg stank ihm zum Himmel. Wenn er eine Möglichkeit gesehen hätte zu desertieren, hätte er es getan. Doch wohin sollte man sich in dieser zerschossenen Ödnis wenden? Und wie würden die Kameraden reagieren?

Der kleine Ludwig mit der verstimmten Mundharmonika würde vermutlich gar nichts merken, aber sein hasserfüllter Rivale Clement, Primgeiger in einem Berliner Vorstadt-Theater, hatte seine Heimtücke und seine ruhige Hand beim Zielen mehr als einmal bewiesen. Und Seifert, das Oberarschloch, würde in Geschrei ausbrechen, noch bevor er zehn Schritte getan hätte.

Der einzige aufgeweckte Kerl, mit dessen Verständnis er wohl rechnen könnte, schien ihm sein Vornamensvetter und Altersgenosse Schimaniak zu sein, mit dem er sich ein wenig angefreundet hatte. Straßenbahnschaffner war der, irgendwo in einem Kaff östlich von Berlin, und in seinem ganzen Auftreten eben ein richtiger Kleinstädter und Mucker, zu keiner Widerrede bereit. Nicht etwa, dass Pietsch zu besonderer Widersetzlichkeit neigte. Das konnte er sich in seinem Beruf gar nicht leisten. Als Verkäufer von Herrenkonfektion in einem der ersten Berliner Ausstattungshäuser war er es gewohnt, gegenüber Kunden und Vorgesetzten Diskretion und Distinktion an den Tag zu legen.

Beim Spieß Marschallek kam er mit diesem Verhalten auch einigermaßen durch. Das war ein richtiger Beamter, und solange man den Korrekten spielte, ging alles gut. Nur bei von Zabelsdorff half das alles nichts. Wie er es auch immer anfing – der verfluchte Kompaniechef hatte ihn auf dem Kieker. Irgendetwas fand er immer auszusetzen an dem «Koofmich», wie er Pietsch allzu gerne titulierte. Pietsch war kein Koofmich! Pietsch war Herrenkonfektionär. Das Beharren auf dieser Berufsbezeichnung hatte ihm allerdings nur vier Stunden Exerzierübung im Schlamm eingebracht. Das würde er dem Oberleutnant eines Tages heimzahlen!

Dem Mistkerl von Kompaniechef hatte er auch sein elegantes Menjou-Bärtchen opfern müssen. «Undeutsche Rotzbremse», hatte von Zabelsdorff gehöhnt. Als wären der Kaiser und Hindenburg kahlgesichtig!

Gemeinsam mit dem jungen Leutnant von Hiebenthal, auf den Zabelsdorff aus Sicht der Mannschaften einen ausgesprochen ungünstigen Einfluss ausübte, hatte ebendieser das einzige bewohnbare Gebäude in Chaumont für sich requiriert und residierte darin, als handle es sich um das kaiserliche Schloss. Natürlich hatte sich auch Leutnant d. R. Wittkopp dort einquartiert. Und betrübt feststellen müssen, dass hier nach anderthalb Kriegsjahren selbst für einen bescheidenen Sammler von Kunst und Antiquitäten nichts mehr zu holen war. Vorbei die schönen Zeiten in Belgien und im Lothringischen, wo er manches schöne Stück erbeutet hatte.

In der Nacht zum 12. Februar rückte die Kompanie bei strömendem Regen bis in die vordersten Stellungen vor. Am Morgen erwarteten sie jede Minute das Angriffssignal. Doch es blieb an diesem Tag aus – und in den nächsten neun Tagen ebenfalls. Erst am 21. Februar setzte sich die Armee mit ihrer geballten Feuerkraft in Bewegung.

Es wurden furchtbare Tage und Nächte. Die Nässe und der kalkige Schlamm verwandelten die Kompanie innerhalb von Stunden in eine Truppe weißgrauer Gestalten, die sich vergeblich in dem aufgeweichten Boden festzukrallen versuchten. Nachdem sie die Unterstände der eigenen und der französischen Frontlinie hinter sich gelassen hatten, suchten die Männer hinter jedem Baumrest, hinter jeder Bodenwelle Schutz, immer wieder angetrieben von dem Befehl: «Vorwärts! Vorwärts!»

Eine endlos lange Woche war vergangen, und noch immer lagen sie im Dreck, kaum ein Dutzend Kilometer von ihrem Ausgangspunkt entfernt, wo sie ihr Gepäck zurückgelassen hatten. Klarte es einmal auf, erahnte man rechts das Flusstal der Marne. Von Süden her flogen im Minutenabstand die schweren Geschosse der französischen Artillerie heran, hinter ihnen antworteten die 38er und die 42er der Dicken Bertha.

Die Mannschaftsstärke der Kompanie war auf knapp die Hälfte geschrumpft. Dem kleinen Ludwig hatte ein Granatsplitter den Hals zerfetzt. Ungerührt hatte Böwert am Abend dessen Verpflegung in Empfang genommen und vollständig vertilgt.

Die versprochene Ablösung ließ ebenso auf sich warten wie an den meisten Tagen das Essen. Gerade hatte man ihnen ein paar zusätzliche Notrationen bewilligt. Böwert wurde immer aufsässiger, und Heinrich Pietsch stand ihm kaum nach mit seinem wortlosen Widerstand gegen alles, was von Zabelsdorff anordnete. Selbst der friedliche Schimaniak begann allmählich zu rebellieren.

Von Zabelsdorff, von irgendeinem wirren Papier angestiftet, begann von Stoßtruppunternehmungen zu faseln, für die er die Männer bereits in Chaumont auszubilden versucht hatte: «Nur der rücksichtslose Drang jedes einzelnen Soldaten nach vorn in Verbindung mit der hervorstechenden Kampfkraft eines Stoßtrupps schafft den Erfolg! Die Hauptaufgabe eines solchen Stoßtrupps besteht in der Wegnahme vorgeschobener Sappen, Flankierungsanlagen, Maschinengewehrstellungen und verteidigter Unterstände sowie im Aufrollen von Gräben.»

Eines Abends war es dann so weit. Der feindliche Beschuss hatte ein wenig nachgelassen. Sie hofften, in einem zerschossenen französischen Unterstand, in dem ein grauenvoller Verwesungsgeruch hing, etwas Ruhe zu finden, als die Essenholer eintrafen, begleitet von dem tiefgebückt schleichenden Oberleutnant.

Der ließ ihnen keine Zeit für eine ruhige Mahlzeit. «Männer!», sagte er mit unterdrückter Stimme. «Es ist so weit! In einem kühnen Stoßtruppunternehmen werden wir die vom Feind gehaltene Höhe 317 nehmen, die uns den Weg zur Marne versperrt.»

«Herr Oberleutnant, dort is äin dickes MG-Nest!», wandte Böwert ein. Er war der Einzige, der schon kaute.

«Na eben, Böwert! Und Sie mit Ihrer Kraft werden es ausräuchern!»

Böwert sah Pietsch an und der ihn.

«Es ist so gut wie keine Deckung vorhanden», wagte Schimaniak anzumerken. Die Höhe vor dem Talou-Rücken, die sich kaum gegen den dunklen Himmel abzeichnete, lag kahl und nur von einem schütteren Rest zerschossener Baumstümpfe umgeben vor ihnen. Sie kannten das Gelände. Die Flieger hatten sogar Luftaufnahmen geliefert.

«Sie können ja warten, bis man Ihnen eine eigene Brustwehr errichtet!», fuhr von Zabelsdorff Schimaniak an. «Ich verbitte mir alle Widerreden!»

Er gönnte ihnen kaum Zeit zum Essen und setzte seine Einweisung währenddessen fort. «Ausrüstung des Stoßtrupps: Patronen in Rocktaschen oder Brotbeutel, möglichst viele Handgranaten. Zwei Sandsäcke mit je drei, vier Handgranaten um den Hals, Drahtschere am Koppel, Gewehr ohne Seitengewehr umgehängt auf dem Rücken, Pionierschanzzeug im Futteral am Koppel, dazu weitere Handgranaten. Angriff frontal oder noch besser von der Flanke her im Graben, entsprechend ‹Stoßtrupp im Angriff›! Böwert als bester Werfer voran. Dazu Seifert, damit ein bisschen patriotische Stimmung aufkommt. Schimaniak darf meinetwegen noch den Kanisterdeckel als Schutzschild mitnehmen. Dazu Clement, der ja angeblich immer die erste Geige gespielt hat.»

«Nur wir viere, Herr Oberleitnant?», erkundigte sich Böwert ungläubig.

«Warten Sie gefälligst ab!», donnerte der zurück. «Grundsatz ist, zur Vermeidung unnötiger Verluste und gegenseitiger Behinderung, einen Trupp nur so stark zu machen, wie es zur Erreichung der gestellten Aufgabe notwendig ist. Verstanden?»

Er nannte einen weiteren Namen und musterte das Häufchen der Übriggebliebenen. «Na, gibt's noch einen Freiwilligen? Wenn's klappt, ist das Eiserne Kreuz sicher!»

Niemand rührte sich. Alle wussten, wen von Zabelsdorff noch

auswählen würde. Doch er legte es darauf an, den Betroffenen zappeln zu lassen. «Basteln Sie sich zwei, drei geballte Ladungen, falls es Hindernisse gibt», sagte er und dann, wie nebenbei: «Koofmich Pietsch, das ist doch 'ne Aufgabe wie geschaffen für Sie!»

Eine Stunde später zogen sie los. Es regnete wieder einmal in Strömen. Das Feuer aus Richtung der Franzosen war stärker geworden, aber die Maschinengewehre schossen wenigstens nicht von der Höhe. Man hatte den Trupp offensichtlich noch nicht bemerkt ...

Doch in den Drahtverhauen und Unebenheiten zwischen den nur von ferne kahl wirkenden Baumstümpfen blieb ihr Unternehmen hoffnungslos stecken. Die Helmspitzen der ledernen Pickelhauben hatten sie weisungsgemäß längst abmontiert, um damit nirgends hängenzubleiben, doch an eine andere Gefahr hatte niemand gedacht: Der Regen weichte die papierenen Sicherungskappen der Handgranaten auf.

Seifert, der ein wenig zurückgeblieben war, versuchte vergebens, sich durch ein Gewirr von Stacheldraht aus einer flachen Mulde zu befreien, als sich die am Stiel der Handgranate baumelnde Abreißschnur in dem Draht verfing und die Explosion auslöste.

Sofort setzte heftiges MG-Feuer ein. Clement schrie auf und warf sich wie alle anderen zu Boden. Böwert lag etwa zehn Meter entfernt hinter einem Baumstumpf. Pietsch und Schimaniak, zwei geballte Ladungen am Körper, kauerten nebeneinander. «Keinen Schritt weiter!», murrte Schimaniak. Pietsch schwieg. Eine MG-Garbe strich eine Handbreit über sie hinweg. Sie duckten sich noch tiefer. Jeder hatte neben sich ein Bündel aus sieben Handgranatenköpfen, die Sprengkapseln in den Öffnungen mit Hölzchen festgeklemmt und mit Draht um einen weiteren Kopf herumgebunden. Man musste nur den Stiel mit der Sprengkapsel einschrauben und abreißen – und nach fünfeinhalb Sekunden würde die achtfache Ladung krepieren.

Rechts neben Pietsch war das Gelände ein wenig abschüssig, wie er im Feuerschein einer einschlagenden Granate bemerkte. Er griff nach der Ladung und stellte sie wie ein Rad auf. Beinahe von selbst kullerte sie den sanften Hang hinunter. Im Lärm der Feuerstöße, die jetzt hinter ihnen erwidert wurden, hörte er nicht, ob das Bündel irgendwo an einem Baum oder im Draht hängenblieb. «Wir müssen hier weg!», sagte er rau.

Der Kamerad, an dessen Namen sich Pietsch nicht erinnerte, kroch heran. «Der Clement ist schwer verwundet», keuchte er.

Clement, ein falscher Fuffziger, wie ihn Pietsch insgeheim nannte, seit der ihn einmal beim Spieß verpfiffen hatte, lag nur wenige Schritte entfernt und stöhnte. «Wir bringen dich zurück», versprach ihm Schimaniak. Leise rief er nach Böwert, der auch antwortete.

Wieder setzte das MG ein.

«Lass das Scheißding hier liegen», zischte Pietsch zu Schimaniak, der noch immer die geballte Ladung schleppte. «Da braucht nur ...»

Ja, es brauchte nur ein Fünkchen oder eine Kugel, um eine der Sprengkapseln zur Explosion zu bringen. Was genau es war, erfuhr niemand. Ein Feuerschlag flammte auf und hinterließ Tod und Verderben.

# ZWEI

ES GING auf Feierabend zu. In dem schmalen Laden in der Seitenstraße war es schon fast dunkel. Dennoch trödelten noch immer zwei Kundinnen im schummrigen Licht herum, obwohl Erich Röddelin schon zweimal vernehmlich geäußert hatte, die Warenvorräte seien für heute erschöpft – bis auf Kaffee-Ersatz, Rübenmarmelade und saure Gurken, die in ihrem Fass vor sich hin stanken.

Das bisschen, was sonst noch vorhanden war, gedachte er nicht mehr heute Abend und schon gar nicht an solche Figuren zu verkaufen wie die beiden ärmlich gekleideten Weibsen. Solche Gestalten kannte er zur Genüge. Die hofften jedes Mal, was Besonderes zu erhaschen – und versuchten am Ende, auch noch anschreiben zu lassen.

*Kredit is nich – der's tot,* hatte Erich mal über einer Wirtshaustheke gelesen. Der Spruch hatte ihm gefallen. Dabei war Erich Röddelin ein guter Mensch. Jedenfalls hielt er sich dafür, und selten hatte ihm jemand widersprochen – von seiner Thea mal abgesehen, aber auf deren Urteil gab er noch weniger als auf das fremder Leute. Und mit fremden und fast immer unangenehmen Leuten hatte er es den lieben langen Tag zu tun, von der morgendlichen Warenbeschaffung, die immer schwieriger wurde, bis zum späten Ladenschluss. Selbst danach hämmerten sie noch an die Jalousie oder belästigten einen sogar an der Wohnungstür mit ihren einfältigen Wünschen, als gäbe es für einen deutschen Kolonialwarenhändler keinen Feierabend. In Friedenszeiten hatten Thea und er sich das notgedrungen gefallen lassen, da zählte jeder Pfennig.

Nun war seit fast zwanzig Monaten Krieg, und der entwickelte sich nicht ganz so, wie sich Erich Röddelin das in seinen treudeutschen Träumen vorgestellt hatte. Mit den anfänglichen Siegen war es längst vorbei, und den ganzen Winter über hatte es ausgesehen, als stecke der Karren ziemlich tief im Dreck. Erst jetzt ging es wieder vorwärts, wie es sich für ein deutsches Heer gehörte. In den nächsten Wochen musste dieses verfluchte Verdun fallen. Dann war der Weg nach Paris endlich frei.

Darauf wartete Erich Röddelin sehnsüchtig. Seiner Ansicht nach kam alles Übel nur von den Juden und davon, dass der gutmütige Kaiser das linke Sozialistenpack viel zu lange toleriert, ja in den Reichstag hatte einsickern lassen, wo es einzelne von den Kerlen tatsächlich wagten, den notwendigen Kriegskrediten ihre Zustimmung zu verweigern und damit Deutschlands Sieg zu gefährden. Wenn Erich Röddelin dergleichen des späten Abends im *Preußischen Staatsanzeiger* las, überkam ihn jedes Mal eine solche Wut, dass seine Thea sich vorsichtshalber ins Bett begab, um ihm nicht in die Quere zu kommen.

Manchmal war Röddelin nach solchen Nachrichten – es reichte schon ein verlorenes Gefecht oder ein kurzzeitiger Rückzug an der Front – aus dem Haus und in die nächste Kneipe gestürmt, um seinen gerechten Zorn im Kreise Gleichgesinnter herunterzuspülen. An denen hatte es zu Kriegsbeginn nicht gemangelt. Inzwischen jedoch glich das Bier verdünnter Pferdepisse, und selbst in der Eckkneipe war man nicht mehr sicher vor aufrührerischem Gesindel, das immer lauter aufmuckte, je länger der Krieg andauerte. Und je knapper die Lebensmittel und nötigsten Gebrauchsartikel wurden. Von Bier bis hin zu Mehl und Zimt bestand alles nur noch aus Ersatz. Und alle taten sie, als wäre er daran schuld und nicht das feindliche Ausland mit seiner Blockadepolitik!

«Jewisse Heringsbändja fressen sich dick und duhn», rief da beispielsweise einer von der Theke zum Stammtisch hinüber, «und unsaeins kann sehn, det die Würmer wat zwischen de Kiemen kriejen.»

«Denn musste erst mal die Olle dazu sehn», ergänzte ein anderer halblaut, aber Erich Röddelin hatte gute Ohren und verstand genau, worauf das abzielte. Als hätte er die aufquellende Figur seiner Thea nicht selber Tag für Tag vor Augen. Sie war nicht schlank gewesen, als er sie vor nunmehr 26 Jahren nach langem Werben geehelicht hatte, und jung auch nicht mehr. Aber was machte das schon? Er stammte vom Lande und war eher für was Handfestes zu haben als für Hungerhaken, die sich hinterm Besenstiel verstecken konnten. Sie schielte ein bisschen, na schön, und war ein paar Zentimeter größer als er, und ihre Stimme klang unüberhörbar in dem Grünkramkeller, den sie vom Vater Nieswandt übernommen hatte. «Wenn die sich mal umdrehn will, muss eena rausjehn», hatten die Kundinnen in der Füsilierstraße schon damals hinter vorgehaltener Hand gelästert. Erich hatte es nicht gestört. Er war froh gewesen, nach all den Jahren in Pferdeställen und als Schlafbursche in stinkigen Furzmulden doch noch ein Auskommen gefunden zu haben in dieser unwirtlichen Stadt. Behaglich schmiegte er sich des Abends an das Fleischgebirge neben sich und schlief gewöhnlich schnell und traumlos ein.

Im Übrigen war Theas Korpulenz, der weder mit Hungerkur noch mit Korsett beizukommen war, keineswegs der einzige Grund gewesen, den verlotterten Grünkramkeller in der Nähe des Schönhauser Tors aufzugeben und hier, weit draußen in den Neubauten des Ostens, von vorn zu beginnen. Wäre es nach Thea gegangen, so hätte es ein Feinkostgeschäft mindestens in der Frankfurter Allee sein müssen. Doch Erich konnte rechnen. Selbst mit dem Erbteil des zur rechten Zeit dahingegangenen Schwiegervaters Nieswandt reichte es nur zu dem kleinen Laden in einer ruhigen Seitenstraße von Alt-Boxhagen, immerhin eine Stufe hoch vom Trottoir, wie das hier hieß, und nicht mehr neun runter in den dumpfen Kellermief wie in der Füsilierstraße. Kein Asyl für obdachlose Frauen gegenüber und kein jüdischer Fischgroßhändler an der Ecke. Die miesen Häuser im Scheunenviertel, in denen nicht mal mehr die ärmsten Juden wohnen wollten, waren inzwischen abgerissen. Eine weite

Freifläche erstreckte sich dort, wie Erich bei einer morgendlichen Tour zur Zentralmarkthalle festgestellt hatte, der sogenannte Babelsberger Platz, dem man schließlich doch noch eine vaterländische Benennung hatte zukommen lassen. Bülowplatz hieß er jetzt und – da war sich Erich Röddelin sicher – für alle Zeiten.

Gleich rechts hinter der Kuhbrücke lag der Viehmarkt, und dahinter konnte man vom Ufer des Rummelsburger Sees hinüber nach Stralau gucken. Das war fast so etwas wie Heimat für Erich. Nur Thea musste gelegentlich an den steilen Abstieg in das Kellerloch und den feuchten Schimmel in allen Ecken erinnert werden, wenn sie der Vergangenheit allzu sehr nachjammerte. Er hingegen, Erich Röddelin aus Bismark in Vorpommern, war ein Mann des Fortschritts, der sich im nahen Aboli-Kino von Herzen an den Bildern deutscher Geschütze und deutscher U-Boote erfreuen konnte. Von den siegreichen deutschen Truppen hatte er allerdings eigentlich mehr erwartet. Sein eigener Militärdienst bei den Pasewalker Ulanen lag beinahe vierzig Jahre zurück, und weit hatte er es dabei nicht gebracht. Aber die Erinnerungen der Offiziere und Feldwebel an die siegreichen Kriege anno 1864, 1866 und 1870/71, an Alsen, Düppel und Sedan, waren da noch lebendig gewesen und hatten sich ihm eingeprägt. Stundenlang hatte er den Berichten gelauscht. Bald wusste er, wie man eine Attacke zu reiten und eine Schlacht zu schlagen hatte. Obwohl er nur der Pferdebursche war. Er stammte eben vom Lande und verstand, mit Tieren umzugehen.

Besser, als er mit Menschen umgehen konnte, wie Thea mitunter maulte, wenn seine pommersche Sturheit ihr besonders aufstieß. Oder wenn er eine Kundin mit ausnehmender Schroffheit bedachte, die vielleicht nicht mehr verlangte, als von der minderwertigen Ware wenigstens die korrekte Menge zu bekommen.

Thea war einfach zu weich. Sie fiel auf jedes mitleidheischende Gesülze der Weiber herein, die mit Engelszungen um ein paar Gramm oder ums Anschreiben feilschten, während sie vom Mann an der Front und von den hungrigen Kindern zu Hause schwafelten. Bohrte man ein wenig tiefer, wie es Erichs Art war, so stellte sich heraus, dass es sich der Ehegemahl in der belgischen Etappe wohl ergehen ließ und die Kinder sich bei der Großmutter auf dem Lande erholten.

Nein, ihm machte keiner was vor. Die Weiber nicht und die Kerle schon gar nicht, die Thea wie die Schellfische anglotzten, als wäre sie nicht in die Jahre gekommen und nicht so fett, wie sie nun einmal war. Am liebsten bediente Erich deshalb selber im Laden. Dann hatte alles seine Ordnung. Ein anerkennendes Lächeln hatte er allenfalls für die echten Kriegsverletzten übrig, von denen es in der Gegend schon einige gab. Arme Kerle! Was sich da vor Verdun und Douaumont tat, war gewiss nicht von Pappe, auch wenn die Berichte in der *Kreuz-Zeitung* knapp ausfielen. Am Ende würde der liebe Gott schon wissen, wem er den Sieg zusprach. Dann galt die stolze Aufschrift *Kolonialwaren* über der Ladenfront endlich wieder mit Fug und Recht!

Die ältere der beiden Frauen hatte sich zu einem Glas Rübenmarmelade entschlossen. Erich kannte die Leupolten und wusste, weshalb sie so lange gezögert hatte: weil sie hoffte, von Thea bedient zu werden.

Die andere dagegen, eigentlich noch im besten Alter für eine Frau, mickerte in den letzten Jahren mehr und mehr dahin, als bekäme ihr der Krieg nicht. Dabei kannte Erich Röddelin die Wahrheit so gut wie jeder andere Mensch im Umkreis von dreihundert Metern um die Mietskaserne in Alt-Boxhagen, in der sie wohnte: Sie hatte sich in der Kriegsbegeisterung der ersten Augusttage von ihrem Galan ein Kind anhängen lassen, ein pergamenthäutiges, ewig kränkelndes und greinendes Gör, das seinen ersten Winter nicht überlebt hatte. Seitdem schlich die Mutter wie ein schwarzer Strich durch die Landschaft, mit böse verzogenem Gesicht, als wären andere Leute an ihrem Unglück schuld. Es hieß, sie würde neuerdings bei der Eisenbahn arbeiten.

Kaum hatte die Leupolt die Groschen für die Marmelade aus ihrer zerschlissenen Geldbörse gefischt und einzeln vor Röddelin hingezählt, da klingelte die Ladenglocke, und gleichzeitig tauchte

Theas nicht zu übersehende Masse in der Tür zum dunklen Hinterzimmer auf. «Nahmd, Frau Leupolt», grüßte sie leutselig, und die Leupolten hätte anscheinend am liebsten einen Hofknicks gemacht. Half ihr aber nichts mehr, denn Erich war schon um den Ladentisch herum getreten und schob das alte Weiblein sanft in Richtung Ladentür. Dabei erst fiel ihm auf, dass die andere, die jüngere Kundin spurlos verschwunden war.

«Machst du endlich Feierabend?», keuchte Thea.

«Nee», antwortete Erich gallig. «Vielleicht kommt ja noch deine Freundin, die Schlächtermamsell, und versucht, dich anzupumpen!»

Er wusste sehr wohl, von wem Thea die Wurstzipfel bezog, die sie heimlich im Bett kaute, im Glauben, er merke es nicht.

Statt einer weiteren Entgegnung schrie Thea plötzlich auf, als wäre ihr eine Ratte über den Fuß gelaufen. Schreckensbleich wies sie auf das Schaufenster. Von außen drückte jemand seine Visage gegen das Glas.

«Der schon wieder!», grollte Röddelin grimmig und hob drohend die Faust in Richtung Fenster. Doch schon tauchte das Gesicht, das sich zu einem diabolischen Grinsen verzerrte, ins Dunkel der Straße zurück.

Erich atmete auf. Ein Glück, dass der Kerl nicht in den Laden gekommen war, um auf seine übliche Weise zu stänkern! Einmal hatte ihm Erich mit den Blauen gedroht, und der Kerl hatte unter höhnischem Lachen den Laden verlassen, nicht ohne dabei absichtsvoll einen Sack mit Erbsen umzustoßen.

Er trat zum Fenster, lockerte den Gurt und ließ die Jalousie herunter. Im Laden war es jetzt beinahe vollständig dunkel. Die sauren Gurken, deren weißer Belag sich kaum noch verbergen ließ, verbreiteten einen so infernalischen Geruch, dass er beschloss, die Ladentür hinter dem Rollladen noch offenzulassen.

Langsam, damit sich die Lüftungsschlitze weit öffneten, ließ er die hölzernen Lamellen nach unten, als er plötzlich einen heftigen Schmerz an seinem Schienbein verspürte und vor Schreck den

Gurt fahrenließ. Rasselnd knallte die Jalousie auf die Türschwelle. Jemand hatte genau den Augenblick, da er den Rollladen herabließ, abgepasst, um einen Stein oder einen anderen größeren Gegenstand in den Laden zu werfen und Erich damit zu verletzen. Zorn packte ihn. Doch noch ehe er jenes ominöse Wurfgeschoss zu ertasten vermochte, tat sich vor ihm ein krachender Feuerschlund auf, der den Laden in ein blutrotes Licht tauchte. Das war das Letzte, was Erich Röddelin wahrnahm.

# DREI

HERMANN KAPPE schlief in der Sekunde, in der Erich Röddelin getötet wurde, tief und fest. Nicht etwa zu Hause, sondern im Büro, den Kopf auf die Schreibtischplatte gebettet. Er konnte sich das erlauben, denn der Amtsarzt hatte bei ihm eine Art Narkolepsie festgestellt, im Volksmund auch Schlafkrankheit oder Schlummersucht genannt. Am Tage wurde er manchmal derart müde, dass er nicht anders konnte, als fünf bis zehn Minuten zu schlafen.

Dieses Leiden war ein großes Glück für Kappe, denn es verhinderte, dass man ihn zum Soldaten machte und zum Sterben nach Verdun schickte. Seine Vorgesetzten hatten von der Krankheit erst erfahren, als sie ihn Ende 1915 zum Kriminalkommissar beförderten. Wegen seiner hervorragenden Leistungen, die er seit 1910 in der Berliner Polizei erbracht hatte, aber auch, weil andere, die vor ihm an der Reihe gewesen wären, in den Schlachten in der Champagne, bei Ypern, in den Masuren oder bei Ternopil gefallen waren.

Kappe kam aus dem märkischen Wendisch Rietz, und so träumte er jetzt, in einem Angelkahn zu sitzen und über den Scharmützelsee zu rudern. Eine Nixe tauchte neben ihm aus dem Wasser. Sie sah aus wie seine Braut.

«Klara, du?!»

«Ja, ich! Und wenn nicht bald Hochzeit ist, dann ziehe ich dich hinab zu mir in die Tiefe.»

Kappe schrie auf und war im Nu hellwach.

Galgenberg, der gerade eingetreten war, sah ihn fragend an. «Na, wer hat Sie denn erschossen, Kappe?»

«Niemand, aber Klara ist aus dem See aufgetaucht und hat verlangt, dass ich sie endlich heirate.»

Galgenberg lachte. «Wie sag ick imma: Jenieß den Frühling deines Lebens, / leb im Sommer nich verjebens, / denn sehr bald stehst du im Herbste. / Wenn der Winter kommt, denn sterbste.»

«Erlauben Sie mal!» Kappe schüttelte sich und schlug sich mit den Handflächen gegen die Wangen, um richtig wach zu werden. «Ich bin gerade erst achtundzwanzig Jahre alt geworden ...»

«Ja ebent! Wie alt werden wir Männer denn? Keine dreißig, keine zwanzig, wenn wir bei Verdun vor die Hunde gehen. Und sonst ...? Fünfundsechzig vielleicht, höchstens siebzig. Da haben Sie also mit achtundzwanzig Jahren schon vierzig Prozent ihres Lebens hinter sich.»

Kappe erschrak. «O Gott, ja. Dann sollte ich wirklich mal langsam vor den Traualtar treten ...»

«Wenn nicht, wernse von Ihrer Klara schon getreten werden.»

«In diesen lausigen Zeiten auch noch heiraten und Kinder in die Welt setzen?» Kappe zeigte auf das *Berliner Tageblatt*, das auf Galgenbergs Schreibtisch ausgebreitet war. «Erst haben sie uns verboten, Kuchen zu backen, solange wir Krieg haben, und jetzt soll es Butter nur noch auf Karten geben.»

«Na, bald gibt's ja wieder Mückenschwärme», sagte Galgenberg.

Kappe konnte ihm nicht folgen. «Was hat denn das damit zu tun?»

«Ne Menge, denn mein Vater hat immer jesagt: Man sollte nicht denken, was so 'ne Mücke für'n Fett hat.»

Über dieses Thema ließ sich stundenlang reden. Immer größere Mengen an Fett wurden der Ernährung entzogen, denn die Nachfrage des Militärs nach Glycerin wuchs und wuchs. Man brauchte es für Sprengstoffe. Und die Kanonenrohre und Torpedos mussten mit Schmieröl versorgt werden.

Im Polizeipräsidium am Alexanderplatz war eigentlich schon lange Feierabend, aber beide hatten keine rechte Lust, nach Hause zu fahren. Galgenberg hatte eine große Familie und fürchtete den Trubel zu Hause, Kappe hatte Angst davor, dass ihm die Decke auf den Kopf fallen würde, wenn er den ganzen Abend über allein in seinem kleinen Zimmer saß. Seine Verlobte hatte heute keine Zeit, sie ließ sich privat in Stenographie und Schreibmaschine unterrichten, damit sie im Kaufhaus Rudolph Hertzog vom Verkauf ins Bureau wechseln konnte.

«Stöhnen wir von etwas anderem», sagte Galgenberg und schüttete den Rest seines Kaffees ins Waschbecken. «Können Sie sich noch daran erinnern, wie richtiger Kaffee geschmeckt hat?» Seiner hatte aus karamelisiertem Rohrzucker und Rübenmehl bestanden, andere tranken welchen aus Gerste, Malzkaffee also, Kathreiner, manche eine braune Brühe aus Lupinen, Feigen oder Eicheln.

Über dem Waschbecken hing das Schild *Spare Seife!*

Es war erstaunlich, dass die Behörde ihnen als Seifenersatz noch keinen Scheuersand hingestellt hatte, denn für alles gab es jetzt Ersatz, nicht nur für Bohnenkaffee. In Deutschland aß man Kunsthonig statt richtigen Honig und Margarine statt Butter, und man hatte Fleisch-, Milch-, Eier-, Tee-, Branntwein- und Bierersatz zu verkraften. Einer hatte nachgezählt und war auf 837 fleischlose Wurstersatzsorten gekommen.

Kappe kam immer noch ganz gut über die Runden, denn die Eltern schickten ihm aus Wendisch Rietz einmal im Monat ein großes Fresspaket, während Galgenberg mit dem vorliebnehmen musste, was es in Berlin zu kaufen gab. Und als er seine letzte Klappstulle essen wollte und dabei am «Natura Brotaufstrich» roch, einer aus gelb gefärbtem Mehlkleister und etwas Butter bestehenden Schmiere, konnte er nur murmeln: «Jibt dir det Leben einen Puff, / so weene keene Träne. / Lach dir 'n Ast und setz dir druff / und bammle mit de Beene.»

In diesem Augenblick stand Waldemar von Canow in der Tür, ihr Vorgesetzter, und freute sich, sie noch zu sehen.

«Bravo, meine Herren!», rief er. «Auch in der Heimat kann man seinem Volke dienen, nicht nur an der Front.»

Kappe und Galgenberg hatten Mühe, nicht laut werden zu lassen, was sie dachten: «Selig sind die Bescheuerten, denn sie brauchen keinen Lappen mehr!» Da sie fürchteten, dass man ihnen ihre Gedanken von den Gesichtern ablesen konnte, senkten sie schnell den Blick und taten, als seien sie in irgendwelche Akten vertieft.

«Ja, was ich sagen wollte ... äh ... Schön, dass Sie beide noch da sind.» Von Canow musste sich erst wieder auf das besinnen, was ihn zu Kappe und Galgenberg getrieben hatte. «Ah ja: Sie müssen nämlich noch ausrücken.»

Galgenberg sah auf und tat empört. «Ich bin doch kein Feigling, ich bin noch nie im Leben ausgerückt und werde auch nicht ausrücken, wenn irgendeine Gefahr im Verzuge ist.»

«Lassen Sie doch diese kindischen Späße!», fuhr ihn von Canow an. «Wir befinden uns im Krieg, und ich mahne Ernsthaftigkeit an.»

Kappe fand, dass er diesen Dialog schnellstens unterbrechen musste, und fragte, ob denn irgendwo ein Mord geschehen sei.

«Ja, in der Glatzer Straße. Jemand hat eine Handgranate in einen Kolonialwarenladen geworfen und den Inhaber getötet. Einen gewissen Erich Röddelin.»

«Eine Handgranate ... Da müssen wir also nich extra nach Verdun», sagte Galgenberg. «Jetzt ham wa det ooch in Berlin.»

«Ach, Unsinn!», rief von Canow, der stolz darauf war, dass ihn in seiner Kriegsbegeisterung niemand übertreffen konnte.

«Und der Täter?», fragte Kappe. «Hat er sich gestellt, ist er schon ergriffen worden?»

«Nein, weder noch.»

Kappe erhob sich. «Dann werden wir uns mal auf den Weg machen.»

«Ist denn das Automobil für uns schon vorgefahren?», fragte Galgenberg.

«Wo denken Sie hin?!», rief von Canow. «Jeden verfügbaren Kraftwagen haben wir dem Oberkommando unseres Heeres zur

Verfügung gestellt. Sie nehmen die Straßenbahn, meine Herren. Dr. Kniehase wartet schon an der Pförtnerloge auf Sie.»

Kappe und Galgenberg trafen ihn an besagter Stelle mit der «Mordtasche» in der Hand. Darin steckten Tinte und Füllfederhalter für das Protokoll, Pinzetten zur Spurensicherung, Sonden zur Untersuchung der Tiefe von Wunden, Glasröhrchen für blutige Haarbüschel, abgerissene Knöpfe und dergleichen mehr.

Dr.-Ing. Kniehase fühlte sich ganz als Wissenschaftler und damit den anderen haushoch überlegen. Er hatte als Ingenieur im kaiserlichen Heer gedient und dann lange Jahre an der Berliner Artillerie- und Ingenieurschule gelehrt, bevor man ihn gezwungen hatte, wegen einer Liebesaffäre mit der Frau eines Vorgesetzten den Militärdienst zu quittieren. Nach einigem Hin und Her war er zur Kriminalpolizei gestoßen, wo man langsam aber sicher daranging, sich bei der Aufklärung von Verbrechen auch naturwissenschaftlicher Methoden zu bedienen. Er war ein Tüftler, der mit seinen kriminaltechnischen Untersuchungsergebnissen bei der Aufklärung von Morden unentbehrlich geworden war.

Da der Photograph zum Kriegsdienst eingezogen war, schleppte Kniehase selbst den Photoapparat, während er Galgenberg das Stativ und die Blitzvorrichtung zum Tragen gab und Kappe die Mordtasche. Derart ausgerüstet zogen sie zur Haltestelle der 82 am Alexanderplatz, Richtung Küstriner Platz.

«Wenigstens haben sie uns Dienstfahrscheine mitgegeben», sagte Dr. Kniehase.

Der Fahrplan war in diesen Zeiten oft nur Makulatur, diesmal aber kam die Straßenbahn wirklich halbwegs pünktlich, doch Trieb- und Beiwagen waren jetzt zum Feierabend hin derart überfüllt, dass Galgenberg meinte, ohne Gebrauch seiner Dienstwaffe würden sie kaum mitkommen. «Wen soll ich denn ...?»

«Galgenberg!», ermahnte ihn Dr. Kniehase. «Nicht in aller Öffentlichkeit!»

«Na, wenn ick erst zu Hause bin, nützt et doch nüscht mehr.»

Erst beim dritten Versuch gelang es allen dreien mitzukommen. Galgenberg stand zwar nur auf dem Trittbrett, und Kappes Nase wurde beim Drängeln vom Kamerastativ so eingedrückt, dass sie blutete, aber es ging. Lange zu fahren hatten sie ja nicht.

Röddelins Kolonialwarenladen war unschwer zu finden, die gaffende Menge zeigte ihnen, wo sie hinmussten. Die Kollegen von der Schutzpolizei waren bemüht, den Tatort weiträumig abzusperren. Es roch nach Gas. Offensichtlich waren Rohre zerstört worden, und man fürchtete eine Explosion. Männer von der Gasanstalt wuselten herum. Die Feuerwehr hatte Akkumulatoren herbeigeschafft und Scheinwerfer angeschlossen, so dass für eine ausreichende Beleuchtung gesorgt war. Elektrisches Licht hatten im Kiez um den Boxhagener Platz herum nur wenige.

Ein Schupo versperrte ihnen den Weg. «Für Leute vom Fülm is hier keen Platz!»

«Für Leute aus 'm Mustopp ooch nich», sagte Galgenberg und schob den Mann beiseite. «Wir sind vonne Mordkommission.»

«Entschuldijung, et war ja nich so jemeint.»

Kappe wäre es lieber gewesen, sie hätten hier tatsächlich nur einen Film zu drehen gehabt und der Tote wäre nur vom Maskenbildner so schrecklich zugerichtet worden. In seinen bislang sechs Jahren bei der Berliner Kripo hatte er schon viele Leichen gesehen, aber niemals so dicht vor einem Zusammenbruch gestanden wie heute. Der Kolonialwarenhändler war von der Handgranate regelrecht zerfetzt worden. Sie musste direkt vor seinen Füßen explodiert sein. Ein Bein war ihm abgerissen worden. Gesicht und Brust waren nur noch als rohe Fleischklumpen auszumachen.

Kappe flüchtete sich hinter ein Feuerwehrauto, um sich zu erbrechen.

«Da haben wir ja Verdun mitten in Berlin», hörte er, als er in den Laden zurückkehrte, nun auch Dr. Kniehase sagen.

«Da hat eener janze Arbeit jeleistet», stellte Galgenberg fest.

Das bezog sich auf den Zustand von Erich Röddelin wie die Einrichtung seines Geschäfts. Im Fußboden klaffte ein gewaltiges Loch. Einige Dielenbretter waren total zerstört worden, andere ragten bizarr in die Luft. Was auf den Regalen gestanden hatte, war durch den Druck der Explosion heruntergefegt worden. Mehlstaub lag auf allem, Marmeladengläser waren zerplatzt, und Gurkenfetzen schmückten das Ganze. Die Schaufensterscheibe war herausgeflogen.

Dr. Kniehase balancierte zwischen den Trümmern und suchte nach den Resten der Handgranate. Ihr Typ konnte vielleicht einen Hinweis auf den Täter geben. Kappe und Galgenberg standen ein wenig hilflos herum. Was blieb ihnen, als nach Augenzeugen zu suchen und zu fragen, wer was beobachtet hatte?

Sie bewegten sich auf die Menge zu, die sich hinter den Absperrungen versammelt hatte, und Galgenberg fragte, ob jemand den Täter gesehen habe.

«Nee, wir ham nur jehört, wie et jeknallt hat.»

Eine Portiersfrau aus dem Nachbarhaus platzte damit heraus, dass Erich Röddelin ein ziemlicher Schubiak gewesen sei. «Der hatte mehr Feinde als Haare uff'm Kopp, weila die Leute beim Abwiegen imma beschissen hat. Hartherzig wara ooch, nie hatta anschreim lassen, da konnten die Leute vahungan.»

«Ja, so isset jewesen, det kann ick uff mein Eid nehm!», rief der Mann, der neben ihr stand.

«Und was ist mit Röddelins Frau?», fragte Kappe.

«Die hat 'n Nervenzusammenbruch jehabt und liegt im Krankenhaus.»

«Da wird sie auch noch morgen liegen», murmelte Kappe. «Mir geht's nicht gut, ich will nach Hause.»


Dr. Kniehase fühlte sich bei der «Morgenandacht» in den Räumen der Mordkommission in seinem Element, war wieder ganz der Dozent, der er jahrelang an der Artillerie- und Ingenieurschule gewesen war. In der Nacht hatte er kaum Schlaf gefunden, dennoch war ihm keine Müdigkeit anzumerken.

«Wie gesagt, die Explosion einer Handgranate in einem geschlossenen Raum ist zumeist für alle sich im Wirkungsbereich befindlichen Personen tödlich. Wir können im Falle Erich Röddelin davon ausgehen, dass der Täter die Handgranate von der Straße aus durch die offene Tür in den Laden geworfen hat, sozusagen um die Ecke, um sich dann fluchtartig zu entfernen. Genug Zeit hatte er ... Wir unterscheiden grundsätzlich zwischen offensiven Granaten und defensiven Splittergranaten. Offensive Granaten haben einen vergleichsweise kleinen, unterhalb der Wurfweite liegenden Gefahrenbereich, was es dem Anwender ermöglicht, sie ohne eigene Deckung einzusetzen. Sie werden für das Eindringen in feindliche Stellungen verwandt und wirken vor allem durch die Druckwelle ihrer Sprengladung. Wir unterscheiden ferner zwischen aufschlagzündenden und zeitzündenden Werkzeugen.»

«Werkzeuge», murmelte Kappe. Es war schon pervers, Handgranaten als Werkzeuge zu bezeichnen: Werkzeuge zum Töten.

«Aufschlagzündende Handgranaten haben den Vorteil, dass der Gegner der Waffe nicht ausweichen und sie nicht zurückschleudern kann. Bei den Engländern haben wir Handgranaten gefunden, da war aufgedruckt: *Pull the ring and throw ...,* und handschriftlich war hinzugefügt: ... *it to your comrade.*»

«Diese Sprache möchte ich in unseren Räumen nicht hören», sagte Waldemar von Canow.

«Pardon.»

«Und Französisch auch nicht, Herr Dr. Kniehase.»

Kappe wusste nicht, ob sein Vorgesetzter das ironisch gemeint hatte, es schien ihm aber nicht so.

Dr. Kniehase jedenfalls achtete nun auf die Reinheit seiner Sprache. «Geworfen worden ist im Falle Röddelin keine Eierhandgranate, sondern eine Stielhandgranate, im Volke Kartoffelstampfer genannt, wie sie von unserer Industrie millionenfach hergestellt wird. Bei dieser Handgranate ist der Sprengkopf an einen breiten Holzstiel angeschraubt. Dieser wirkt wie ein Hebel und verstärkt die Kraft des Wurfarms, so dass größere Wurfweiten als bei der Eierhandgranate erzielt werden. Der Zeitzünder ist im Stiel untergebracht. Wir gehen von einer Verzögerung von acht bis zehn Sekunden aus. Am unteren Ende des Stiels befindet sich, normalerweise durch eine abschraubbare Kappe geschützt, die Abreißschnur für den Reibungszünder mit der daran befestigten Perle.»

«Lassen Sie's damit gut sein», mahnte von Canow.

«Sehr wohl ... Sich eine solche Stielhandgranate widerrechtlich anzueignen, in einer Kaserne, auf dem Schlachtfeld oder in der Fabrik, dürfte für den Täter in diesen Zeiten nicht schwer gewesen sein.»

«Sie machen uns ja Mut!», rief von Canow. «Das ist geradezu defätistisch.»

«Diesen Ausdruck aus dem Französischen weise ich mit Nachdruck zurück!», rief Dr. Kniehase.

«Ende der Besprechung», sagte von Canow. «An die Arbeit, meine Herren!»

Das taten Hermann Kappe und Gustav Galgenberg dann auch und machten sich auf den Weg zu Dorothea Röddelin. Die war inzwischen, wie man am Telefon erfahren hatte, aus dem Krankenhaus entlassen worden und hatte erst einmal bei ihrer Schwester, einer gewissen Amanda Nieswandt, Quartier genommen. Deren Adresse war schnell in Erfahrung gebracht, da sie einen Seifenladen auf der Neuköllner Seite des Kottbusser Damms betrieb.

Wieder setzten sich die beiden Kriminalbeamten in die Straßenbahn, denn die U-Bahn zwischen dem Gesundbrunnen, dem Alexanderplatz und der Stadt Neukölln, ehemals Rixdorf, existierte bislang nur auf dem Reißbrett. Zwar hatte man, das heißt die AEG, schon 1913 mit ihrem Bau begonnen, nach Beginn des Krieges aber waren die Arbeiten eingestellt worden.

Als sie im Seifenladen ankamen, lag Dorothea Röddelin dort hinten im Wohnzimmer auf einer Chaiselongue und hatte einen mit kaltem Wasser getränkten Waschlappen auf der Stirn liegen. Galgenberg, der so etwas wie kein Zweiter konnte, sprach ihr das tiefempfundene Beileid aller Kriminalbeamten aus und versprach ihr, dass man alle Kraft aufwenden würde, um den Mörder ihres Mannes zu finden.

Obwohl ihre Tränen ihn anrührten, hielt sich Kappes Mitleid mit Dorothea Röddelin in Grenzen, denn zu unsympathisch wirkte sie auf ihn. In der Waldemarstraße nannte man Frauen wie sie eine «fette Wachtel». Sicherlich war sie in der Glatzer Straße nicht eben beliebt. Kappe konnte sich lebhaft vorstellen, was die Leute über sie sagten: «Die ist volljefressen, und wir hungan.» – «Klar, die frisst uns allet weg, die kriegt den Schlund ja nie voll jenug.» – «Ihr Oller bescheißt uns beim Abwiegen und zweigt von allet, watta jeliefert bekommt, für seine Olle wat ab, damit die dick und fett wird.»

Aber beim Gespräch mit ihr durfte er sich auf keinen Fall von seinen Gefühlen leiten lassen, und um dem entgegenzusteuern, war er besonders freundlich.

«Wir können Ihren Schmerz verstehen, Frau Röddelin, und wollen nicht alles wieder aufrühren, was gestern passiert ist, aber vielleicht haben Sie etwas gesehen, was uns weiterbringt ... wer der Täter gewesen sein könnte?»

«Wer es war?» Die Röddelin richtete sich auf und nahm den Waschlappen von der Stirn. «Na, sicher dieser Lork, der vorher durchs Schaufenster reingeguckt hat.»

«Lork», wiederholte Kappe und schrieb das in sein Notizbuch. «Und kennen Sie auch seinen Vornamen?»

Dorothea Röddelin sah ihn böse an. «Sie kommen wohl nicht aus Schlesien, wie?»

«Nein, aus der Mark Brandenburg.»

«Ein Lork ist ein Miststück», belehrte ihn die Röddelin keuchend. «Also ... Ich gehe in den Laden, um meinem Mann zu sagen, dass gleich Feierabend ist. Da sehe ich draußen einen Kerl stehen und reingucken. Ganz neugierig, die Nase fast an die Scheibe gepresst. Als er mich sieht, geht er weiter. So eine Visage, wie der gehabt hat ... So richtig wie ein Neandertaler hat er ausgesehen. Und in der Hand hat er auch was gehalten. Ich habe gedacht, das ist ein Ball oder ein großer Apfel, aber das muss die Handgranate gewesen sein. Ich bin dann in die Küche, um Kließla zu machen, weil mein

Mann ganz nerrsch nach Klößen ist, da knallt es draußen und ...»
Wieder brach sie in Tränen aus.

Kappe ließ ihr Zeit, sich wieder zu fangen. «Dieser Mann, der kurz vor Ladenschluss vor Ihrem Schaufenster gestanden hat, den kennen Sie also?»

«Ja, das ist einer vonne Kommunisten, die uns alle abschaffen wollen, ein ganz übler Bursche. Den hätten Sie schon längst ins Gefängnis stecken sollen!»

«Den Namen kennen Sie aber nicht?», fragte Galgenberg.

«Doch, natürlich kenne ich den: Ernst Bergmann heißt der. Der hat schon letzten Oktober Morddrohungen gegen meinen Mann ausgestoßen, ich kann Ihnen sagen!»

Kappe erinnerte sich an die sogenannten Lichtenberger Butterkrawalle, die sich am 16. Oktober 1915 bis zum Wochenmarkt am Boxhagener Platz ausgebreitet hatten. Was die Frau sagte, klang also plausibel.

Gott sei Dank, sie hatten eine heiße Spur.

# VIER

IN BERLIN herrschte zwar Ende April 1916 noch keine Anarchie, aber zunehmend das, was mit einem Begriff des französischen Soziologen Émile Durkheim als Anomie bezeichnet wird, das heißt, die deutsche Gesellschaft zeigte sich in einem Zustand, in dem die traditionellen Werte keine Autorität mehr besaßen, neue Ideale, Ziele und Normen aber noch nicht an ihre Stelle getreten waren. Eine für alle verbindliche Ordnung existierte nicht mehr, wenn sie denn seit 1848 je existiert hatte.

Am 23. Februar 1915 war im Bereich der «Brotkartengemeinschaft für Groß-Berlin» die tägliche Ration auf 225 Gramm Mehl festgelegt worden, und die Ernährungslage wurde immer schlechter. Schon wurde die Einrichtung von Großküchen erwogen. Kein Wunder, dass unter diesen Umständen erst das Essen kam und dann die Moral – und ein Mann wie der Handgranatenmörder überall Unterschlupf finden konnte. Wer im Verdacht stand, einen Schmarotzer wie Erich Röddelin aus dem Verkehr gezogen zu haben, konnte mit der klammheimlichen Freude vieler rechnen.

So waren bereits über sechs Wochen vergangen, ohne dass die Mordermittler in der Sache Röddelin irgendein Ergebnis vorweisen konnten. Nach dem Anarchisten Ernst Bergmann, dem mutmaßlichen Täter, war vergeblich gefahndet worden. Sein Vorstrafenregister war beachtlich. Zumeist hatte er wegen Widerstands gegen die Staatsgewalt gesessen, aber auch, weil er in die Fabriken und Villen von Unternehmern eingedrungen war und dort einigen Schaden angerichtet hatte. Einen Fabrikanten hatte er so verprügelt, dass der mit einer Gehirnerschütterung und mehreren Rippenbrüchen ins

Krankenhaus gekommen war. Der Richter hatte Bergmann eine Neigung zum Jähzorn und zum blinden Hass unterstellt.

Zuletzt war Bergmann in der Holteistraße polizeilich gemeldet gewesen, also ganz in der Nähe des Röddelinschen Kolonialwarenladens, dort aber am 29. Februar ausgezogen, ohne sich anderswo wieder anzumelden. Seiner Wirtin hatte Bergmann gesagt, er würde zu einem Freund in eine Laube ziehen. Da es unmöglich war, jede der zig Berliner Laubenkolonien zu durchkämmen, waren sie in der Mordkommission am Alexanderplatz gezwungen, abzuwarten und zu hoffen, dass der Mann nicht ein zweites Mal zuschlug. Blieb nur der zynische Trost, wie ihn Galgenberg formulierte: «Wer in Verdun einen anderen mit 'ner Handgranate ins Jenseits geschickt hat, der wird ja auch nie zur Verantwortung gezogen werden.»

«Und kriegt sogar noch 'n Orden umgehängt», fügte Kappe hinzu.

Galgenberg hatte das *Berliner Tageblatt* vor sich ausgebreitet und referierte, was sich an den verschiedenen Fronten getan hatte. *«Tag und Nacht Artilleriekämpfe um Verdun. Französische Gräben links der Maas genommen. Ein englisches U-Boot versenkt. Ein russisches Linienschiff mit Bomben belegt. Nichts Neues an den k. u. k.-Fronten.»*

In diesem Moment erschien Waldemar von Canow in der Tür, er hatte die letzten Worte mitbekommen.

«Das ist ja wie bei Ihnen, meine Herren: Nichts Neues an der Front, was den Handgranatenmörder betrifft!», rief er.

«Manchmal ist eben jede Kunst vergeblich», sagte Kappe. «Bei Röddelin war es die ärztliche, bei uns ist es die kriminologische. Bergmann ist und bleibt abgetaucht. In Wendisch Rietz wäre er ja aufzustöbern, nicht aber in Berlin. Zumal wir immer weniger Männer haben.»

«Das weiß ich selber!», fauchte von Canow ihn an. «Aber ein guter Kriminaler hat eben überall seine Informanten.»

«Die habe ich auch», sagte Galgenberg. «Aber von denen ist noch nichts gekommen. Man müsste mal eine kleine Belohnung aussetzen: zwei Brote und ein Pfund Butter. Dafür tut doch heute jeder alles.»

«Galgenberg, unterlassen Sie Bemerkungen wie diese!»

Galgenberg nickte und stand auf, um sich zur Toilette zu begeben. «Jut, dann muss ick ebent wat anderet unter mir lassen.»

Galgenberg konnte sich einen solchen Ton erlauben, denn sein Wissen um die Dinge, erworben in langen Dienstjahren, machte ihn unangreifbar. Außerdem war er kein Sozi, sondern hing deutsch-nationalen und monarchistischen Werten an und hatte deshalb in der Polizeiführung genügend Leute, die ihn deckten. Man wusste auch, dass von Canow nicht gerade der Hellste war und ohne Pragmatiker wie Galgenberg gescheitert wäre.

Wie auch immer, Galgenberg zog, kaum war er von der Toilette zurück, das gemeinsame Telefon zu sich herüber und begann alle anzurufen, die er sozusagen als private V-Leute auf seiner Liste stehen hatte. Meist waren es kleine Ganoven und zwielichtige Geschäftsmänner, aber auch Frauen aus dem horizontalen Gewerbe, denen er irgendwann einmal geholfen hatte. Meist dadurch, dass er beide Augen zugedrückt hatte. So etwas zahlte sich meistens aus. So auch im Fall Ernst Bergmann. Jemand flüsterte Galgenberg ins Ohr, dass er den mutmaßlichen Handgranatenmörder in einem Lokal in der Nostizstraße 16 gesehen habe.

Sie beschafften sich einen weiteren Vorrat an Dienstfahrscheinen und machten sich auf den Weg nach Kreuzberg.

«Ich werde mal bei von Canow einen Antrag stellen, dass sie für uns einen Straßenbahnwagen als rollendes Büro anmieten», sagte Kappe. «Bei der Zeit, die wir unterwegs sind.»

Galgenberg war begeistert von dieser Idee. «Da stehe ick dann aba selba an da Kurbel. Det war schon imma mein Traum.»

«Meiner aber auch», bekannte Kappe.

Diesmal brauchten sie nicht lange nach der optimalen Verbindung zu suchen, denn mit der Linie 3, dem Großen Ring, kamen sie ohne Mühe vom Alexanderplatz zur Gneisenaustraße. Die Kreuzung Nostizstraße war schnell erreicht.

Galgenberg zeigte nach Süden. «Da hinten ham se unsarn Handgranatenmörder schon 'n Denkmal gesetzt.»

«Wieso das?» Auch nach sechs Jahren gemeinsamen Dienstes wollte es Kappe nicht gelingen, sofort zu verstehen, was Galgenberg meinte.

«Na, weil da die Bergmannstraße liegt!»

«Ah ja.»

Kappe hätte das eigentlich wissen müssen, denn ganz in der Nähe hatte er bei den Grenadieren gedient. Dafür wusste er, dass die Nostizstraße eine Hochburg der Roten war, der SPD, aber vor allem derer, die links von ihr standen. Deren Kreise zu stören rief bei ihm ein gehöriges Unbehagen hervor, doch Mörder war Mörder, und er hätte seinen eigenen Bruder, ohne zu zögern, der Justiz übergeben, wenn der einen anderen Menschen mit einer Handgranate getötet hätte.

«Hat es denn Sinn», fragte er Galgenberg, «wenn wir beide ins Lokal gehen und nach Bergmann fragen? Uns sieht doch jeder an, wer wir sind ...»

Der Kollege lachte. «Nach Bergmann muss man nicht fragen, den erkennt man auf den ersten Blick: Er sieht wie ein Neandertaler aus.»

So gingen sie hinein, bestellten sich je ein Bier, konnten aber Bergmann nicht entdecken. Von allen Gästen erkannt und durchschaut wurden sie auch nicht, nur der Zapfer, der ihnen ihr Bier an den Tisch brachte, wusste, wer Kappe war. Man kannte sich vom Fußball her.

«Na, Hermann, tust de wat für deine Form, nächsten Sonntag gegen 95, den 1. FC Neukölln?»

«Irrtum, auf dem Exer gegen Alemannia 90. Aber meinste denn, wir kriegen elf Mann zusammen?»

«Ick bringe meine beeden Söhne mit.»

«Die sind doch erst vierzehn», wandte Kappe ein.

«Meinste denn, die in Verdun geben Schulle, Spinne und Murkel det Wochenende frei?»

«Nee, aber …» Kappe sah sich um, ob auch niemand mithörte. «Und wie ist es mit Ernst Bergmann, kann der nicht …?»

«Nee, der kann nich. Aber frag mal bei dem Liebknecht nach, in dem sein Büro. Oder bei Stiller.»

Sie gaben dem Mann reichlich Trinkgeld, obwohl nicht sicher war, ob von Canow das als Spesen akzeptieren würde, und gingen zum Postamt am Halleschen Tor, um im Telefonbuch nachzusehen, wo das Anwaltsbüro Karl Liebknechts zu finden war.

«Chausseestraße 121.»

Dort, das wusste Kappe von seinem Freund Theodor Trampe, hatte die «Gruppe Internationale» am 1. Januar 1916 ihre erste Reichskonferenz abgehalten. Den Namen hatte sie sich gegeben, weil Rosa Luxemburg ihren alles entscheidenden Satz «Am 4. August 1914 hat die deutsche Sozialdemokratie politisch abgedankt» in der Zeitschrift *Die Internationale* veröffentlicht hatte.

«Chausseestraße», wiederholte Galgenberg. «Det is ja det nächste Ende von hier. Und wat is mit diesem Stiller, is dit der Schuhfritze?»

«Carl Stiller? Wohl nicht.» Kappe überlegte. «Irgendwann hat mir Trampe auch mal was von einem Stiller erzählt, und der hieß …» Er brauchte ein paar Sekunden, bis er es hatte: «Alfred.»

Laut Adressbuch gab es einen Maler namens Alfred Stiller mit einem Atelier am Blücherplatz 2, und da es von der Nostizstraße bis dorthin nur ein Katzensprung war, beschlossen sie, zuerst ihn nach Bergmann zu fragen.

Als sie die Wohnung Alfred Stillers betraten, war auf einen Blick zu erkennen, wo dieser politisch stand, denn überall lagen Entwürfe mit roten Fahnen herum, dazu Plakate und Flugblätter, auf denen dazu aufgerufen wurde, am 1. Mai um acht Uhr abends auf dem Potsdamer Platz zu erscheinen:

*Auf zur Maifeier! Am 1. Mai reichen wir über alle Grenzsperren und Schlachtfelder hinweg die Bruderhand dem Volke in Frankreich, in Belgien, in Rußland, in England, in Serbien, in der ganzen Welt! Am 1. Mai rufen*

*wir vieltausendstimmig: Fort mit den ruchlosen Verbrechern des Völker-*
*mordes! Nieder mit den verantwortlichen Machern, Hetzern und Nutznie-*
*ßern! Unsere Feinde sind nicht das französische, russische oder englische*
*Volk, das sind deutsche Junker, deutsche Kapitalisten und ihr geschäftsfüh-*
*render Ausschuß: die deutsche Regierung!*

Kappe teilte grundsätzlich diese Meinung, wenn er es auch als Beamter mit starker Neigung zur Sozialdemokratie nie so krass for-
muliert hätte, während Galgenberg die Galle hochkam, wenn er so
etwas las. Die Obrigkeit war von Gott, so wie es im Paulus-Brief
an die Römer stand und wie er es bei den Konfirmanden gelernt
hatte:

*Jedermann sei untertan der Obrigkeit, die Gewalt über ihn hat. Denn*
*es ist keine Obrigkeit ohne von Gott; wo aber Obrigkeit ist, die ist von*
*Gott verordnet. Wer sich nun der Obrigkeit widersetzt, der widerstrebt*
*Gottes Ordnung; die aber widerstreben, werden ein Urteil über sich empfan-*
*gen.*

Kappe wartete, bis Alfred Stiller, der gerade über eine Lithographie
gebeugt stand, zu ihm aufsah. «Entschuldigen Sie bitte ... Wir suchen den Genossen Bergmann, Ernst Bergmann.»

«Den könnt ihr lange suchen. Raus hier!»

Zu einer Hausdurchsuchung reichten die Fakten nicht, und so
blieb ihnen nichts weiter übrig, als abzuziehen und es bei Karl Liebknecht zu versuchen. Am schnellsten wären sie mit der neuen U-
Bahn, der sogenannten Nord-Süd-Bahn, am Ziel gewesen. Doch die
fuhr noch nicht. Zwar hatte man schon am 2. Dezember 1912 mit
dem Bau begonnen, aber auch hier waren die Bauarbeiten kurz nach
Beginn des Krieges wieder eingestellt worden. Also blieb ihnen wieder nur die langsam durch die Stadt zuckelnde Straßenbahn. Galgenberg als Berliner Urgestein hatte zwar die Linienpläne der vielen
konkurrierenden Straßenbahngesellschaften weitgehend im Kopf,
brauchte aber bei deren Durcheinander doch einige Zeit, ehe er

herausgefunden hatte, wie sie am besten vom Halleschen Tor zur Chausseestraße kamen.

«Ganz einfach: Mit der Hochbahn zum Kottbusser Tor und dort umsteigen in die 28.»

Karl Liebknecht war, nachdem er seine Doktorarbeit an der Julius-Maximilians-Universität in Würzburg mit einem *magna cum laude* abgeschlossen hatte, nach Berlin gekommen und hatte hier 1899 zusammen mit Oskar Cohn und seinem Bruder Theodor ein Anwaltsbureau eröffnet.

Als Kappe und Galgenberg dort eintraten und frohgemut nach Ernst Bergmann fragten, schlug ihnen dieselbe eisige Ablehnung entgegen wie schon bei Alfred Stiller. Ein Anwaltsgehilfe gab ihnen einen höhnischen Rat mit auf den Weg: «Kommen Sie doch am 1. Mai auf den Potsdamer Platz, da finden Sie ihn ganz bestimmt.»

Galgenberg lüftete seinen Hut. «Danke sehr, der Herr, machen wir.»

Der 1. Mai fiel im Jahre 1916 auf einen Montag, und Kappe nutzte den Sonntag davor, um auf andere Gedanken zu kommen. Das gelang ihm am besten, wenn er Fußball spielte. Schon lange war er ja Mitglied bei Viktoria 89. Vor dem Krieg hatte es bei ihm nie zur ersten Mannschaft gereicht, dazu erschien er den Übungsleitern doch zu ungelenk und schläfrig, aber nun, da die besten Kicker alle im Felde standen, war man froh, mit ihm die Mannschaft auffüllen zu können, und stellte ihn auf. Wenn auch nur als Linksaußen, weil er dort am wenigsten Schaden anrichten konnte.

Auf dem «Gelände an der einsamen Pappel» an der Schönholzer Allee, einem ehemaligen Exerzierplatz und darum im Volksmund «Exer» genannt, ging es gegen Alemannia 90, im selben Jahr wie Viktoria als «Jugendlust» gegründet.

Es dauerte eine Weile, bis sie herausbekamen, auf welchem der vielen Plätze sie heute spielen sollten. Als sie es erfahren hatten, bemerkten sie, dass im Vorspiel die Latte zerbrochen war. Nach einigen Mühen war aber ein Zimmermann gefunden, der das gute Stück reparierte.

Die beiden Mannschaften nahmen Aufstellung. Vor dem Torwart gab es den rechten und den linken Verteidiger, dann kamen die Läufer: rechter Läufer, Mittelläufer und linker Läufer, vor ihnen die Stürmer: der Halbrechte und der Halblinke sowie Rechtsaußen, Mittelstürmer und Linksaußen. Das größte Prestige hatten der Mittelläufer und der Mittelstürmer sowie der Spielmacher auf halbrechts oder halblinks, immer balltechnisch beschlagen und mit dem strategischen Überblick eines Feldherrn.

Anpfiff. Als der ertönte, musste Kappe unwillkürlich an Galgenberg denken, der sofort gerufen hätte: «Nicht doch, Anpfiffe kriege ick schon im Dienst jenuch!»

Es war schwer, einmal abzuschalten. Schon gar nicht gelang ihm dies, als ihr Mittelstürmer einen gewaltigen Schuss aufs Tor abgefeuert hatte.

«Mann, war det 'ne Granate!», rief einer der Zuschauer.

Kappe zuckte zusammen, denn er hatte sofort wieder ihren Misserfolg bei der Ergreifung des Handgranatenmörders vor Augen.

Noch mehr erschrak er aber, als er Klara unter den Zuschauern erblickte. Das konnte nichts Gutes bedeuten. Sie trat an die Barriere und winkte ihn heran. Er ließ sich Zeit.

Neben ihm schrie ihr Halblinker auf. Er hatte einen Schuss in den Unterleib abbekommen und wand sich am Boden.

«Mach hier nicht den sterbenden Schwan!», kam es von den Rängen. «Wir sind nich vor Verdun!»

«Mann, hab da nich so!», schrie ein anderer. «Det war nur 'n Ball und keen Schrapnell!»

Ein Dritter gab sich als Sanitäter. «Reib dir den Sack, aber kräftig – und gleich pinkeln gehen, sonst kriegste keene Kinda mehr.»

Kappe nutzte die Spielunterbrechung, um zu Klara zu gehen und sie mit einem kurzen Kuss auf die Wange zu begrüßen.

«Das ist ja lieb von dir, dass du dich mal sehen lässt, wenn ich spiele ...»

«Wir müssen nachher unbedingt noch über unsere Hochzeit reden.»

Kappe überlegte lange, wie er dem entgehen konnte. Eine Gelegenheit dazu bot sich erst kurz vor dem Halbzeitpfiff. Da stieg er zu einem Kopfball hoch und stieß dabei so unglücklich mit einem Gegenspieler zusammen, dass seine Augenbraue aufplatzte. Das war nicht schlimm, er blutete aber, so sollte es der Schiedsrichter später im Spielbericht vermerken, *wie ein angestochenes Schwein* und musste ins Krankenhaus, um genäht zu werden.

Als das erledigt war, sah er den Arzt so treuherzig an, wie er eben konnte. «Ob Sie meiner Braut nicht sagen können, ich hätte eine Gehirnerschütterung und müsste noch zur Beobachtung hierbleiben? Sie möge aber bitte schon nach Hause gehen.»

«Muss Liebe schön sein», murmelte der Doktor und tat ihm den Gefallen.

Am nächsten Nachmittag war alles vergessen, nur ein dickes Pflaster klebte noch auf seiner rechten Augenbraue. Kappe hatte sich mit Theodor Trampe in der Waldemarstraße vor der Haustür getroffen, um mit ihm zur großen Maikundgebung auf dem Potsdamer Platz zu fahren. Galgenberg stieß am Kottbusser Tor zu ihnen.

«Wohl dem, der eine Gehirnerschütterung hat», sagte Galgenberg, als er von Kappes Malheur erfuhr. «Weeß man wenichstens, det da wat is, wat erschüttert werden kann. Bei manch eenem Zeitjenossen wär ick mir da nich so sicher.»

Während Trampe rein privat zum Potsdamer Platz fuhr, um Karl Liebknecht zu lauschen, waren Kappe und Galgenberg dienstlich unterwegs, wobei Kappe gern das Private mit dem Nützlichen verband, Galgenberg hingegen linke Sozis wie Karl Liebknecht nicht ausstehen konnte.

«Klar, die Welt muss vabessert werden, aba nich von Knallköppen, wie der eena is.»

«Na, hören Sie mal!», rief Trampe.

«Nee, kann ick nicht», entgegnete Galgenberg. «Ick bin ja schließlich nich mein Nachbar.»

«Was hat denn das mit Ihrem Nachbarn zu tun?», wollte Trampe wissen.

«Na, der heißt Völker und hört immer die Signale – die, von denen Sie imma singen.»

Theodor Trampe unterließ es, den Agitator zu spielen. Einem Mann wie Galgenberg konnte man nicht böse sein. Ohne Gemütsathleten wie ihn wäre das Leben kaum zu ertragen gewesen.

Obwohl Kappe eng mit Trampe befreundet war, hatte er ihm nicht verraten, was sein eigentlicher Grund war, zum Potsdamer Platz zu fahren, denn dass er darauf aus war, Ernst Bergmann zu verhaften, hätte Trampe gar nicht gefallen. Kappe konnte sich nicht entscheiden, was er hoffen sollte: dass sie Bergmann trafen oder dass sie Bergmann nicht trafen.

Wie er aussah, wussten er und Galgenberg ziemlich genau, denn bei der Politischen Polizei gab es ein paar Photos von ihm. Und da hatte die Röddelin gar nicht mal so unrecht, denn Bergmann sah wirklich aus wie ein Neandertaler. Aber dass ihnen dieser Neandertaler bei einer Massenkundgebung in die Arme lief, war praktisch ausgeschlossen, es sei denn, man vertraute Galgenbergs Welterkenntnis Nummer eins, die da lautete: «Haste Glück, machste dick.»

«Janz schön wat los hier», sagte Galgenberg, als sie am Potsdamer Platz aus der U-Bahn stiegen. «Wenn die mir alle 'ne Mark schenken würden, hätte ick für den Rest meines Lebens ausjesorgt.»

Alles drängte in Richtung Rednertribüne. Man lief Ellenbogen an Ellenbogen, und teilweise war die Drängelei so groß wie auf dem Bahnsteig Alexanderplatz beim Entern eines gerade eingefahrenen Stadtbahnzuges. Unter den Arbeitern bemerkte Kappe auffällig viele Frauen und Jugendliche. Die ersten Scharmützel mit der Polizei ließen nicht lange auf sich warten. Einige Arbeiter hatten unten an ihren Spazierstöcken Nadeln angebracht, und pikte man mit denen in die breiten Hinterteile der Polizeipferde, bäumten die sich auf, gingen durch und verhinderten so eine befohlene Attacke.

Als es einer ausprobierte, ließ der Effekt nicht lange auf sich warten: Die Blauen und ihre Offiziere wurden nervös und fingen an, die Masse mit Fäusten hin und her zu stoßen.

Kappe hatte Mühe, nicht in Panik zu verfallen. Hier zerquetscht zu werden war auch kein schöner Tod. Wäre er doch bloß Wachtmeister in Wendisch Rietz und Storkow geblieben! Welcher Teufel hatte ihn nur geritten, ausgerechnet hier nach dem Handgranatenmörder zu suchen?

Sie waren zu weit von der Rednertribüne entfernt, um sein Gesicht deutlich erkennen zu können, sie hörten aber deutlich die sonore Stimme Karl Liebknechts: «Nieder mit dem Krieg! Nieder mit der Regierung!»

«Bravo!», rief Trampe.

«Pfui!», schrie Galgenberg.

Kappe lag mit seiner Meinung irgendwo dazwischen und wusste nicht so recht, wie er seine Gefühle in Worte fassen sollte. Außerdem ... Er rammte Galgenberg den Ellenbogen in die Seite. «Mensch, da ist der Bergmann!»

Richtig, der Mann, der da etwa zehn Meter von ihnen entfernt an einem Laternenpfahl lehnte, musste es sein. Stichwort: Neandertaler.

Nun ging alles ganz schnell. In dem Moment, als sie sich durch die Menge drängeln wollten, um Ernst Bergmann zu verhaften, wurde Karl Liebknecht, der kurz zuvor festgenommen worden war, inmitten eines Knäuels von Polizisten zur Wache abgeführt.

«Hoch, Liebknecht!», rief Theodor Trampe.

Sofort waren zwei Polizisten zur Stelle, um auch ihn zu arretieren.

Kappe zögerte keinen Augenblick, den Freund herauszuhauen, und zückte seine Marke.

«Das ist meiner, den habe ich schon festgenommen, der hat mir eins aufs Auge gegeben.»

Da unter dem Pflaster auf der Augenbraue noch alles blau war, zog dieses Argument, und man ließ Trampe los.

Als sich Kappe wieder auf Bergmann konzentrieren wollte, war der verschwunden. Nein, Galgenberg war ihm noch dicht auf den Fersen ...

Doch auch Galgenberg hatte keinen Erfolg, denn die Berittenen hatten inzwischen blankgezogen, und ein Hieb mit der flachen Seite eines Säbels warf ihn nieder.

# FÜNF

DIE BACKSTEINERNEN GEBÄUDE der Firma «Klaucke & Kutzner, Telegraphenkabel & Zubehör» standen weit draußen im Norden der Stadt, auf einem öden Grundstück an der Flottenstraße. Immerhin in der Nähe des Bahnhofs Reinickendorf an der Vorortstrecke nach Velten, so dass Karl Nassmacher morgens vom Ringbahnhof Stralau-Rummelsburg kaum mehr als fünfzig Minuten bis hier hinaus benötigte. An die Eisenbahnfahrt 3. Klasse war er seit Jahren gewöhnt, und er wäre nie auf die Idee gekommen, sich etwa am nahen Wedding eine Behausung zu suchen. Als jung zugewanderter Werneuchener fühlte er sich ganz als eingeborener Berliner. Und ein Berliner blieb seinem Kiez treu, selbst wenn sein Quartier, genau betrachtet, knapp außerhalb der eigentlichen Stadtgrenze lag, in Boxhagen-Rummelsburg, das zur jungen Stadt Lichtenberg gehörte.

In der Gryphiusstraße bewohnte er ein möbliertes Zimmer bei der Gardeoffizierswitwe Knippenhain, die einerseits über ihn und den betagten Lehrer Mehlhase, den Mieter des zweiten Zimmers nach vorn raus, ihr strenges Regiment führte, ihn andererseits jedoch auch ein wenig bemutterte, als Ersatz für den als Leutnant im Felde stehenden Sohn. Seine Gedanken über den Sohn und den Krieg behielt Karl Nassmacher tunlichst für sich. Und dass er den *Vorwärts* las, schien die Witwe nicht zu erschüttern. Ihr Interesse an Geschriebenem beschränkte sich auf die unregelmäßig eintreffenden Briefe des Herrn Leutnant aus Belgien – eine Zeitung zu lesen hielt sie für unter ihrer Würde. Nur Mehlhase ließ sich gelegentlich auf hitzige Diskussionen mit dem radikalen Agitator ein, als den er Nassmacher ansah.

Ein weiterer Grund, die freundliche Gegend um den Boxhagener Platz nicht zu verlassen, existierte seit nunmehr gut einer Woche nicht mehr: die gemeinsame, meist wortlose Fahrt zur Arbeit mit Emil Wasikowsky, der mit seiner Minna in Alt-Boxhagen dem Friedhof gegenüber gewohnt hatte. Am vergangenen Freitag hatten sie den alten Meister zu Grabe getragen. Nassmacher hatte ihn in den dreizehn Jahren seiner eigenen Tätigkeit bei Klaucke & Kutzner mehr und mehr schätzen gelernt. Ohne Wasikowsky wäre in dieser Bude wahrscheinlich seit Jahren kein einziger Meter Telegraphenkabel mehr gefertigt worden. Die Firma, noch vor dem Krieg mit ihren überalterten Bottichen und Maschinen aus einer baufälligen Remise am Ostbahngelände hierher in die Flottenstraße umgesiedelt, bestand eigentlich nur aus dem nie gesehenen Teilhaber Klaucke, dem ebenso redseligen wie unfähigen Direktor Kutzner – und Emil Wasikowsky, dem Einzigen, dem es gelang, dass am Ende der musealen Fertigungsstrecke tatsächlich daumendicke schwarze Kabel auf Trommeln gewickelt und verkauft wurden. Mit zunehmend hohem Gewinn, so wusste Nassmacher von Wasikowsky – wie überhaupt nahezu alles, was er über den Betrieb wusste, von Wasikowsky stammte.

Neben mancher drohenden Gebärde und gelegentlichen schmerzhaften Rippenstößen erfuhr er von ihm die Grundbegriffe der Schlosserei und der Kabelfertigung sowie Kenntnisse aus einem guten halben Dutzend anderer Berufe. Er lernte, was Guttapercha war und wie man daraus unter Zusatz von Holzteer und Harz die Isoliermischung Chatterton-Compound herstellte, und er verbrachte Tage damit, das korrekte Verlöten der Kupferadern beim Verlängern zu üben.

Zu Wasikowskys Genugtuung erwies sich Karl Nassmacher als ein anstelliger Lehrling mit beinahe ebenso goldenen Händen wie der Alte selber. Nach vier Jahren hatte es jedenfalls zu einem Gesellenbrief gereicht. Schweren Herzens musste sich Kutzner zu einem Hungerlohn für den Vorarbeiter herablassen, als den sich Nassmacher trotz seines immer noch jugendlichen Alters nach weiteren drei

Jahren bezeichnen durfte. Während Wasikowsky sich weiterhin um den von einer uralten englischen Dampfmaschine angetriebenen sogenannten Maschinenpark kümmerte, unterstanden Karl Nassmacher fortan die zwei Dutzend Arbeiter, was zwar seiner Eitelkeit schmeichelte, seinem nun einmal links schlagenden Herzen aber nicht guttat.

Noch schlechter erging es jedoch der Gesundheit. Immer wieder kam es vor, dass bei Klaucke & Kutzner Männer plötzlich umkippten, entweder an den Bleibottichen oder an den stinkenden Guttapercha-Pressen, aus denen die schwarze Masse an allen unerwünschten Stellen drang. Nachdem der Stabsarzt bei der Musterung fürs Militär Karls breiten Brustkorb mit kritischer Miene abgehorcht und anschließend dessen untere Augenlider weit heruntergezogen und misstrauisch beäugt hatte, bellte er: «Beruf?» und schüttelte auf Karl Nassmachers Antwort hin nur den Kopf und sagte: «Umgang mit Blei und Kupfer, wie?»

Karl bestätigte es und erfuhr zu seiner freudigen Überraschung, er sei ausgemustert. Das Beste für ihn sei, viel Milch zu trinken und sich an der frischen Luft zu bewegen. Karl verabscheute Milch, und von frischer Luft konnte allenfalls sonntags in der Laubenkolonie die Rede sein, wenn die Genossen sich nicht in irgendeinem verräucherten Saal versammelten oder sonst etwas Wichtiges für Partei oder Gewerkschaft anlag. Außerdem: Weshalb sollte ausgerechnet er etwas für seine Gesundheit tun, wenn sie ihn anschließend dafür zu den Preußen holten?

Er hustete morgens ein bisschen und abends vor dem Einschlafen auch, aber das konnte ebenso gut von den Zigaretten herrühren, von denen er täglich an die zwanzig, dreißig Stück rauchte. Er war ein kräftiger und, wie ihm die Mädchen immer wieder bestätigten, gutaussehender junger Kerl, nicht sehr groß geraten, der aber dennoch allemal mehr Mumm in den Knochen hatte als die übrigen bleichgesichtigen Gespenster in der Halle, deren Kraft zum Schluss nicht mal mehr zum Drehen der Kabeltrommeln reichte. Selbst von denen standen inzwischen ein paar im Felde vor Verdun oder wo auch immer. Ihre Plätze nahmen – unerhörtes Ereignis bei Klaucke & Kutzner – Frauen ein! Junge Frauen sogar, die ihre Arbeit nicht einmal schlecht und für weniger Geld taten. Man musste nur auf sie aufpassen, und das fiel Karl Nassmacher nicht immer leicht. Die Mädels hatten ganz andere Tricks drauf als die Altgedienten, um den wachsamen Vorarbeiter einzuwickeln oder von irgendwelchen Fehlern abzulenken. Tricks, die Karl Nassmacher mitunter erröten und sekundenlang wegblicken ließen, denen aber gelegentlich auch mal eine Handgreiflichkeit seinerseits folgte. Und siehe da: Das schien der einen oder anderen nicht einmal unangenehm zu sein.

Seit jedoch Betti Boretzki an der Litzenflechtmaschine arbeitete, war es vorbei mit solchen Vertraulichkeiten. «Entweder du fässt mir an und keine andere – oder du fässt alle andern an und mir nie wieder», hatte sie ihm an ihrem ersten gemeinsamen Abend im Treptower Eierhäusschen klipp und klar erklärt. Er hatte sich sofort entschieden und war mit einem kühnen Vorstoß seiner Hand sehr weit an ihrem Oberschenkel vorgedrungen. «Nur noch dich», hatte er gelobt und sich seitdem streng daran gehalten. Sie war ein ausnehmend hübsches Ding, und sie himmelte ihn an, wie er bald merkte. Und nicht nur er. Die flotte Betti wurde zum Gespött ihrer eifersüchtigen Kolleginnen, wusste sich jedoch mit ihrer Berliner Kodderschnauze gut zu wehren. «Man bloß nich so neidisch, ihr alten Eisenten», war noch das Mildeste, was sie denen entgegenschmetterte. «Wer hat, der hat!»

Ja, sie hatte ihn, und er war stolz darauf. Das Problem war nur, dass sie noch in der Kochstube bei ihren Eltern in der Marienburger Straße wohnte und er bei der gestrengen Frau Knippenhain. Jetzt, wo es wärmer wurde, konnte er vielleicht die halbfertige Laube zu einem gemütlichen Nest ausbauen, aber in der kalten Jahreszeit war ihnen nur gelegentlich das spärlich möblierte Zimmer von Bettis Freundin Lotte geblieben, deren Wirtin gegen ein geringes Entgelt männliche Besucher ihrer Untermieterinnen großzügig übersah. Charlotte Naujoks arbeitete seit kurzem ebenfalls bei Klaucke &

Kutzner, ein dralles, mitunter etwas grell angemaltes Mädchen mit einem bemerkenswerten Hinterteil und aufreizendem Wesen. Nett anzusehen, aber kein Vergleich mit Betti Boretzki.

Wie hübsch und aufreizend seine Betti auch auf andere Männer wirkte, hatte Karl Nassmacher vor gut sechs Wochen zu spüren bekommen, als der plattfüßige Kutzner eines Vormittags plötzlich mit einem Offizier an seiner Seite in den Niederungen der Kabelfertigung aufgetaucht und herumgeschlendert war. Der Oberleutnant – so weit kannte sich Karl in der militärischen Rangordnung aus – durchschritt die Halle, als wate er knietief in Exkrementen, und seine Miene verriet höchsten Widerwillen. Erst als er Bettis ansichtig wurde, hellte sich sein narbiges Gesicht ein wenig auf. Leutselig und von Karl aus einiger Entfernung misstrauisch beäugt, näherte er sich der jungen Frau und setzte zu einem Gespräch an.

Betti, als hätte sie ihn gar nicht wahrgenommen, fuhrwerkte gekonnt in dem Gesträuch der Kabellitzen herum und wandte sich ihm erst zu, als der Oberleutnant sie vertraulich an die Schulter fasste. Im nächsten Augenblick war es auch schon zu spät. Die Maschine gab stotternde Knurrlaute von sich, würgte noch einen Augenblick an den Drähten und blieb stehen. Schlappend lief der Treibriemen leer.

«Sie dürfen mir hier nich ablenken!», fuhr Betti den erschrockenen Offizier an. «Jetz ham wa den Kabelsalat!»

Höchste Zeit für Karl Nassmacher einzugreifen. Natürlich nicht ohne diesem dämlichen Oberleutnant einen verächtlichen Blick zu gönnen.

Damit hatte alles Unglück angefangen.

Wie sich herausstellte, handelte es sich bei dem Offizier um Kutzners leibhaftigen Schwiegersohn, mit einem Heimatschuss soeben siegreich aus dem Felde heimgekehrt und vom Herrn Direktor als sein unmittelbarer Vertreter inthronisiert, «um den ganzen Laden mal richtig auf Vordermann zu bringen!», wie der Herr von Zabelsdorff sich auszudrücken beliebte. Er verstand zwar nichts von Elektrizität, von Kabeln oder Guttapercha-Ersatzstoffen, aber er gedachte, die Firma gründlich umzukrempeln und die Kabelproduktion erheblich zu steigern.

«Sie haben ja keine Ahnung, wie wichtig diese Kabel und Drähte draußen im Felde sind!», pflegte er etwa dreimal stündlich zu behaupten, verknüpft mit einem unpassenden Beispiel aus dem Schützengraben, das jeder in der Halle bald mitsingen konnte, gipfelnd in der Bemerkung: «Unsere Munition – das sind diese Kabel!» Von denen von Zabelsdorff allerdings nie eines auch nur mit dem kleinen Finger berührte. Der teerige Ersatzstoff für die Isolation hinterließ bleibende Flecke.

Karl Nassmacher hielt sich auf Wasikowskys Rat hin zunächst einmal zurück im Umgang mit dem forschen Herrn von von Zabelsdorff. Aber der Alte geriet schnell genug selber mit ihm aneinander, als von Zabelsdorff versuchte, ihn über Stand und Zustand deutscher Technik zu belehren. Darauf reagierte der Alte empfindlich. Und ebenso empfindlich auf von Zabelsdorffs Befehl, das Tempo der Dampfmaschine und damit aller angeschlossenen Maschinen und Aggregate zu erhöhen. Gegen Wasikowskys ausdrücklichen Willen hatte Kutzner die übliche jährliche Inspektion des schnaufenden Ungeheuers aus Manchester im letzten Jahr zwischen Weihnachten und Neujahr versäumen lassen, und nun, Ende April, begannen die ersten Lager zu schlagen, und eine Welle lief hörbar unrund.

Von Zabelsdorff gab dem alten Meister die Schuld. Er tönte von Unfähigkeit und Zersetzung an der Heimatfront, von alten Knackern, die nicht vom Siegeswillen angesteckt seien und nichts von Maschinen verstünden.

Wasikowsky blieb ihm nichts schuldig, und Karl Nassmacher fühlte sich verpflichtet, seinem so ungerecht beurteilten Förderer beizuspringen.

Das brachte von Zabelsdorff erst recht in Harnisch. Von sozialistischem Gesindel war da plötzlich die Rede, von Drückebergern und Simulanten, die sich dem heldischen Kampf einer ganzen Nation zu entziehen verstanden, was er, Oberleutnant Arndt von

Zabelsdorff, nicht länger hinzunehmen geneigt sei. Und ebenso wenig die Gewerkschaftsumtriebe in einem Unternehmen von nationaler und möglicherweise kriegsentscheidender Bedeutung.

Da hatte also jemand geplaudert. Vor Kutzner hatten sie ihre Parteizugehörigkeit zwar nicht direkt geheim gehalten, aber der hatte sich um derlei nie geschert. Auf der gemeinsamen Heimfahrt hatten Nassmacher und der gar nicht zu beruhigende Wasikowsky zum ersten Mal seit langer Zeit mehr als zehn Worte miteinander gewechselt. Ein Ausweg, sich dieses Ekels von Zabelsdorff zu entledigen, war ihnen nicht eingefallen.

Als Wasikowsky am nächsten Morgen nicht wie gewohnt vor der Haustür wartete, war Karl im Hinterhaus bis in den dritten Stock gestiegen, wo er auf die weinende Minna Wasikowsky traf. Ihr Mann hatte sich die ganze Nacht über unruhig herumgequält und sich immer wieder im Bett aufgerichtet, um seinen linken Arm zu massieren. Gegen Morgen war er dann plötzlich mit einem lauten Stöhnen in die Kissen zurückgesunken. Vor einer Viertelstunde hatte der Arzt den Tod festgestellt. Erschüttert stand Karl neben der Leiche des Mannes, dem er so viel verdankte, und Wut stieg in ihm auf, als er an den Verursacher dieses Unglücks dachte. Der sollte ihn kennenlernen!

Von Zabelsdorff reagierte wie erwartet auf die Todesnachricht. In seinem gläsernen Kabuff, das er sich in erhöhter Position in der Hallenmitte hatte aufbauen lassen, nahm er Nassmachers grimmigen Rapport nahezu ungerührt entgegen. «An der Heimatfront gefallen», sagte er nüchtern. «Ich habe viele Männer sterben sehen, darunter bessere als ihn.»

Am liebsten hätte ihm Karl ins Gesicht geschlagen. Doch er bezwang sich und kehrte von Zabelsdorff wortlos den Rücken.

Der rief ihn zurück. «Ich habe ein Auge auf Sie, Nassmacher!», meinte er mit einem drohenden Unterton. «Und wenn Sie glauben, dass Sie jetzt den großen Maxen spielen können, dann irren Sie sich gewaltig. Hier bin ich der Befehlshaber. Und Sie sind allenfalls ein Armierungssoldat. Einer, den ich morgen an die Front schicken kann, wenn es mir beliebt. Daran sollten Sie immer denken! Es gibt Ärzte, die einen Simulanten mal etwas gründlicher untersuchen. Und es gibt Kräfte, die sich lebhaft für politische Unruhestifter in der kriegswichtigen Industrie interessieren. Das sollten Sie niemals vergessen, Nassmacher!»

Auch das hatte Karl schweigend über sich ergehen lassen. Nur als ihn von Zabelsdorff noch einmal zurückpfiff, um ihm mit einem maliziösen Lächeln mitzuteilen, dass er künftig keinerlei Vertraulichkeiten zwischen dem offiziell nie bestätigten Vorarbeiter und den Arbeiterinnen an den Maschinen dulden würde, entgegnete Karl mit vor Wut trockener Kehle: «Fräulein Boretzki ist meine Verlobte!»

Von Zabelsdorff grinste verkniffen. «So? Das haben Sie aber bisher geheim gehalten, wie? Und Ringe tragen Sie auch nicht.»

«Bei der Arbeit an Maschinen trägt man keine Ringe», sagte Karl kalt. «Außerdem sollten doch gerade Sie den Spruch kennen: Gold gab ich für Eisen.»

Vergeblich versuchte von Zabelsdorff, seine Linke mit dem klobigen goldenen Siegelring unter der Schreibtischplatte verschwinden zu lassen. «Kümmern Sie sich um die Bleischmelze!», sagte er wütend. «Da gibt es angeblich Schwierigkeiten.»

Als er Betti in der Mittagspause von der Auseinandersetzung erzählte, wollte Karl ihr den Teil mit der Verlobung eigentlich verschweigen. Dann siegte sein gutes Herz. Betti sah ihn ungläubig an. «Meinste det ernst?», fragte sie zweifelnd.

Karl griente. Zum ersten Mal an diesem traurigen Tag. «Gesagt ist gesagt», meinte er.

Betti fiel ihm um den Hals. «Wenn et so is, denn komm ick am 1. Mai sojar mit zu deine Dämonstruierung oder wie det heißt.»

Das war mehr, als Karl erwartet hatte.

«Eine Frau jehört an der Seite ihres Mannes», verkündete Betti hoheitsvoll.

Karl widersprach ihr nicht.

# SECHS

KAPPE saß mit Klara bei M. Kempinski & Co. in der Leipziger Straße und staunte, wie sich die Welt nach anderthalb Jahren Krieg verändert hatte. Am Heizmaterial musste gespart werden, und ihnen fröstelte nicht nur, sie froren regelrecht. Aber man konnte ja nicht mit einem dicken Wintermantel im Grauen Salon Platz nehmen. Nichts passte mehr zum äußeren Glanz, dem venezianischen Kristall, zu edler Bronze, zu spiegelndem Mahagoni. Statt damastener Tücher lagen Papierbogen auf den Tischen. Die Kellner trugen kleine Scheren am Hosenbund und schnippelten damit an den Lebensmittelkarten. Mit Kleie versetztes Brot, Fleisch, Fett – alles war rationiert. Kartoffeln waren zur Delikatesse geworden, und man genoss sie so wie früher Artischocken oder Spargelspitzen. Was in den wässerigen Suppen schwamm, waren keine Fleischbällchen oder Stücke zarter Hühnerbrust, sondern Rübenschnitzel. Statt französischer Poularde lagen höchstens Kohlrouladen auf den Tellern – und die waren noch angestoßen. Die Uniformen der Ober waren zerschlissen, die Sakkos der Gäste abgetragen, die Oberhemden gestopft. Durchweg waren es ältere Herren, die jüngeren Kellner standen alle im Feld. Und wo vor dem Krieg der Mittelstand die Säle gefüllt hatte, vor allem höhere Beamte aus den umliegenden Ministerien, bestimmten nun feldgraue Soldaten das Bild.

Superb war das Essen ganz bestimmt nicht. Die Speisekarten waren mit einem schwarzweißroten Rand versehen und im vaterländischen Sinne bereinigt worden, da war nichts mehr von französischem Champagner, von Vichy- und Evian-Wasser, Roquefort und

Camenbert, Cognac, Scotch Whisky, Chartreuse, Benedictine und englischen Austern zu lesen. Nun schön, das alles hätten sich Kappe und Klara sowieso kaum leisten können, aber dennoch ...

Klara Göritz aber war das alles ziemlich egal, denn ihr gingen andere Dinge durch den Kopf.

«Die Leute reden schon über mich ...»

Kappe spielte mit dem schwarzweißroten Fähnchen, das sie auf dem Tisch stehen hatten, und war mutig genug, leicht spöttisch zu klingen. «Ist doch schön, wenn sie über dich reden, du hattest doch schon immer Schauspielerin werden wollen.»

Aus ihren dunkelblauen Augen schossen Blitze. «Mir ist es ernst damit!»

«Womit?», fragte Kappe, obwohl er natürlich wusste, worum es ihr ging.

«O Gott!» fuhr sie ihn an. «Wir sind nun schon drei Jahre verlobt, und so langsam könnte mal geheiratet werden.»

Kappe duckte sich unwillkürlich. «Ja, sicher, aber hast du jemals dran gezweifelt, dass wir ...» Jetzt musste er mit handfesten Begründungen für sein Zögern kommen, sonst war der Abend vollends im Eimer. «Du weißt doch, dass ich zur Eheschließung die Erlaubnis meines Dienstherrn brauche.»

«Dann holst du die eben ein!»

«Ja, und wenn ich den Antrag stelle, dann sagen sie nein, weil ich ja eigentlich an die Front müsste.»

Sie wischte seine Argumente vom Tisch. «Unsinn! Sie können doch nicht jeden Mann an die Front schicken, es müssen doch auch welche hierbleiben, um die Mörder zu jagen. Außerdem hast du ja diese komische Krankheit, die dich immer so schnell müde werden lässt. Das hast du denen bei der Musterung doch auch gesagt, oder?»

«Ja, sicher.» Kappe merkte, dass er kaum noch eine Chance hatte, dieses Gefecht zu gewinnen.

Klara ließ nicht locker. «Und wenn sie dich wirklich nicht heiraten lassen oder dich an die Front schicken, dann gehe ich höchstpersönlich zum Major von Vielitz – und das ist ja ein Duzfreund von ... von ...» Sie kam nicht auf den Namen des Polizeipräsidenten.

«Jagow», half ihr Kappe aus. «Traugott von ...»

«Ja, und der wird nicht verhindern, dass wir uns vor Gott trauen lassen. Und zwar in der Emmauskirche bei dir am Lausitzer Platz. Und am Mariannenplatz habe ich mir auch schon eine schöne Wohnung angesehen.»

Kappe fühlte sich überfahren. Er hatte Angst davor, Ehemann und Vater zu werden. Es gab nichts Besseres für ihn als ein Junggesellenleben mit der Braut in sicherer Entfernung. Klara wohnte zur Untermiete in Neukölln, wie Rixdorf neuerdings hieß, in der Kaiser-Friedrich-Straße, er in der Waldemarstraße, da konnte man sich, hatte man Sehnsucht nach einander, schnell in die Straßenbahn setzen und war in zehn Minuten am Ziel. Wozu also der gemeinsame Hausstand? Alles kostete, außerdem gäbe es ständig Theater, wenn er einmal abends und in der Nacht dienstlich unterwegs war.

Doch er fühlte, dass der Moment gekommen war, in dem er sich entscheiden musste. *Hic Rhodos, hic salta!* Klara war seine große Liebe, ganz ohne Frage, und er hatte sie schon begehrt, als sie noch in Wendisch Rietz über den Schulhof gelaufen war – aber für immer und ewig nur Klara? Körper und Seele waren nicht immer auf einen Nenner zu bringen. Sie war so ganz anders als er, mehr für das Feine und Vornehme und wollte hoch hinaus. Und er – er war ein bodenständiger Mensch, der eigentlich nur seine Ruhe haben wollte. Wie sollte das auf Dauer gutgehen? Andererseits ... Ein Leben ohne Klara konnte er sich auch nicht vorstellen. Keine Wärme mehr, keine Liebe, jeden Abend, jeden Sonntag immer nur allein. Und es war klar, dass sie die Verlobung löste, wenn er nicht noch in dieser Stunde ja zur Heirat sagen würde. Nicht zu vergessen, dass er am 11. Februar 28 Jahre alt geworden war und nicht mehr unbedingt als Jüngling gelten konnte.

Es dauerte noch eine Viertelstunde, dann stand er auf, kniete vor Klara nieder und sagte: «Gnädiges Fräulein, darf ich um Ihre Hand anhalten?»

«Ja, du darfst.» Sie zog seinen Kopf zu sich heran und küsste ihn so lange, dass die Leute ringsum zu hüsteln begannen.

Am nächsten Tag marschierte er dann tapfer zu seinem Vorgesetzten, um die Erlaubnis zur Heirat zu erbitten.

Von Canow hörte ihm zu, und man konnte ihm deutlich ansehen, wie sein Unmut von Satz zu Satz größer wurde. «Ein Mann gehört in diesen Zeiten an die Front, mein Lieber, und nicht vor den Traualtar!», donnerte er am Schluss seiner Ausführungen.

So blieb Kappe nichts anderes übrig, als am Sonntag zum Major von Vielitz nach Storkow zu fahren. Seit er dem alten Haudegen vor sechs Jahren das Leben gerettet hatte, war er quasi dessen Ziehsohn. Zwar hatten sie sich heftig überworfen, als Kappe in Berlin seinen ersten Fall gelöst hatte, den Mord auf einem Moabiter Kohlenplatz, aber inzwischen hatten sie sich wieder ausgesöhnt.

Wendisch Rietz, Storkow ... Im Zug hatte Kappe genügend Zeit, sich seinen Erinnerungen hinzugeben. Als kleiner Dorfgendarm war er ausgezogen, um in der großen Stadt sein Glück zu machen. Sechs Jahre war das erst her – und schien doch eine Ewigkeit her zu sein. Nun kehrte er als stolzer Kriminalkommissar in seine alte Welt zurück, als Sieger. Andererseits auch als Verlierer, denn wenn seine Oberen ihr Veto einlegten, durfte er nicht heiraten – und wenn er räsonierte, schickten sie ihn nach Frankreich oder nach Russland an die Front. Und was ihn da erwartete, das war im wahrsten Sinne des Wortes von anderem Kaliber als der Schusswechsel mit einem Raubmörder, der festzunehmen war. Er brauchte nur zu lesen, was ihm sein Freund Gottlieb Lubosch aus Flandern schrieb. Dabei gehörte der als Kurier und Marketender noch zu den Privilegierten.

*... hatten wir es schwer, das Sperrfeuer richtig zu legen. Uns blieb nichts weiter übrig, als unseren Fliegern – auf Anruf mit einem Schuss aus der Leuchtpistole – unsere Stellung durch Auslegen von weißen Tüchern kenntlich zu machen. Aber diese Tücher kommen auch den feindlichen Fliegern zugute. Diese gehen tief herab und feuern mit Maschinengewehren auf uns.*

Kappe blickte unwillkürlich in den märkischen Himmel hinauf und steckte den Feldpostbrief wieder in die Manteltasche. Es war nicht mehr weit bis Storkow. Vom Zug aus war die Villa des Majors zwar nicht zu sehen, aber zu erahnen, Kappe jedoch widerstand dem Impuls, zuerst von Vielitz aufzusuchen und dann erst auf einem ausgeliehenen Rad zu seinen Eltern zu fahren. Es gab Prioritäten, und die Eltern standen obenan. Also fuhr er weiter bis zur Station Scharmützelsee, die unmittelbar am südlichen Ende des Sees gelegen war und von der er einen halben Kilometer bis zum Häuschen der Kappes zu laufen hatte.

Er hätte tausend Mark darauf gewettet, dass sein Vater auch an diesem Sonntagmorgen am Ufer stand und Netze flickte, während seine Mutter auf einer Art Terrasse saß und Kuchenteig rührte. Und so war es dann auch.

Wilhelm Kappe stand in dem Ruf, ein noch größerer Schweiger zu sein als Moltke, und so war es geradezu ein persönlicher Rekord, als er seinen Sohn mit dem Satz «Schön, dich auch mal wieder zu sehen» begrüßte. Seine Mutter hingegen, die bekannt dafür war, pausenlos zu reden, mitunter sogar etwas wirr, beließ es dabei, ihren Zweitältesten wortlos in die Arme zu schließen und kräftig zu drücken.

«Da bin ick ja jerührt wie Appelmus», sagte Kappe und dachte: Galgenberg lässt grüßen.

Es war eine glückliche Stunde, die er mit seinen Eltern beim Mittagessen verbrachte. Es war schon so warm, dass sie im Freien essen konnten. Fisch natürlich, in Butter gebratenen Zander, was auch sonst in einer Fischerfamilie. Kappe fragte sich, ob es nicht doch besser gewesen wäre, in Wendisch Rietz zu bleiben und wie seine Ahnen Fischer zu werden.

«Schuster, bleib bei deinen Leisten», sagte dann auch seine Mutter, als sie auf dieses Thema zu sprechen kamen.

«Ach was, jetzt habe ich auch meine Fische, die mir ins Netz gehen», entgegnete Kappe.

«Bis auf den Handgranatenmörder», warf seine Mutter ein.

Es hatte sich also mittlerweile bis Wendisch Rietz herumgesprochen, dass sie den noch immer nicht gefasst hatten. Schnell wechselte er das Thema. Seine Mutter war ganz närrisch vor Freude, als er ihr erzählte, dass im Mai Hochzeit sein würde. «Frauen!», dachte er.

Es wurde drei Uhr, bis sich Kappe aufs Rad schwang, um nach Storkow zum Major zu fahren.

Ferdinand von Vielitz war bei guter Gesundheit und bester Laune, aber ihre Begrüßung war nicht mehr ganz so herzlich wie noch vor zehn Jahren. Das hatte einen ganz bestimmten Grund, der mit den Ereignissen des Jahres 1910 zu tun hatte, darüber schwiegen sie aber.

Sie saßen im Salon und genossen den Blick auf den See. Von Vielitz kaute an seiner Zigarre.

«Mein lieber Hermann», begann er, als er Kappes Wunsch vernommen hatte. «Protektion ist schön und gut, und ich tue gern alles für dich, alles, um das du mich bittest, ich spreche auch mit meinem altem Freund Jagow, aber ... aber Protektion hat immer auch etwas Anrüchiges an sich und diminuiert den, der sich protegieren lässt.»

Kappe wusste nicht gleich, was mit dem Wort diminuiert gemeint war – so etwas lernte man nicht in der Dorfschule von Wendisch Rietz –, ahnte aber, was von Vielitz damit ausdrücken wollte, nämlich dass es ihn in den Augen seiner Kollegen irgendwie entwertete.

«Ja, da mögen Sie recht haben, Herr Major.»

Ebenso enttäuscht wie erleichtert machte er sich auf die Heimreise nach Berlin. Nun blieb ihm nichts weiter übrig, als Mut zu zeigen, und am nächsten Vormittag stieg er hinauf zum Vorzimmer des Polizeipräsidenten. Vielleicht bekam er ja einen Termin bei Traugott von Jagow. Unter politischen Aspekten mochte er den Mann überhaupt nicht, denn wie hatte der beim Kohlenarbeiterstreik 1910, als es in Moabit Straßenschlachten gegeben hatte, groß getönt: «Die Straße dient dem Verkehr! Ich warne Neugierige!» Und dann hatte er seine berittenen Schutzmänner mit dem Säbel auf die Demonstranten einschlagen lassen. Wie auch neulich auf dem Potsdamer Platz.

Kappe hatte Glück, denn gerade als er an der Vorzimmertür anklopfen wollte, kam Ernst Gennat heraus, der große Mann der Mordermittlung.

Gennat grinste, als er Kappe sah. «Ah, noch einer, der nicht im Schützengraben liegt. Mich konnten sie nicht nehmen, weil ich dem Gegner mit meiner Körperfülle eine zu große Angriffsfläche biete. Aber Sie?»

«Ich habe doch diese Kreislaufschwäche.»

«Sie sollten heiraten, dann gibt sich das.»

Jetzt war es Kappe, der grinste. «Das sagen ausgerechnet Sie.» Von Gennat war bekannt, dass er jeder Ehe aus dem Weg ging. «Und dass ich heiraten will, ist auch schon herum?»

«Wenn Sie Galgenberg etwas unter vier Augen anvertrauen, können Sie es auch gleich in die Zeitung setzen lassen.» Gennat versuchte, in Kappes Gesicht zu lesen. «Und jetzt stehen Sie vor der Alternative, entweder an die Front zu gehen und das als das kleinere Übel anzusehen oder zu heiraten?»

«Dann doch lieber die gewetzten Messer zu Hause in der Küche als die Handgranaten an der Front.»

«Handgranaten haben wir auch hier.» Gennat fragte Kappe, ob er denn im Fall des Handgranatenmörders schon weitergekommen sei.

«Nein, aber ...» Er informierte Gennat über die neuesten Erkenntnisse.

«Danke. Aber nun zurück zu Ihrer Mission beim Polizeipräsidenten!»

«Zum Heiraten brauche ich die Erlaubnis von ganz oben, aber wenn Herrn von Jagow auffällt, dass ich noch nicht in Frankreich oder Russland bin, könnte er ja auf die Idee kommen, das möglichst schnell zu ändern. Darum zögere ich noch ...»

«Lassen Sie nur, ich gehe nachher mit Jagow essen und erledige das für Sie. Wenn ich ihm klarmache, dass wir auf Sie auf keinen Fall verzichten können, wird er Sie hier in Berlin lassen und auch nichts dagegen haben, wenn Sie in den heiligen Stand der Ehe treten.»

Galgenberg kommentierte dieses Gespräch mit einem wohlgefälligen Kopfnicken. «Na bitte, wie ich immer sage: So eena wie du ersauft nie – der kann noch mit die Ohrn paddeln.»

«Dann kann ich langsam mit den Vorbereitungen beginnen», sagte Kappe. «Die gemeinsame Wohnung mieten, den Polterabend planen.»

«Ja, immer ran an die Buletten. Und ich kläre den Fall dann auf.»

«Wieso?», fragte Kappe. «Was ist da aufzuklären?»

«Na, et heißt doch imma: Heirate, und du lachst dir tot! Und wo 'n Toter is, da muss ja eena von uns tätig werden. Also icke, denn du kannst ja nich mehr.»

Kappe machte sich ans Werk. Zum Tag der Hochzeit wurde der 19. Mai bestimmt. Dann ging er zum Standesamt und bestellte das Aufgebot. Die Trauzeugen zu finden war nicht einfach. Sein bester Freund Gottlieb Lubosch befand sich an der Front, und Klara hatte sich mit ihren Freundinnen gerade verkracht und konnte auch mit keinen Geschwistern oder Cousinen aufwarten, da ihre Familie praktisch nur noch aus ihr bestand.

«Nun, da muss es von Seiten meines Vaters noch einen Vetter geben, so über drei Ecken, den Onkel Eduard.» Den hatte sie völlig aus den Augen verloren. «Ich glaube, der hat hier in Berlin irgendwo im Hotel gearbeitet, als Kellner oder im Empfang.»

Kappe machte sich auf die Suche nach ihm und stieß schließlich auf einen Eduard Damaschke, der im Excelsior Oberkellner war und aus Lindenberg kam. Und richtig, er war mit der Familie Göritz versippt und freute sich, dass man an ihn gedacht hatte.

Aber wer sollte von Kappes Seite dafür sorgen, dass dem Gesetz Genüge getan wurde?

«Denn zeuge ick eben», sagte Galgenberg, als ihm Kappe

seine Nöte schilderte. «Ick habe in meinem Leben schon öfta jezeugt, aba imma im Bette und nie uff'm Amt.»

Das konnte also abgehakt werden, und alles ging seinen geregelten Gang. Eine Woche vor der Hochzeit drohte dann aber alles zu platzen. Und schuld daran war Kappes Cousine.

Hertha Börnicke nämlich war ihrem Traum, eine große Schriftstellerin zu werden, ein Stück näher gekommen und hatte eine kleine Geschichte in einer weithin unbekannten Zeitschrift für das gehobene Publikum veröffentlicht, die den Namen *Spreegeflüster* trug. Wie der Zufall es wollte, und er wollte es so, hatte auch Klaras Friseur literarische Ambitionen und war regelmäßiger Leser von *Spreegeflüster*. Hatte er die neueste Ausgabe ausgelesen, stellte er sie seinen Kundinnen gern zur Verfügung, um ihnen das Warten zu verschönen. Und da Klara Göritz immer für das Höhere schwärmte, griff sie gerne zu. Als sie den Namen Hertha Börnicke las, hätte sie um ein Haar aufgeschrien, denn sie war der Cousine ihres Verlobten in herzlicher Abneigung verbunden. Das lag vor allem daran, dass diese Person Hermann immer fürchterlich anhimmelte und gern selber zum Ehemann gehabt hätte.

Schön und gut, damit hatte Klara sich abgefunden, zumal es ja sie war, die den Sieg davongetragen hatte, aber was sich Hertha da geleistet hatte, das ging wirklich über die berühmte Hutschnur, denn die Hauptperson ihrer Geschichte, eine böse und intrigante Mörderin, war eine gewisse Gila Körratz. Nun wusste Klara zwar nicht, was ein Anagramm ist, dass dieser Name aber aus den Buchstaben ihres Namens zusammengesetzt war, erkannte sie auf den ersten Blick. Auch sonst hatte diese Gila Körratz eine so große Ähnlichkeit mit ihr wie ein eineiiger Zwilling mit dem anderen.

Das war also Herthas Rache. Der Skandal war da.

«Diese Hertha kommt mir nicht zu meiner Hochzeit!», schrie Klara Kappe an.

Der verstand es zunächst, gelassen zu bleiben. Das musste man in seinem Beruf auch erlernen, sonst konnte man gleich einpacken. «Deine Hochzeit ist auch meine Hochzeit – und ich kann doch meine engsten Verwandten nicht wieder ausladen. Herthas Mutter ist schließlich meine Patentante.»

Klara formulierte ihr Ultimatum. «Entweder Hertha oder ich!»

Kappe verließ wortlos den Raum. Wie bekam man diese Kuh wieder vom Eis? Das war die große Frage.

«Heirate doch Hertha», kam Galgenbergs Vorschlag.

«Einfacher wäre das Leben mit ihr schon, aber dummerweise ist es so, dass ich Hertha ... Allein die Vorstellung, mit ihr ins Bett zu gehen ... fürchterlich!»

«Bei Nacht sind alle Katzen grau», sagte Galgenberg.

«Aber bei Tage nicht!», gab Kappe zurück. «Und was Klara kann, das kann ich schon lange: stur bleiben. Entweder Hertha kommt zu unserer Hochzeit – oder es wird nie eine Hochzeit geben.»

# SIEBEN

HEINRICH SCHIMANIAK lief noch immer wie im Traum durch die Straßen von Berlin. Seit mehr als einer Woche war er schon hier, und allmählich fand er sich wieder zurecht in den langen Straßen und auf den weiten Plätzen. Mit seinem Gedächtnis schien etwas Merkwürdiges vorgegangen zu sein, das ihn irritierte. An alles, was sich dort auf dem kahlen Hügel über dem nebligen Fluss ereignet hatte, versuchte er vergeblich sich zu erinnern. Da war nur flammende Betäubung, mehr nicht. Als er im Lazarett zum ersten Mal erwacht war, hatte er nur eine blutrote Wand gesehen, aus der die schräg gegeneinander versetzten Gesichter eines übermüdeten Sanitäters auftauchten. Beide sagten mit wie aus der Ferne hallender Stimme: «Na, da sind wir ja wieder, Schimaniak.»

Er hatte sich nicht einmal gewundert. Heinrich Schimaniak hatte also überlebt. Er wollte den Männern im weißen Kittel antworten, aber es ging nicht. Sein Gesicht war taub, sein Mund anscheinend nicht mehr vorhanden. Schmerzen empfand er erst viel später, als das Doppeltsehen ein wenig nachgelassen hatte und die Erinnerungen an das zurückkehrten, was vor der Flammenwand passiert war.

Seitdem dachte er oft daran. Beinahe zu oft.

Dafür wusste er nicht, wann und wo sie ihn auf der Trage in den Zug geschoben hatten. Irgendwo im Lothringischen, bei Metz. Es machte ihm überhaupt Mühe, sich an die lange Fahrt zu erinnern, die hinter ihm lag. Irgendwann, als der Zug lange stand und der quälende Durst ihn zu überwältigen drohte, hatte er sich von der Trage erhoben und war zur Tür getorkelt. Auf dem Bahnsteig hatte ihm ein junges Mädchen mit schreckgeweiteten Augen Kaffee gereicht, und er merkte, dass er nicht aus dem Becher trinken konnte. Die warme Flüssigkeit rann ihm über das Kinn und den verschlissenen Uniformrock. Das Mädchen hatte sich abgewandt und dem Nächsten Kaffee gereicht.

Sein zerstörter Mund gierte nach dem Gesöff. Vorsichtig setzte er den Becher am rechten Mundwinkel an und schaffte es tatsächlich, den Rest der lauwarmen Flüssigkeit in seine Kehle zu befördern. Er musste lernen, dass seine linke Gesichtshälfte eine tiefe, schrundige Narbe war und der Rest seines Mundes sich nur noch dazu eignete, weiche Nahrung aufzunehmen.

Nach sechs Wochen waren die Verbände entfernt worden. Als Schorsch, ein befreundeter Mitinsasse, ihm zum ersten Mal zögernd die halbblinde Spiegelscherbe herübergereicht hatte, wollte Heinrich nicht glauben, was er sah. Das war nicht er, der ihn da aus blutunterlaufenen Augen anstarrte, von denen das linke sich an einer gänzlich falschen Stelle befand. Das war überhaupt kein Mensch, dieser doppelte Kerl mit dem roten Loch anstelle des Jochbeins und der Wange, dem scheel heruntergezogenen Auge und den entstellten Überbleibseln eines Mundes.

Tränen schossen ihm aus dem rechten Auge. «Das bin ich nicht!», lallte er. Auch Sprechen musste er erst wieder lernen. Doch außer Schorsch brachte niemand die Geduld auf, seine unverständlichen Laute zu deuten.

«Das bist du, Heinrich Schimaniak aus Landsberg», versuchte der ihn zu beruhigen. «Und du hast mächtig Schwein gehabt. Hast dein Augenlicht behalten und alle deine heilen Glieder!»

«Aber mein Gesicht!», barmte Heinrich verzweifelt. Wie sollte er jemals wieder einem bekannten Menschen unter die Augen treten? Jemandem gerade ins Gesicht sehen? Mit diesem Loch anstelle eines Mundes einem Mädchen zärtliche Worte ins Ohr flüstern?

Nach und nach hatte er erfahren, dass man ihn in einem Granattrichter unter einem Berg zerfetzter Leichen gefunden und gleichfalls für tot gehalten hatte. Zu identifizieren sei er nur durch die zufällig gefundene Blechmarke gewesen, und aus dem letzten Quartier bei Étain traf dann eines Tages auch tatsächlich sein Tornister im Lazarett ein. Überrascht hatte Heinrich darin gewühlt und war schon versucht aufzuschreien, schwieg dann jedoch verbissen. Neben allerlei unwichtigen Habseligkeiten steckten auch ein Päckchen Tabak, das Soldbuch und ein Wochen alter Feldpostbrief des einzigen Bruders aus Flandern darin.

*Nach dem so frühen Tod unserer lieben Eltern sind wir nun die einzigen Überlebenden der Familie,* schrieb Friedrich Schimaniak von der Somme. *Wer weiß, ob einer von uns beiden dieses grausame Schlachten überleben wird ...*

Aus dem holzigen Briefpapier hatte sich Heinrich Zigaretten gedreht. Er hatte sich vorgenommen, niemals Kontakt zu jemandem aufzunehmen, der den gesunden Heinrich Schimaniak gekannt hatte. Würde er sich mit diesem Gesicht überhaupt jemals wieder unter Menschen wagen? Dass die Eltern tot waren, erfüllte ihn mit einer seltsamen Befriedigung.

Als es hieß, in die Heimat zurückzukehren, hatte er ganz selbstverständlich verlangt, nach Berlin zu reisen. Aber weshalb eigentlich? Die Stadt erwies sich als trist und unfreundlich, und das, obwohl Frühling war und das zarte Grün der Bäume ihn zu Tränen rührte. Seltsam. Früher hatte er nie geweint, und schon gar nicht eines Baumes wegen. Jetzt schwankte er dauernd zwischen melancholischen Anfällen, Momenten gänzlicher Apathie und Erinnerungslosigkeit sowie Augenblicken bodenloser Wut, in denen er am liebsten auf den Erstbesten zugegangen wäre, um ihm ins Gesicht zu schlagen. So ein vollgefressener Kerl lief hier gesund und munter herum, während er und seine Kameraden vor Verdun ...

Verdun – der Name war wie ein Stigma. Wenn Heinrich ihn hörte oder nur las, krampfte sich etwas in ihm zusammen. Dennoch zwang er sich, die Meldungen über das Kriegsgeschehen wenigstens zu überfliegen. Und siehe da – die ihm so vertrauten Namen wie Samogneux, Louvemont und der Chauffour-Wald tauchten noch immer in der Zeitung auf, von Abwehrkämpfen und winzigen Eroberungen umkämpfter Grabenstücke war die Rede. Obwohl beinahe ein Vierteljahr vergangen war seit jenen entsetzlichen Februartagen vor Douaumont und dem Toten Mann, hatte die Front sich dort festgefressen und verschlang noch immer Tag für Tag Tausende.

Heinrich Schimaniak hatte überlebt. Wozu? Das fragte er sich immer wieder. Waren sie wirklich alle tot? Der kleine Ludwig mit seiner albernen Mundharmonika, sein musikalischer Widersacher Josef, der Geiger aus dem Thalia-Theater, und der oberschlaue Oberlehrer Seifert mit seinen vaterländischen Parolen. Der bärenstarke Böwert und Marschallek, der hinterlistige Spieß ... Nein, der nicht. Und auch nicht der dämliche von Hiebenthal und der Räuberhauptmann Wittkopp. Von denen war natürlich keiner dabei gewesen bei dem sinnlosen Himmelfahrtskommando auf der Bergkuppe, das von Zabelsdorff befohlen hatte.

Wohl aber von Zabelsdorffs Lieblingsfeind Heinrich Pietsch. Den gab es nun nicht mehr ...

Wenn Heinrich Schimaniak morgens in den fleckigen Spiegel blickte, um wenigstens seine rechte Wange zu rasieren, versuchte er, den Blick nach links zu vermeiden. Es gelang ihm nicht. Sie hatten ihm dort ein Stück Fleisch vom Oberschenkel eingesetzt, das jedoch roh und deplatziert mitten in die Wunde eingewachsen war und den Anblick eher verschlimmerte. Ein uralter Krüppel mit strähnigem, ausgeblichenem Haar starrte ihm entgegen: ein Mann, der niemals mehr eine Frau finden würde. Welches weibliche Wesen wollte schon ein solches Bild ein Leben lang neben sich ertragen?

Er konnte froh sein, überhaupt ein Zimmer gefunden zu haben. Eine mitleidige Seele hatte ihn in die Grünthaler Straße geschickt zur Witwe Anna Adomeit, einer sehbehinderten Frau unbestimmbaren Alters. Die hatte ihn im Halbdunkel des Treppenflurs durch ihre schnapsglasdicken Brillengläser gemustert und ihm dann zögernd die fensterlose Kammer gezeigt, in der er seitdem nächtigte. Von Wohnen konnte kaum die Rede sein auf jenen fünf Quadratmetern. Zwischen den engen Wänden fühlte er sich wie in einem der Unterstände vor Verdun, nur dass kein Wasser herablief und den Boden in einen schlammigen Sumpf verwandelte. Außerdem fehlten die Einschläge der Artillerie und das Tackern der Maschinengewehre. Es war still um ihn - wie in einem Grab.

Dabei war Mai, und in den Zweigen zwitscherten die Spatzen. Nichts hielt ihn in dieser gruftartigen Behausung. Das wenige Geld, das sie ihm ausgezahlt hatten, ging allmählich zur Neige. Wegen der vage zugesagten Rentengroschen hätte er sich auf den Ämtern herumschlagen müssen. Daran lag ihm nichts. Die verlangten dort den Nachweis über seinen bisherigen Lebensweg. Woher sollte er solche Papiere nehmen? Alles, was er besaß, war das Soldbuch, das ihn als den Musketier Heinrich Schimaniak auswies, gebürtig aus Alt-Landsberg. 23 Jahre alt. Er fühlte sich wie 63, und wäre nicht die Sehsucht nach der frischen Luft und der wärmenden Sonne gewesen, hätte er an manchem Morgen gar nicht aus seiner Kammer gefunden.

Vom ersten Tag an hatte er versucht, Arbeit zu finden. Doch wohin er auch kam - das Erschrecken der Menschen beim Blick in sein entstelltes Gesicht war stets das gleiche. Nur die Ausreden unterschieden sich, mit denen sie die Wahrheit zu bemänteln versuchten. Manche boten ihm etwas zu Essen an, andere gaben ihm Geld. Loswerden wollten ihn alle so schnell wie möglich. Niemand wollte ein Monstrum mit so einer zerschmetterten Visage ständig in seiner Nähe haben. Schon gar nicht bei Beschäftigungen, die Publikumsverkehr einschlossen.

Er versuchte sein Glück im Norden, am Gesundbrunnen und am Wedding. Die weite Entfernung von der Innenstadt und ein vager Anhaltspunkt ließen ihn diese Richtung wählen. Jemand hatte Tegel erwähnt, aber das lag viel zu weit draußen, wie Heinrich bei einer Fahrt mit der Elektrischen feststellen musste. Der Straßenbahnschaffner hatte eine Hasenscharte und näselte dementsprechend undeutlich. Er blickte Heinrich offen ins Gesicht. In seiner

Miene mischten sich Mitleid und Verständnis. Das brachte Schimaniak auf den Gedanken, sich bei dem Mann nach den Arbeitsbedingungen bei der Großen Berliner Straßenbahngesellschaft zu erkundigen. Für das Geldzählen und das Abklingeln genügte doch ein gesunder Arm, und an den Anblick von Kriegsversehrten mussten sich die Fahrgäste sowieso gewöhnen.

Der Schaffner verwies ihn an die Verwaltung. Dort erlebte er das übliche Spiel, bis er auf einen einbeinigen Ex-Feldwebel traf, der ihn mit militärischer Strenge befragte. Befriedigt schien dieser zu registrieren, dass Heinrich Schimaniak vor dem Krieg bei der Strausberger Straßenbahn tätig gewesen war. «Da besorgen Se sich mal ein Zeugnis, und dann werden wir sehen, ob sich was finden lässt für Sie!»

Also wieder nichts, dachte Heinrich im ersten Augenblick. Im nächsten jedoch beschloss er, nicht so leicht aufzugeben. Er musste leben. Wenigstens noch ein Weilchen. In der Müllerstraße fand er ein Schreibbüro, in dem man ihm ein Gesuch an die Strausberger Straßenbahngesellschaft aufsetzte: Man möge ihm doch bitte nach Kriegsverwundung und verletzungsbedingtem Umzug in die Reichshauptstadt ein Zeugnis über seine bisherige Tätigkeit ausstellen. Die blondgelockte Dame hinter der Schreibmaschine fuhr flink mit dem Zeiger über das Alphabet und betätigte emsig die Drucktaste der altertümlichen Maschine. Ohne aufzublicken, schob sie ihm das in einer wunderschön ziselierten Schrift und für den Preis von sechzig Pfennigen verfasste Schriftstück zu. Heinrich trat damit zu einem Stehpult am Fenster und griff nach dem Federhalter.

*Heinrich Schimaniak,* schrieb er mit zitternder Hand unter das Gesuch.

Wider Erwarten traf das Zeugnis nach drei Tagen ein. Man wünsche ihm eine gründliche und erfolgreiche Genesung und hoffe für späterhin auf seinen weiteren Einsatz im Dienste der Strausberger Straßenbahngesellschaft.

Heinrich zerknüllte das Anschreiben. Er hatte nicht die Absicht, Strausberg jemals auch nur einen Besuch abzustatten. Wenn es für ihn überhaupt eine Möglichkeit gab, seine bescheidenen Pläne zu verwirklichen, dann hier in Berlin, in der Anonymität der Großstadt.

# ACHT

HERMANN KAPPE saß wie an manch anderem Abend mit seinen Freunden Ludwig Latzke und Theodor Trampe in einer Kneipe am Lauseplatz, amtlich Lausitzer Platz. Mit Ludwig, der sein Geld als Maler verdiente – nicht als Kunstmaler, sondern als Anstreicher und Tapezierer –, war Kappe zusammen in Wendisch Rietz zur Schule gegangen. Und noch immer spielten sie zusammen: Skat beim dicken Richard in der Kneipe und Fußball bei Viktoria 89. Theodor Trampe, Funktionär bei der SPD und seit kurzem auch Redakteur eines ihrer Parteiblätter, war sein Nachbar in der Waldemarstraße und hatte ihn zu einem verkappten Sozialdemokraten werden lassen.

«Du kannst doch deine Hochzeit nicht platzen lassen», sagte Latzke. «Ich hab mir doch schon extra einen neuen Anzug gekauft.»

«Doch, ich kann!», rief Kappe. «Wenn ich jetzt nachgebe und die Börnickes nicht einlade, dann werde ich mein Leben lang immer nachgeben müssen.»

Trampe nickte. «Wenn er recht hat, hat er recht. Man muss rechtzeitig ein Zeichen setzen.»

Latzke hörte auf, die Karten zu mischen, um die Herzdame zu suchen. Als er sie gefunden hatte, warf er sie auf den Tisch. «Das ist deine Klara.» Die Pikdame wurde zu Hertha Börnicke. «Tatsache is ja nun mal, dass deine Cousine mit allem angefangen hat, nicht Klara.»

Trampe nickte. «Sicher, Hertha hat die Novelle im *Spreegeflüster* geschrieben. Mit der bösen und abgrundtief hässlichen Gila

Körratz alias Klara Göritz als Hauptperson. Hertha müsste sich entschuldigen.»

Obwohl die Sachlage eigentlich klar war, stellte sich Kappe vor seine Cousine. «Man muss sie doch verstehen, ihre Enttäuschung, dass sie mich nicht gekriegt hat. Sie ist die große Verliererin, und man muss Mitleid mit ihr haben.»

«Das ist schon irgendwie verdächtig, wie du an ihr hängst», sagte Latzke und legte die Pikdame auf die Herzdame. «Pik ist Trumpf.»

«Quatsch!», rief Kappe. «Das ist eine reine Machtfrage zwischen Klara und mir.»

«Sicher», sagte Trampe, «aber Klara ist moralisch im Recht. Wer mich derart verunglimpft, den würde ich auch nicht bei meiner Hochzeit sehen wollen.»

Kappe stöhnte auf. «Die Börnickes gehören zu meiner Familie, die waren seit meiner Taufe bei jeder Familienfeier dabei, ohne die kann ich mir meine Hochzeit gar nicht vorstellen.»

«Mann, steckt die Karre tief im Dreck!», stellte Latzke fest.

Trampe trank sein Bier aus und überlegte. «Klara als die Beleidigte müsste Hertha eigentlich zum Duell fordern. Geht aber nicht, also ... wie kann man ihr Genugtuung verschaffen, Satisfaktion? Mensch, ich hab's!» Er sprang auf und eilte zum Tresen, um den Wirt zu bitten, ihn mal kurz telefonieren zu lassen. Er hatte da einen alten Freund im Feuilleton vom *Berliner Tageblatt* sitzen ...

Zwei Tage später erschien eine Besprechung der neues Ausgabe der Zeitschrift *Spreegeflüster,* in der Hertha Börnicke bescheinigt wurde, dass sie zu allem Talent haben möge, nur nicht zur Schriftstellerei. Die Figur der Gila Körratz sei ihr so fürchterlich misslungen, dass man die ganze Novelle auf keinen Fall hätte drucken dürfen.

Als Klara das las, erklärte sie sich damit einverstanden, auch die Börnickes mit ihrer Hertha zur Hochzeit einzuladen.

Die Dinge konnten also ihren Lauf nehmen. Der Polterabend

bei Kappe in der Waldemarstraße wurde eine runde Sache, obwohl Klara diesen Brauch als ein wenig plebejisch empfand und Pauline Mucke, Kappes Wirtin, wegen ihrer beschädigten Wohnungstür trotz aller Freundschaft ein mächtiges Jewese machte. Es folgten die Trauung auf dem Standesamt und die große Szene in der Emmauskirche am Lausitzer Platz.

Klaras Brautkleid war ein Traum, schließlich hatte sie lange genug im Kaufhaus Rudolph Hertzog gearbeitet, um einen guten Geschmack zu entwickeln und reichlich Rabatt zu bekommen. Kleine Mädchen, um Blumen zu streuen, hatten sie keine in ihrer Familie, da mussten Pauline Muckes Enkeltöchter aushelfen. Kappe hatte einen wunderschönen Brautstrauß besorgt, den er Klara vor der Kirche mit einer tiefen Verbeugung überreichte. Als sie ihn in die Menge warf, achtete sie sehr darauf, dass er nicht in die Richtung Hertha Börnickes flog, sondern von Kappes Schwester Pauline gefangen werden konnte, denn wer dies tat, sollte die nächste Braut werden.

Obwohl der Pfarrer ziemlich brummig war, weil er weder Kappe noch Klara jemals beim Gottesdienst gesehen hatte, ging er in die Vollen und schaffte es, mit seiner Predigt viele zu Tränen zu rühren.

Als sie aus der Kirche kamen, wurden sie reichlich mit Konfetti beworfen. Dafür hatte Pauline Mucke die ganze Nachbarschaft zusammengetrommelt.

Zur Feier begab man sich ins Hotel Excelsior am Askanischen Platz, wo Klaras Onkel Eduard für günstige Konditionen gesorgt hatte. Zwanzig Gäste, die beiden Kinder mitgerechnet, traten ein und suchten nach ihren Tischkarten. Dazu kam das Brautpaar, das natürlich an der Kopfseite der riesigen Tafel platziert wurde. Ein gewisses Ungleichgewicht war dadurch entstanden, dass Kappe mit seiner ganzen Mischpoke angerückt war, dazu noch, bis auf Gottlieb Lubosch, der an der Front war, alle seine Freunde und Kollegen eingeladen hatte, während Klara nur ihren Onkel und ihre neue Freundin Margarete aufbieten konnte. Beim Aufstellen der Tischordnung hatte man außerdem darauf achten müssen, dass Klara und Hertha nicht allzu dicht beieinander saßen. Dass die Frauen absolut in der Minderheit waren, konnte in Kriegszeiten schon als ungewöhnlich gelten, aber einige Männer waren wegen ihrer Blessuren schon wieder von der Front zurück, so Galgenberg, Kniehase und Ludwig Latzke, andere waren aus den verschiedensten Gründen noch nicht eingezogen worden. Ferdinand von Vielitz und Wilhelm Kappe wegen ihres Alters, Oskar Kappe, weil er als Ausbilder von Rekruten unabkömmlich war, ebenso wie Waldemar von Canow im Polizeipräsidium. Richard Börnicke hatten sie wegen seiner Fettleibigkeit nicht genommen und Theodor Trampe wegen anarchistischer Umtriebe. Albert Kappe hatte sich freiwillig gemeldet, war aber zurückgestellt worden, weil das Landratsamt sein Veto eingelegt hatte: Man brauche ihn für die Versorgung der Bevölkerung mit frischen Fischen. Ob der Major von Vielitz dahintersteckte, wusste man nicht, es wurde aber vermutet.

Bei dieser Ausgangslage hatte man auf einen Wechsel zwischen Mann und Frau bei der Sitzordnung von vornherein verzichten müssen. Die Gattinnen von Kappes Kollegen und Freunden waren aus den verschiedensten Gründen unabkömmlich gewesen oder vermieden Feiern dieser Art, der Major hatte sich nach dem Tod seiner ersten Frau nicht wieder binden wollen, und Kappes Bruder Albert sowie sein Freund Ludwig Latzke waren noch nicht in festen Händen. Klara hatte diesen Ausfall an holder Weiblichkeit nicht sonderlich bedauert, wurden doch dadurch die Kosten erheblich gemindert. Außerdem lief sie nicht Gefahr, im Schatten einer anderen zu stehen.

Das Menü war exzellent, die Tischreden konnten sich hören lassen. Kappes Mutter hatte eine dichterische Ader, und so kam, was kommen musste: Sie gab ihre selbstgeschmiedeten Reime zum Besten. Das klang dann so: «Hermann Kappe heißt der Recke, / Der jeden Mörder bringt zur Strecke. – Er kommt aus Wendisch Rietz, / wohnt aber lange schon hier im Berliner Kiez. – Kein Satz ist wahrer / Als: Hermann liebt ganz doll die Klara. – Denn zwischen

70

Grönland und Sahara / Ist sie die Schönste, seine Klara. – Wir wünschen Euch auf allen Wegen / Viel Glück und reichen Kindersegen!»

Galgenberg ließ sich diese Vorlage nicht entgehen und rief: «Los, ab ins Hinterzimmer und gleich angefangen damit!»

Klara schaffte es, schamhaft zu erröten, während Kappe unter dem derben Scherz ein wenig litt, weil der Nachwuchs eigentlich schon hätte da sein müssen, aber noch nicht war. Lag es an ihm, lag es an ihr?

Da Ludwig Latzke kein großer Schreiber vor dem Herrn war und Gottlieb Lubosch im Schützengraben lag, war es Theodor Trampe zugefallen, die Hochzeitszeitung zu gestalten. Das war ihm auch prächtig gelungen, und ein jeder freute sich über das Exemplar, das ihm ausgehändigt wurde. Darin waren in Wort und Bild alle Liebhabereien und Macken Hermann Kappes zu finden, etwa dass er …

… beim heftigen Nachdenken mit dem Zeigefinger im Ohr bohrte.
… auf der Unterlippe kaute, wenn er sich langweilte.
… kein gutes Namensgedächtnis hatte.
… gerne fliegen würde und für alles Interesse zeigte, was mit der Aviatik zusammenhing.
… sich für alles interessierte, was von den Germanen überliefert war.
… gern öffentliche Verkehrsmittel benutzte, allein schon deswegen, weil er beim Laufen immer Blasen an den Füßen hatte.
… nichts lieber las als Karl May.
… sich immer wieder verletzte, weil er versuchte, Nüsse mit bloßer Hand zu knacken.

Dies alles wurde mit großer Heiterkeit zur Kenntnis genommen, und Kappe genoss es, langsam als Persönlichkeit betrachtet zu werden. Klara maulte, weil sich niemand erhob, ihre Vorzüge zu preisen. So suchte Kappe nach einem Vorwand, kurz aufzustehen und ihrem Onkel ins Ohr zu flüstern, er möge doch bitte in einer kurzen Rede seine Nichte gebührend würdigen.

Eduard Damaschke erhob sich dann auch, knöpfte sein Jackett zu, schlug mit dem Rücken eines Messers gegen sein Weinglas, räusperte sich und begann. Niemand hätte ihm eine solch gelungene Rede zugetraut, aber gekonnt zu parlieren gehörte eben zur Rolle eines Oberkellners in einem noblen Hotel.

«Meine liebe Klara, lieber Herr Bräutigam, meine hochverehrten Honoratioren und sonstigen Gäste. Mir obliegt es, den Lebensweg von Fräulein Klara Göritz, nun Klara Kappe geborene Göritz, ein wenig nachzuzeichnen. Er führt von den düsteren Ufern des Glubigsees, an der die Hütte ihrer Eltern gestanden hat, bis in den Glanz der Hauptstadt des Deutschen Reiches. Holzfäller war ihr Vater, Magd auf dem Gut Behrensdorf die Mutter. Bald zog es Klara nach Berlin, aber was blieb ihr auch anderes übrig, denn schon früh verlor sie ihre Eltern. Erst verdingte sie sich als Dienstmädchen, dann folgte ihr Aufstieg, und sie wurde Verkäuferin bei Rudolf Hertzog, dem weltberühmten Kaufhaus an der Breite Straße. Manchmal ist es ein einziger Satz, leichtfertig dahergesagt, der das Leben eines Menschen entscheidend lenkt. Bei Klara Göritz war es so, als ihr der Pfarrer im Konfirmationsunterricht verraten hatte, dass sich ihr Vorname aus dem Lateinischen herleite. ‹Da heißt nämlich *clarus, a, um* so viel wie hell, glänzend, berühmt.› Von da an wollte sie glänzen – mit ihren Kenntnissen und ihren Leistungen. Ja, und eine glänzende Erscheinung ist sie auch geworden, und sie wird Hermann Kappe eine in allem glänzende Ehefrau und Mutter seiner Kinder sein. Darum heben wir jetzt unsere Gläser und stoßen an auf unsere Glänzende und wünschen dem jungen Paar alles Glück dieser Erde.»

Das wurde mit großem Beifall aufgenommen, und nicht nur Pauline Mucke hatte feuchte Augen bekommen.

Nachdem sie ausgiebig gespeist hatten, wurde bis in die Nacht hinein gefeiert, und dabei gab es durchaus einige Höhepunkte. So fiel gar nicht auf, dass sich Galgenberg und Ludwig

Latzke einmal kurz entfernten. Streiche gehörten zu jeder richtigen Hochzeit, und sie hatten es übernommen, in die neue Wohnung der Kappes einzudringen, das Schlafzimmer zu verschließen und den Schüssel so zu verstecken, dass die beiden Frischvermählten ihn nur finden konnten, wenn sie vorher eine Reihe von Denksportaufgaben lösten.

Das junge Brautpaar ahnte nichts von dem, was da vor der offiziellen Hochzeitsnacht auf sie wartete, denn sie waren in diesen Minuten mächtig am Schwitzen. In einem Nebenraum hatte Eduard Damaschke einen Sägebock aufstellen lassen, und auf dem ruhte nun ein mächtiger Baumstamm, den Kappe und Klara gemeinsam mit einer gewaltigen Schrotsäge zu durchtrennen hatten.

Waldemar von Canow erklärte den anderen, warum dieser Brauch so wichtig war. «Wenn man nicht gleichmäßig und voll aufeinander abgestimmt an der Säge zieht, verklemmt sie sich. Wer dem anderen durch Schieben helfen will, hemmt den Fortgang. Dieses Sägen symbolisiert die notwendige Balance von Reden und Hören, von Tätigsein und Gewährenlassen.»

«Wenn ick nachts zu Hause meinen Baumstamm durchsäge, lässt ma meine Olle aba nich jewähren», brummte Galgenberg.

Kappe und Klara zersägten den Baumstamm mit Bravour, ohne dass sich ihr Werkzeug auch nur einmal verbog oder steckenblieb, was aber kein Wunder war, hatte Klara doch als junges Mädchen täglich am Sägebock gestanden und ihren Eltern geholfen.

Dann wurden die Geschenke ausgepackt. Kappe freute sich am meisten über einen Fußball, den Ludwig Latzke ihm im Namen aller Vereinskameraden von Viktoria 89 feierlich überreichte.

Galgenberg und Oskar, Kappes zwei Jahre älterer Bruder, die ebenfalls Anhänger von Viktoria 89 waren, einem Verein, der immerhin 1908 und 1911 Deutscher Meister war, begannen zu singen: «Wir halten treu uns fest die Stangen, hipp, hipp, hurra, Viktoria ... im Pissoir!»

Kappe nahm den braunen Lederball, um ihn quer über den Tisch in Richtung Galgenberg zu schießen. Doch der Spannstoß geriet ihm etwas zu kurz, und der Ball landete inmitten der aufgereihten Wein- und Biergläser. Alles schrie auf.

«Polterabend war doch schon!»

«Scherben bringen Glück!»

Klara schämte sich und konnte nur durch eine Reihe von Küssen und Umarmungen besänftigt werden.

Von Canow erregte sich über Trampes Lachen und seinen Ausruf «Das ist der Beginn der Revolution, die ersten Scheiben klirren schon!». Die beiden gerieten sich nun derart in die Haare, dass Galgenberg dem Ober zurief: «Bitte zwei Küchenmesser, die Herren wollen sich duellieren.»

Kaum hatten sich die beiden Kampfhähne wieder beruhigt, spielte die Musik auf. Kappe und Klara eröffneten den Tanz. Die Braut hatte sich für den Hochzeitstanz *An der schönen blauen Donau* gewünscht. Kappe hatte diesen Augenblick gefürchtet, denn er war ein schlechter Tänzer, und besonders schlecht konnte er Walzer tanzen. Nun denn ... Klara übernahm die Führung und schwenkte ihn wie eine Schneiderpuppe.

Pauline Kappe wollte verhindern, dass die Leute über ihren Bruder lachten, und rief: «Los, wer das größte Stück vom Schleier erwischt!», und zog die beiden anderen unverheirateten Frauen, Hertha Börnicke und Klaras Freundin Margarete, zu sich heran. Wer das größte Stück des Schleiers abbekam, sollte die nächste Braut sein. Für diesen Brauch war es vielleicht noch etwas früh am Tage, aber wenn sie ihrem Bruder beistehen wollte, dann durfte sie nicht zögern.

Es war gut gemeint, endete aber damit, dass das traute Paar zu Boden ging, denn Hertha Börnicke hatte zu sehr an Klaras Schleier gerissen.

Klara wollte sich nun, kaum hatte sie sich wieder aufgerafft, auf Kappes Cousine stürzen, um ihr die Augen auszukratzen, doch sie kam nicht bis zu ihr hin, da sie über Dr. Kniehase stolperte.

Der hatte einen Magenbitter nach dem anderen getrunken und sich nur kurz hinlegen wollen, um wieder nüchtern zu werden. Als Galgenberg und Kappe ihm wieder auf die Beine halfen, wurde er so fröhlich, wie sie ihn noch nie erlebt hatten. Er leerte das Sektglas des Majors, warf es anschließend gegen die Wand und schrie dabei: «Ich bin der Handgranatenmörder, ich, ich, ich! Nehmt mich auf der Stelle fest!»

# NEUN

FÜR ANFANG JUNI war es ungewöhnlich warm. Pfingsten stand vor der Tür. Seit drei Wochen arbeitete Heinrich Schimaniak auf dem Straßenbahnbetriebshof in der Tegeler Schloßstraße. Seine Hoffnungen, dass sie ihn als Schaffner beschäftigen oder gar als Straßenbahnfahrer ausbilden würden, hatten sich gleich am ersten Tag zerschlagen. Sogar Frauen arbeiteten inzwischen als Schaffnerinnen, und an Fahrern bestand akuter Mangel. Der Chef des Betriebshofs jedoch, ein gewisser Kossack, ein Mann mit gezwirbeltem Kaiserschnauzbart und Glubschaugen, hatte Heinrichs Gesicht nur mit einem flüchtigen Blick bedacht und sich betroffen abgewandt. «Da wäre höchstens was als Weichenreiniger», hatte er gemurmelt.

Vergeblich hatte Heinrich sich auf seine einstige Beredsamkeit und Überzeugungskraft besonnen und auf den Mann eingeredet, schließlich sogar an dessen patriotische Gesinnung appelliert. «Vor Verdun habe ich mein Gesicht fürs Vaterland geopfert – und das ist nun der Dank dafür!», schloss er seinen stammelnden Vortrag verbittert.

«Verstehe kein Wort, Mann!», lautete die schnarrende Antwort. «Wenn Sie destruktive Reden führen wollen, sind Sie hier sowieso am falschen Platz! Wir dulden keinerlei sozialistische Propaganda. Merken Sie sich das! Diesen Liebknecht hat man nicht umsonst eingelocht.»

Also wurde Heinrich Ritzenschieber. Damit war er der allerletzte Dreck auf dem Hof, wie er schell erkannte, der die niedrigste und von allen am meisten verachtete Tätigkeit ausübte. Ausgerüstet mit einer Stahlstange, einem harten Drahtbesen und einer abgewinkelten Schaufel mit langem Stiel, ergriff er des frühen Morgens seine Schubkarre und machte sich an die Arbeit. Zwischen den Weichenzungen blieb immer etwas hängen, wenn auch längst nicht mehr so viel wie in Friedenszeiten.

Minutenlang stand er manchmal über solch einer Weiche gebeugt und tat einfach nichts. Niemand ermahnte ihn, nicht einmal Kossack. Im Gegenteil: Alle schienen ihm aus dem Wege zu gehen. Besonders, seit er einmal in der gemeinsamen Frühstückspause die Frage nach seinen Kriegserlebnissen mit einer ebenso kurzen wie wahrheitsgetreuen Schilderung von Verwundungen beantwortet hatte, die ihm im Lazarett begegnet waren.

Seitdem hatte nie wieder jemand gefragt. Die Arbeit auf dem Betriebshof selber störte Heinrich nicht. Dabei hatte er höchstens auf die rangierenden Triebwagen zu achten, doch die Kollegen traten meist rechtzeitig und kräftig auf die Klingel. Nicht ohne Neid sah er zu ihnen in den Führerstand auf. Schon als Junge hatte er sich gerne möglichst dicht zum Fahrer gestellt und die Schienen aus dessen Perspektive beobachtet. Jetzt lernte er die Strecken aus einer niederen Sicht kennen. Viermal in der Woche ging es raus mit dem Karren, das Streckennetz im Nordwesten mit all seinen Weichen und Verzweigungen ablaufen und reinigen. Schon gegen Mittag schmerzte die verletzte Schulter höllisch. Am Abend war er kaum noch in der Lage, die Karre geradeaus zu bewegen. Dennoch gab er nicht auf. Er hatte eine Arbeit, eine Bleibe und mit Frau Adomeit sogar eine fürsorgliche Schlummermutter, die ihn schon zweimal auf ihren winzigen Hinterhofbalkon eingeladen hatte, wo er, verborgen hinter einem Blumenspalier, die späte Abendsonne genießen durfte. Sehen sollte ihn dort möglichst niemand. Frau Adomeit, deren Mann seit der Schlacht von Tannenberg als vermisst galt, wollte nicht ins Gerede kommen, und Heinrich war es recht.

Er hätte nicht im Traum daran gedacht, sich mit seiner scheußlichen Visage einer Frau zu nähern, und sei es einer so unansehnlichen wie der Adomeit, die sich immerhin um sein leibliches

Wohl zu sorgen begann und ihm nach langem Anstehen die Lebensmittel mitbrachte, die ihm zustanden. Das war wenig genug, doch war sie eine geschickte Köchin, die ihm bald jeden Abend so etwas wie eine warme Breimahlzeit servierte. Das Kauen fiel ihm mit den wenigen rechts verbliebenen Backenzähnen schwer.

Dennoch hätte Heinrich zufrieden sein können, ja sein müssen. Am Wedding und selbst hier draußen in Tegel sah er jeden Tag Kriegskrüppel mit Blessuren schrecklichster Art, beinlose Männer auf selbstgefertigten Wägelchen, Blinde und Gasvergiftete, denen es offensichtlich viel schlechter ging als ihm. Sie alle waren aufs Betteln angewiesen – und wer gab schon gerne etwas in diesen trüben Zeiten?

Und trotzdem war Heinrich unzufrieden. Und zutiefst unglücklich. Wenn er mit seiner Karre die Straßen entlangzog, erinnerte ihn der Anblick jedes Mannes, der einigermaßen gesund aussah, an die eigene Entstellung. Und erst recht der Anblick jedes jungen Mädchens, ja jeder Frau von einigermaßen reizvollem Aussehen. Er war bemüht, möglichst nur seine rechte Gesichtshälfte sehen zu lassen. Die schief gebeugte Kopfhaltung ließ ihn um so mehr als Krüppel erscheinen. Außerdem merkte er, wie immer häufiger ein nicht beherrschbares Zucken vom Kinn bis zum Haaransatz auch seine rechte Wange verzerrte. Also hob er den Kopf und blickte starr geradeaus, worauf mitunter kleinere Kinder kreischend entflohen und ihn immer wieder entsetzte Blicke der Erwachsenen trafen.

Jeder einzelne davon ging ihm durch und durch. Bald glaubte er, dass die Leute langsamer liefen, wenn sie seiner ansichtig wurden, nur um ihm höhnisch ins Gesicht zu schauen und dann auf die niedere Dreckarbeit, die er da zu verrichten hatte. Er schwitzte unter der erdbraunen Kluft, die man ihm zugeteilt hatte, wagte aber selbst an sonnigen Tagen nicht, auch nur die Mütze abzunehmen. Deren Schirm bot ihm immerhin ein wenig Schutz vor aufdringlichen Blicken und dazu die Spur eines Schattens.

Auch heute war wieder so ein Tag mit grellem Sonnenschein.

Gegen zwölf zog sich Heinrich mit seinem Karren in einen Mauerwinkel im Schatten einer großen Akazie zurück, um sein Mittag zu genießen: eine in mundgerechte schmale Streifen geschnittene Klappstulle, bestrichen mit einer undefinierbaren grauen Paste. Falsche Leberwurst nannte die Adomeit den Aufstrich, der hauptsächlich aus Roggenmehl und einer Prise Majoran bestand. Besser als trocken, dachte Heinrich, und besser als das, was sie mitunter im Schützengraben in sich hineingestopft hatten. Oft genug hatte es gar nichts gegeben, weil es der Feldküche und den Essenträgern unter dem Dauerfeuer nicht gelungen war, bis in die vorderen Linien vorzudringen. Dann wurde eben gehungert, während die Herren Offiziere in ihrer Messe schwelgten und schlemmten.

Rudi Böwerts ostpreußische Fressphantasien fielen ihm ein, während er verdrossen den Brotstreifen in den rechten Mundwinkel schob.

An diesem Tag verletzte Heinrich Schimaniak zum ersten Mal bewusst seine Dienstpflichten. Statt ungesäumt und aufmerksam ausschließlich das Gleisbett der Straßenbahn im Blick zu behalten, ließ er Karren samt Gerätschaften im Rinnstein stehen und betrat das Postamt. Dort lag das Adressbuch aus, wie er wusste. Es verging eine ganze Weile, bis er sich darin zurechtfand und endlich Tegel unter den Vororten entdeckte.

Der Feierabend war schon vorbei, als er sich endlich mit schlurfenden Schritten dem Betriebshof näherte. Ausgerechnet Kossak kam ihm aus dem gelben Backsteinbau entgegen.

«Na, mein Lieber, eingewöhnt?», erkundigte der sich mit einer Spur falscher Freundlichkeit in der knarrenden Stimme.

«Eingewöhnt ...», entgegnete Heinrich dumpf. Die Hitze und das Suchen im Adressbuch hatten seinen Augen und seinem Kopf nicht gutgetan. Ihm war ein wenig übel. Am liebsten hätte er dem Kerl den ganzen Dreck samt Besen und Schippe vor die Füße geschüttet und wäre seiner Wege gegangen. Ein kühles Bier trinken ...

Selbst das war ihm nicht mehr vergönnt. Abgesehen von den Blicken, die ihn trafen, wenn er eine Kneipe betrat und sich sofort eine Gasse zur Theke für ihn öffnete, bekam ihm nicht einmal das bisschen Alkohol, das im Dünnbier noch enthalten war. Den ganzen Tag über hatte er sich nur zweimal an einer Straßenpumpe erfrischt. Dennoch fühlte er sich jetzt wie betrunken und nahm Kossacks aufgedunsenes Gesicht wie durch einen roten Schleier wahr. In einem plötzlichen Anfall grenzenloser Wut krampften sich seine Hände um die Karrengriffe. Kossack schien es nicht zu bemerken.

«Na, wird schon werden», sagte der mild und wandte sich zum Gehen. Hasserfüllt sah ihm Heinrich hinterher. Hätte er die Kraft aufgebracht – die Stahlstange zum Weichenstellen hätte tief in Kossacks Rücken gesteckt.

# ZEHN

HERMANN KAPPE musste sich geradezu zwingen, seinen Fuß in den kleinen Kolonialwarenladen in der Waldemarstraße zu setzen, denn Grützmacher, wie er da wichtigtuerisch im weißen Kittel agierte, sah Röddelin zum Verwechseln ähnlich. Das heißt dem Erich Röddelin, wie Kappe ihn auf den bräunlich gefärbten Photographien gesehen hatte – nicht dem Mann, der grausam zugerichtet auf dem Fußboden gelegen hatte. Und jeden Augenblick konnte der Handgranatenmörder ein zweites Mal zuschlagen. Dass er es bisher noch nicht getan hatte, stieß bei den Fachleuten auf Verwunderung. Es gab sicherlich viele kleine und große Händler, die Ernst Bergmann hasste und die er auf seiner Abschussliste stehen hatte.

Kappe wusste, dass er härter werden musste, wollte er nicht irgendwann mit einer Macke nach Dalldorf oder Herzberge kommen, also in die Irrenanstalt. So fing er, um sich abzulenken, ein kleines Gespräch mit Grützmacher an.

«Sie müssen sich ja nun bald ein neues Ladenschild besorgen.»

«Wieso das?», fragte der Kolonialwarenhändler.

Kappe lachte. «Na, weil wir bald keine Kolonien mehr haben.»

Die deutschen Truppen hatten gegen die Alliierten keine Chance. Schon bis Ende 1914 waren Togo, Deutsch-Guinea, Samoa und Kiautschou verlorengegangen. Deutsch-Südwestafrika hatte sich im Juli 1915 den südafrikanischen Unionstruppen ergeben müssen, Kamerun hatte bis zum Februar 1916 den Briten und Franzosen standgehalten.

«Aber unser Oberstleutnant Paul von Lettow-Vorbeck in Deutsch-Ostafrika bleibt unbesiegt!», rief Grützmacher.

Kappe fuhr herum. Eben war ein Mann in den Laden gekommen, der etwas Längliches in der Hand hielt ... Kappes Herzschlag setzte aus. Nein, es war keine Stielhandgranate, sondern ein Pumpfix zum Reinigen verstopfter Abflussrohre. Kappe konnte aufatmen. Aber er bekam nur schwer Luft und musste sich lange räuspern, bis der Kloß aus dem Hals verschwunden war. Als er Grützmacher seine Lebensmittelkarten hinhielt, zitterten seine Finger immer noch. Kein Zweifel, er wurde langsam hysterisch.

Kappe kam eine Stunde zu spät ins Büro, weil ... nun ja, weil Klara – wozu lebten sie jetzt als Eheleute zusammen? – nach dem Frühstück noch schnell nach seiner Manneskraft verlangt hatte. Vor Galgenberg entschuldigte er sich damit, dass seine Kopfschmerzen wiedergekehrt seien.

«Ah, davon, dass Se nun 'n Ehekrüppel sind», sagte Galgenberg.

«Nein, von dem Zusammenstoß auf 'm Fußballplatz.»

«Wat soll ick erst sagen!» Galgenberg rieb sich die Stirn. Die Platzwunde, die ihm am 1. Mai der Säbelhieb eines Kollegen eingebracht hatte, war immer noch nicht ganz verheilt. Sie hatte sich entzündet und mächtig geeitert.

Wie auch immer, die meisten Kopfschmerzen verursachte ihnen die Tatsache, dass ihnen Ernst Bergmann auf dem Potsdamer Platz entwischt war. Durch Verkettung unglücklicher Umstände, wie das *Berliner Tageblatt* vermeldet hatte.

«Wir müssen unbedingt was unternehmen», sagte Kappe.

Galgenberg nickte. «Ja, 'n Ausflug nach Schmöckwitz, heute am Montag muss die Badewiese schön leer sein.»

Kappe blieb ernsthaft. «Ich meine, im Hinblick auf Ernst Bergmann. Mal durch die Kieze gehen und uns umsehen, uns auch mal die Beine vertreten.»

«Die Beine ja, den Knöchel nich. Aba wenn Se recht ham, ham

Se recht, denn er wird ja nich hier rinkommen und sich uff'n silbernen Tablett selba servieren. Aber wo fangen wir an, der Heuhaufen ist groß ...»

Kappe überlegte kurz und ging in Gedanken die Viertel durch, die als besonders rot verschrien waren.

«In der Nostizstraße waren wir schon, versuchen wir's doch mal im Wedding, in der Kösliner Straße vielleicht.»

Die galt in eingeweihten Kreisen als die vielleicht «roteste» Straße Berlins, zumindest aber als das rote Herz des Wedding. Überhaupt der Wedding ... Er galt als Berlins klassischer Arbeiterbezirk. Nirgendwo war man radikaler als hier. Und das seit langem, denn schon bei der Revolution von 1848 waren die Arbeiter, die in den Rehbergen Notstandsarbeiten verrichtet hatten, mit Knüppeln bewaffnet in die Stadt gezogen, weil sie die «Freiheit in Jefahr» gesehen hatten. Dann waren die Fabriken von Schwarzkopff, Borsig, Egells, Woehlert und der Königlichen Eisengießerei hinter dem Oranienburger und dem Hamburger Tor entstanden, und deren Arbeiter hatten sich in Moabit und im Wedding angesiedelt. Elendsquartiere waren entstanden.

Die Kösliner Straße lag nördlich des Nettelbeckplatzes.

Wieder hatten sie sich Dienstfahrscheine zu besorgen. Auf dem Weg zur Ausgabestelle stießen sie, als sie um die Ecke bogen, mit ihrem Vorgesetzten zusammen. Waldemar von Canow hatte sie nicht sehen können – wegen seiner Tränen in den Augen.

«Was ist denn?», fragte Galgenberg, wie Kappe gehörig erschrocken. «Ihre Frau ...?»

«Nein, der Generaloberst v. Moltke ist urplötzlich verstorben – und zwar hat er bei einer Rede anlässlich der Trauerfeier für den Feldmarschall v. d. Goltz, fürchterlich aufgewühlt von allem, einen Herzschlag erlitten.»

«Wirklich tragisch», murmelte Kappe.

«Beruhigen Sie sich doch bitte, Herr von Canow», sagte Galgenberg in seinem schönsten Hochdeutsch. «Sonst sind Sie womöglich noch der Dritte im Bunde.»

Von Canow zog ab, und sie begannen, Überlegungen über die optimale Reiseroute anzustellen.

Kappe setzte auf die Linie 3, wie in Hoppegarten bei einem Pferderennen. «Mit dem Großen Ring gehören Sie immer zu den Gewinnern.»

«Ja, aber die Quote ist niedrig.»

Galgenberg ärgerte sich ein wenig, dass Kappe die Lösung des Problems so schnell gefunden hatte. Es war die beste Möglichkeit, und er hatte nun keine Gelegenheit mehr, seine eigene Kunst unter Beweis zu stellen.

Am Nettelbeckplatz stiegen sie aus der Straßenbahn und machten sich auf den Weg in die Kösliner Straße. Kappe war nicht ganz wohl in seiner Haut, denn der Prozess gegen Karl Liebknecht stand kurz bevor, und die Metallarbeiter drohten, in den Massenstreik zu treten. Da war zu erwarten, dass die Leute in der Kösliner Straße von vornherein auf hundert waren – und wenn dann noch zwei Kriminalbeamte auftauchten, um einen der Ihren festzunehmen, dann …

« … Gnade uns Gott.»

«Einen Tod kann man nur sterben», sagte Galgenberg.

«Außerdem, das fällt mir jetzt erst ein, dürfte der Bergmann immer mit einer Handgranate am Koppel herumlaufen.«

«Wenn er eine wirft, dann fangen Sie sie eben auf», sagte Galgenberg. «Schließlich waren Sie mal Torwart bei Viktoria 89 – ehe sie Sie auf Linksaußen geschickt haben.»

«Das ist eine Beleidigung», sagte Kappe, womit er recht hatte, denn auf diesen beiden Positionen setzte man für gewöhnlich die größten Deppen ein. «Doch Ihnen als meinem Trauzeugen will ich noch mal verzeihen.»

«Machen Sie det, sowat zeugt imma von großem Edelmut.»

Sie gingen die Kösliner Straße hinauf und pflanzten sich schließlich an der Ecke Wiesenstraße auf zwei Stühle, die ein tüchtiger Wirt vor seiner Kneipe auf den Bürgersteig gestellt hatte. Wenn sie hier ihr Bier tranken, hatten sie die Kösliner Straße voll im Blick.

«Was ist denn dieser Bergmann eigentlich von Beruf?», fragte Kappe, verwundert darüber, dass man sich diese Frage überhaupt noch nicht gestellt hatte, sondern automatisch davon ausgegangen war, einen Arbeiter vor sich zu haben – und Arbeiter war eben Arbeiter, da brauchte nicht weiter differenziert zu werden.

Galgenberg musste nicht lange überlegen. «Bei seim Namen, da wird er Kumpel sein.»

Kappe nickte. «Ja, im Bergwerk dahinten, hinter der Ringbahn, Grube Humboldthain.»

Die Kösliner Straße war ziemlich öd und leer. Die Männer lagen im Schützengraben oder waren «uff Arbeet», die Frauen standen in der Küche oder am Waschtrog, die Kinder waren in der Schule. Ab und an kamen ein paar Mütter mit ihren Jüngsten vorüber und warteten darauf, von Heinrich Zille gezeichnet zu werden.

Kappe dämmerte langsam, dass es eine Schnapsidee war, hier zu sitzen und auf Bergmann zu warten. Deshalb schlug er vor, dass sie versuchen sollten herauszubekommen, was er von Beruf war, und dann zusehen, ob sie ihn am Arbeitsplatz erwischen konnten.

Galgenberg war einverstanden. Also zahlten sie ihre Biere und machten sich auf den Weg zur nächsten Polizeiwache, um von dort aus ungestört zu telefonieren. Die Sache war gar nicht so einfach, wie sie sich anhörte, denn Bergmann war nirgends gemeldet und bei der Maurer-Innung, wo sie ihn am ehesten vermutet hätten, gänzlich unbekannt. Erst nach gut einer halben Stunde konnte ihnen ein Beamter im Rathaus Wedding verraten, dass Ernst Bergmann gelernter Steinsetzer sei. Nun galt es, im Adressbuch nachzusehen und der Reihe nach alle Straßenbaubetriebe anzurufen.

Nach weiteren fünfzig Minuten am Telefon verriet ihnen ein Unternehmer, dass Bergmann ab und an sogar arbeitete, und zwar bei ihm. «Im Augenblick ist er vor dem Krematorium Wedding im Einsatz, da wird das Kleinpflaster erneuert.»

«Na prima!»

Bis zum Krematorium Wedding an der Gerichtstraße waren

es nur ein paar Minuten Fußweg, und sie konnten sich die Fahrt mit der Straßenbahn ersparen.

Kappe fluchte leise vor sich hin. «Das hätten wir auch eher haben können, da haben wir uns ganz schön dumm angestellt.»

«Ach Quatsch», sagte Galgenberg. «Wo wir sind, is vorn. Und wenn wir hinten sind, is hinten vorn.»

Auf dem Urnenfriedhof Wedding war am 24. November 1912 Berlins erstes Krematorium eröffnet worden. Es konnte von sich behaupten, Europas größte Leichenverbrennungsanlage zu sein. Erst ein Jahr zuvor hatte Preußen auf seinem Territorium die «Kremierung» erlaubt. Wer hier vorher eine Feuerbestattung gewünscht hatte, musste sich außerhalb der Landesgrenzen verbrennen lassen – die Urne mit der Asche durfte dann eingeführt und bestattet werden, jedenfalls seit 1891.

«Möchten Sie sich lieber verbrennen lassen oder im Erdgrab von den Würmern gefressen werden und langsam verfaulen?», fragte Kappe den Kollegen.

Der überlegte einen Augenblick, dann hatte er die Lösung. «Weder noch, ick wandere nach Ägypten aus und werde Mumie. Oder noch bessa: Wir kriegen jeden Mörder in Berlin und wer'n unsterblich.»

Damit waren sie vor dem Krematorium angelangt. Tatsächlich, da knieten ein paar Steinsetzer auf ihren Kissen und klopften das Kleinpflaster fest. Ihre Gesichter waren nur schwer zu erkennen, denn wegen der immer stärker brennenden Sonne hatte jeder von ihnen Hut oder Mütze auf dem Kopf. Einer nahm sie gerade ab, um sich den Schweiß von der Stirn zu wischen.

Der Neandertaler, Bergmann! Das ist er! Kappe und Galgenberg wussten es sofort.

«Wenn der sich 'n Schwanz kooft, kanna als Affe jehn», sagte Galgenberg.

Aber auch Bergmann hatte im Nu erkannt, wer da auf ihn zukam, und weil ihm der Weg zur Straße versperrt war, warf er sich herum, schnellte hoch und lief schnell wie ein Sprinter in Richtung

Krematorium. In dessen Räumen kannte er sich aus, dort hatte er eine Chance, den Beamten zu entkommen.

Kappe und Galgenberg folgten ihm, verloren aber in jeder Sekunde einiges an Boden. Galgenberg war durch sein Alter daran gehindert, schneller zu laufen, Kappe durch seine Abneigung, wie ein Irrer durch die Gegend zu rennen, das vertrug sich nicht mit der Würde eines Menschen. Gekonnt hätte er schon, aber wollen wollte er nicht. So kam es, dass sie den Blickkontakt zu Bergmann verloren hatten, als sie in der Eingangshalle des Krematoriums standen.

«Komisch», schnaufte Galgenberg, «wenn einer den zweiten Schritt vor dem ersten tut. Der muss doch erst unter die Guillotine, bevor seine Leiche in den Verbrennungsofen kommt.»

«Was nun?», fragte Kappe.

«Warten, bis sie uns die Urne mit seiner Asche in die Hand drücken», brummte Galgenberg.

Kappe verzog leicht genervt das Gesicht. «Mensch, könn Se nicht mal 'n vernünftigen Vorschlag machen?!»

«Doch! Bei der nächsten Wache anrufen und 'n paar Schupos anfordern, damit hier alles durchsucht wird. Nur wer andere für sich arbeiten lässt, aus dem wird ma wat.»

Eine Stunde später hatte man Bergmann gefunden, denn eine Damentoilette war kein sehr originelles Versteck, und nach weiteren sechzig Minuten saß er ihnen am Alexanderplatz im Vernehmungszimmer gegenüber.

Kappe eröffnete das Match mit einem Schmetterball. «Machen wir's kurz, Herr Bergmann, und nehmen Ihre Flucht als ein Geständnis?»

«Wat heißt hier Flucht?» Der Steinsetzer sah Kappe verständnislos an. «Ick hatte plötzlich so 'n menschliches Rühren, die flotte Lotte, wenn Sie's janz jenau wissen wollen, und bin uff die Toilette jerannt, wo Se mir ja ooch jefunden ham. Oder?»

Galgenberg nickte anerkennend. «Alle Achtung, meine Juteste, uff 'n Mund jefallen sind Se jedenfalls nich.»

«Wieso Juteste?»

«Na, weil Se uff der Damentoilette war'n.»

Kappe nahm die Akte mit den Polizeiprotokollen und den Gerichtsurteilen in die Hand. «Lieber Herr Bergmann, wenn man das hier alles so liest, dann kann es keinen Zweifel daran geben, dass Sie es waren, der die Handgranate in den Laden von Erich Röddelin geworden hat. Sie haben früher dort in der Gegend gewohnt, in der Wühlischstraße, Sie kannten Röddelin, Sie haben da gekauft, und Sie sind erfüllt vom Hass auf alle Kapitalisten, große wie kleine.»

«Det will ick ja ooch jar nich abstreiten, aba ditte bei Röddelin, det war ick wirklich nich.»

«Wo waren Sie denn, als es passiert is, also am Dienstag, dem 31. März, gegen 18 Uhr?»

Bergmann stieß die Luft aus den Lungen. «Irjendwo inne Stadt hier. Woher soll ick 'n dit wissen?»

«Wenn Sie es nicht wissen, werden Sie wohl eine Weile bei uns bleiben müssen.»

«Dann bleib ick ebent.»

«Na prima», sagte Galgenberg. «Denn wird et wenigstens keenen zweeten Handgranatenmord mehr jeben.»

# ELF

ARNDT VON ZABELSDORFF hatte sich schnell an das zivile Leben gewöhnt. Anfangs ödete es ihn zwar an, jeden Morgen zur Flottenstraße in die Fabrik zu fahren, aber der Geschäftserfolg der Firma Klaucke & Kutzner entschädigte ihn dafür, und das war ganz allein sein Verdienst. Man musste diesem Pack an den Maschinen nur gehörig zeigen, wer der Herr im Hause war, dann spurten die Kerle auch. Und die Weiber sowieso.

Zufrieden überblickte er aus dem Glaskasten, den noch der alte Wasikowsky zusammengeschraubt hatte, das ihm zu Füßen liegende Reich. Nur eine Ventilation schien ihm hier dringend nötig. Die Luft in dem engen, nach oben offenen Gehäuse war zum Schneiden, und sie wurde nicht besser, wenn er hin und wieder eine Zigarette rauchte. Schon zweimal hatte er diesen widerspenstigen Zwerg Nassmacher darauf hingewiesen, aber beim ersten Mal hatte der gar nicht reagiert und beim zweiten Mal frech geantwortet: «Es gibt in der ganzen Halle keine Ventilation, falls Ihnen das noch nicht aufgefallen sein sollte. Wäre aber dringend notwendig!» Damit hatte er sich umgedreht, als wäre er, der Oberleutnant von Zabelsdorff, Luft für ihn. Ihn mit dem Dienstrang anzureden oder gar Haltung anzunehmen hatten Nassmacher und Wasikowsky sich glatt geweigert. Man sei hier nicht beim Militär. «Herr stellvertretender Direktor» hatten die Kerle ihn dreist genannt, bis er sich das verbat.

«Herr von Zabelsdorff», lautete Nassmachers nächste Ansprache, wobei er das A so kurz aussprach, dass «Zappeldorf» dabei herauskam. Und das aus dem Munde eines untermaßigen Wichtes, der selber Nassmacher hieß!

Der Oberleutnant hatte vor Wut geschäumt, ließ sich aber vor all den Proleten in der Halle nichts anmerken. Jetzt schürzte er genüsslich die Lippen, als er so aus der Entfernung die Boretzki betrachtete. Die würde er auch noch drankriegen, das wusste sie, und das wusste auch Pinkelkarl, wie er den wichtigtuerischen Gnom insgeheim getauft hatte, ganz genau. Verlobte! Lächerlich. Bei derartigen Leuten ging doch in den Familien sowieso alles drunter und drüber. Die wohnten zu zehnt in einer verwanzten Stube mit drei Bettstellen, Gemeinschaftsklosett im Hof, und taten auf der Arbeit plötzlich etepetete!

Zwerg Nassmacher würde schon noch angekrochen kommen, wenn erst der Gestellungsbefehl am Horizont auftauchte, da war sich von Zabelsdorff sicher. Darin ließ er sich auch von seinem Schwiegervater nicht belehren, der ihn anflehte, es sich nicht auch noch mit Nassmacher zu verderben, jetzt, wo der alte Wasikowsky nicht mehr war, der jeder Maschine direkt ins stuckrige Herz geschaut und ihr den Puls gefühlt hatte. Wer, wenn nicht Nassmacher, sollte denn das Ganze am Laufen halten? Zu dessen Hilfe hatte er einen anderen alten Zausel namens Mehlitz zurückgerufen, der schon auf die Siebzig zuging, anscheinend aber ganz froh war, noch ein paar Sechser zu verdienen.

Von Zabelsdorff dachte in größeren Dimensionen. Früher oder später würde auch Karl Nassmacher überflüssig sein. Neue Maschinen mussten sowieso her, das war nur eine Frage der Zeit und der Liefermöglichkeiten, die mitten im Krieg natürlich nicht besonders rosig waren. Kutzner hatte den lächerlich kleinen Laden auf Verschleiß gefahren, und so sah die Bude auch aus. Jedes Risiko war ihm verhasst. Wäre es nach ihm gegangen, hätte er wahrscheinlich lieber Hanfseile geflochten, als moderne, nichtarmierte Fernmeldekabel zu fertigen, nach denen der Bedarf an der Front von Tag zu Tag stieg. Kutzner aber jammerte allen was vom abzusehenden Sieg der drahtlosen Telegraphie vor, über die er etwas gelesen hatte und von der er lediglich wusste, dass sie lange Kabelwege überflüssig machen sollte.

«Telegraphie – was ist das eigentlich?», ärgerte ihn von Zabelsdorff, und natürlich geriet Kutzner bei der Antwort ins Stottern. Von technischen Dingen verstand er einen Dreck.

«Das ist doch ganz einfach», belehrte ihn von Zabelsdorff. «Stell dir mal einen gaaanz langen Dackel vor, dessen Schwanz sich in Berlin befindet, und der Kopf ist in Königsberg. Trittst du ihm hier in Berlin auf den Schwanz, dann bellt der Köter in Königsberg.»

Kutzner sah ihn verständnislos an. «Ja und – was soll das?»

Von Zabelsdorff griente. «Ich will dir ja nur den Unterschied zur drahtlosen Telegraphie klarmachen. Die funktioniert nämlich genauso. Nur ohne den Dackel.»

Er lachte schallend. Kutzner hingegen brauchte einige Zeit, um den Witz zu verstehen. Natürlich bekam er ihn auch noch in den falschen Hals. «Na eben!», schrie er erbost. «Wir sind sozusagen die Hundezüchter, die nicht mehr benötigt werden!»

Von Zabelsdorff winkte ab. Vergebens versuchte er, dem Alten zu erklären, wie vage und unsicher diese ganze drahtlose Zauberei sei. Kein Mensch verließe sich im Krieg darauf, was sich irgendwelche Spinner mittels knisternder Funkstrecken an angeblichen Nachrichten zukommen ließen, die noch dazu der Feind ebenso bequem auffangen konnte. Das sei genauso ein Humbug wie diese blechernen Motorungetüme, die nur geradeaus fahren konnten. «Im modernen Krieg», so dozierte er, «schießt die Artillerie die Stellungen des Feindes sturmreif, und die Infanterie besetzt sie. Und die Nachrichtenleute ziehen die Kabel zum Stab. Was in den Stellungen noch übrig ist – dafür gibt es Flammenwerfer und Handgranaten!»

Die Familie lauschte ehrfürchtig, wie immer, wenn er von seinen Kriegserfahrungen sprach. Nur Auguste, seine Frau, die zu allem und jedem etwas Dummes anzumerken wusste, sagte: «Ich könnte so eine Granate vor Angst keine zwei Meter weit werfen.»

«Deshalb ist der Krieg ja auch Männersache!», grollte von Zabelsdorff. Die ständige Anwesenheit der Schwiegereltern und seiner Frau in der großen Villa versüßte ihm die aushäusige Tätigkeit in der Flottenstraße ungemein. Er konnte kommen und gehen, wann und wie es ihm passte und wie es die Geschäfte nun einmal erforderten. Nur ein Automobil fehlte ihm. Auf die wenigen Droschken war schon lange kein Verlass mehr, und auf die Dauer konnte er schließlich nicht wie Krethi und Plethi mit der Elektrischen fahren oder mit der Eisenbahn. Am Abend sah man derangiert aus wie ein Zigeuner und musste sich umkleiden.

«Mit wem du dich abends immer treffen musst», wunderte sich Kutzner. «Ich war immer froh, wenn ich wieder zu Hause war.»

«So sehen die Geschäfte der Firma auch aus», wagte von Zabelsdorff dem Alten zu antworten. Zurückhaltung schadete nur. Aus dem Senior schien sowieso langsam die Luft zu entweichen, seit der Schwiegersohn von der Front zurück war und das Kommando übernommen hatte. Die Schwiegermutter hatte noch nie etwas zu sagen gehabt. Sie beschränkte sich darauf, den Oberleutnant in seiner Uniform zu bewundern und zwischendurch das allzu lange Ausbleiben von Enkelkindern zu beklagen. Als ob das an ihm gelegen hätte! In Potsdam und ein, zwei weiteren Garnisonsstädten gab es lebendige Gegenbeweise, die von Zabelsdorff im Familienkreise allerdings tunlichst nicht erwähnte.

Er hatte nun mal was für hübsche Frauen übrig, und so fiel auch sein Blick aus der gläsernen Kommandozentrale sofort wieder auf Betti Boretzki. Vorerst musste er sich mit ihrer Freundin Lotte begnügen, die ja auch ein recht süßer Maikäfer war. Ein bisschen kess vielleicht, aber griffig und drall an den richtigen Stellen. Und willig. Darauf kam es schließlich an. Für raffinierte Frauenzimmer, die viel Schmus machten und einen lange hinhielten, war Arndt von Zabelsdorff nicht zu haben.

Manchmal dachte er noch an die Kameraden im Felde und an Verdun. Waren nicht viele übriggeblieben von seinem Zug. Diese Geschichte mit dem Stoßtrupp gleich am Anfang hatte beinahe ein Dutzend Leute gekostet. Na, um den ollen Oberlehrer Seifert hatte bestimmt keiner getrauert, und um Pietsch, diesen falschen Fuffziger von einem Koofmich, schon gar nicht. Was hatte der Kerl sich aber auch dämlich angestellt! Und der dusslige kleine Ludwig. Ein richtiger Komiker. Oder der Stehgeiger, der ewig Angst um seine wertvollen Pfoten hatte.

Um den Böwert war es vielleicht schade, diesen verfressenen Astpreißen mit seiner Bierruhe. So einen hätte er in der Fabrik brauchen können. Wäre aber wahrscheinlich zu langsam und schwerfällig für das Berliner Tempo gewesen. Dann schon eher so ein Durchschnittstyp wie der ... Der Name fiel ihm nicht gleich ein ... Schimanski oder so ähnlich.

Was für ein Glück, dass ihn selber bald darauf dieser Heimatschuss erwischt hatte! Dem französischen Scharfschützen musste er direkt dankbar sein dafür. Der gute Wittkopp hingegen hatte Pech gehabt. Das Schrapnell hätte ihm beinahe den Schädel weggerissen. Und man konnte nicht mal sicher sein, dass es nicht aus den eigenen Haubitzen gestammt hatte. Die Verständigung mit der Artillerie war allemal saumäßig gewesen. All diese Flaggenzeichen und Leuchtraketen, die in der Atmosphäre aus feuchtem Pulverdampf und ekligem Nebel sowieso kein Aas erkennen konnte. Und mit den Fernmeldewegen war es auch nicht weit her. Ewig landete man falsch, wenn überhaupt eine Verbindung zustande kam, und die Verständigung war miserabel. Die Artillerie damit zu dirigieren schien nahezu unmöglich. Kein Wunder, dass immer wieder Männer im eigenen Geschützfeuer umkamen.

Die Letzten der Truppe waren Anfang Mai im Fort Douaumont unter den Toten gewesen, die man schließlich eingemauert hatte. An die tausend sollten es gewesen sein. Keiner wusste so recht, was dort passiert war. Eine gewaltige Explosion, hieß es, kein feindlicher Angriff. Wahrscheinlich waren nur das Öl für die Flammenwerfer und die dort lagernde Munition hochgegangen.

Na, das alles lag glücklicherweise hinter ihm. Wenn man von ein paar grundsätzlichen Einschränkungen absah, ging das Leben hier in der Hauptstadt seinen gewohnten Gang wie in Friedenszeiten. Ärgerlich blieb nur, dass man nicht einmal in einem der ehemals erstklassigen Häuser ein anständiges Abendessen oder was

Ordentliches zu trinken serviert bekam. Darunter musste ja jede abendliche Verabredung leiden.

Aber bei einer ordinären Person wie Lotte Naujoks wäre großer Pomp wahrscheinlich ohnehin rausgeschmissenes Geld gewesen. Bei der genügte ein billiger Rotspon, um sie in Stimmung zu bringen. Würde er ja am Sonntag sehen ...

Er blickte hinunter in die Halle. Nassmacher fummelte mal wieder hinten an der Dampfmaschine herum. Jeden Tag lag der ihm in den Ohren: Das Ding müsse dringend überholt werden. Als könne man so mir nichts, dir nichts für eine Woche die Produktion einstellen!

Inzwischen war auch an der Seilmaschine wieder mal was los. Betti stand im Gang und machte hilflose Bewegungen. Von Zabelsdorff schob die Glastür zur Seite und stelzte die vier Stufen hinunter. Dicht bei Betti angelangt, beugte er sich väterlich zu ihr und fragte: «Na, wo brennt's denn?», wobei er ihr recht unväterlich den Hintern tätschelte.

Betti tat vorerst, als bemerke sie es nicht. «Das Material ist nichts wert!», schimpfte sie. «Der neue Draht ist viel zu brüchig!»

So viel wusste von Zabelsdorff inzwischen: dass man für Fernsprechzwecke einen unmagnetischen Draht aus reinem Hartkupfer, aus Phosphor- oder Siliziumbronze benötigte und dass Kupfer nun einmal zu den raren Werkstoffen gehörte, die es möglichst zu ersetzen galt. Bei der letzten Bestellung hatte man ihm allerlei Vorschläge zur Veränderung der Kabel gemacht, doch er hatte alles nur stur von sich gewiesen. Jetzt erinnerte er sich, auf dem Lieferschein die Warnung gelesen zu haben, die neue Drahtcharge beim Verseilen nicht zu hohen Zugkräften auszusetzen.

«Ach, Unsinn!», sagte er ärgerlich und packte dabei fest ein gehöriges Stück von Bettis Hinterbacke. «Ihr sogenannter Verlobter hat die Maschine nur viel zu stramm eingestellt. Da muss ja jeder Draht brechen!»

Betti schrie auf und machte sich hastig von ihm los. Unbemerkt war nämlich Karl Nassmacher aufgetaucht. Er maß von Zabelsdorff von unten herauf mit einem höhnischen Blick. «So? Und wie muss die Maschine Ihrer Meinung nach eingestellt werden?»

«Das ist doch Ihre Sache!», schnauzte der zurück. «Sie spielen sich doch hier als der angebliche Fachmann auf!»

So leicht ließ sich der kleine Nassmacher nichts schenken. «Aber nicht für Ersatz und Ersatzstoffe», krähte er. «Wenn ihr kein Kupfer mehr habt, dann könnt ihr eben euren Krieg nicht mehr führen! So einfach ist das!»

«Ihr?», donnerte von Zabelsdorff zurück, das narbige Gesicht vor Zorn gerötet. «Was soll das heißen? Wollen Sie Flegel mich duzen und die Notwendigkeit des Krieges in Frage stellen?»

Auch Nassmachers Gesicht hatte die Farbe gewechselt. Jetzt machte er doch einen Rückzieher. «Ich habe lediglich angemerkt, dass man keinen Krieg führen kann, wenn man nicht über das notwendige Material verfügt.»

Von Zabelsdorff holte tief Luft. «Weil vaterlandslose Gesellen wie Sie nicht bereit sind, sich mit allen Konsequenzen den veränderten Bedingungen zu stellen», bellte er. «Wenn der Draht etwas spröder ausfällt, muss man eben die Zugkräfte vermindern! So einfach ist das! Und wenn Ihnen das nicht gelingt, werde ich Sie für alle Schäden, die aus Ihrer Unbotmäßigkeit entstehen, entschieden haftbar machen!»

Obwohl es streng untersagt war, den Arbeitsplatz zu verlassen, hatte sich ein lockerer Kreis um sie herum gebildet. Vergebens versuchte der alte Mehlitz, die Leute zurückzuscheuchen.

Karl Nassmachers Gesichtsfarbe spielte nun ins Grau. «Dann stellen Sie die Maschine selber ein, Herr von und zu!», forderte er mit lauter Stimme. «Mit Ihren eigenen gepflegten Händen. Statt damit meine Braut zu betatschen!»

Auf diese Unterstellung ging von Zabelsdorff gar nicht ein. Er wandte sich ab, musterte scharf jeden Einzelnen der Herumstehenden, die sich eilig verflüchtigten, und sagte im Weggehen vernehmlich: «Nassmacher, Sie stellen die Maschine so ein, dass der Draht nicht reißt. Andernfalls sind Sie entlassen!»

Noch Tage darauf hatte von Zabelsdorff die unterdrückte Drohung im Ohr, die Pinkelkarl ihm hinterhergesandt hatte: «Der soll sich bloß vorsehen. Für solche wie den ist es nicht bloß an der Front gefährlich!»

Als verstünde ein solcher Drückeberger etwas von den Gefahren der Front! Zabelsdorff hatte den widerwärtigen Gnom seitdem keines Blickes gewürdigt. Die Stunde der Revanche würde schon noch kommen. Die Produktion lief jedenfalls mit den üblichen leichten Stockungen. Nassmacher fegte wie ein geölter Blitz durch die Halle und war überall und nirgends. Die angekündigte Entlassung hatte ihm anscheinend einen heillosen Schreck eingejagt.

Heute war Sonnabend. Regen pladderte auf das Sheddach der Halle, und die feuchte Luft machte den Aufenthalt drinnen zur Qual. Von Zabelsdorff überblickte die Ergebnisse der Woche und konnte zufrieden sein. Heute Abend würde er zum ersten Mal in den Spielclub in der Von-der-Heydt-Straße am Tiergarten fahren, wo es angeblich nicht nur bei den Einsätzen hoch herging.

Er würde sich das Vergnügen ansehen, sich natürlich auch beteiligen – aber große Verluste konnte er sich gar nicht leisten. Außerdem hatte er sich für den morgigen Sonntag etwas vorgenommen, das ein gewisses Maß an Munterkeit erforderte. Vor sechs Wochen schon hatte er seine Motoryacht flottgemacht, die im Tegeler Hafen lag und nur darauf wartete, über den See gejagt zu werden. Darin bestand von Zabelsdorffs größtes Sonntagsvergnügen. Andere hatten ihre Gäule oder ein feudales Automobil – er glitt gerne mit seiner *Auguste* über die Wellen und brachte manchen Paddler in Bedrängnis. Die Kerle hatten immer irgendein quiekendes Mädchen an Bord, wie von Zabelsdorff nicht ohne Neid registrierte.

Seine eigene Frau, auf deren Namen – und den der Kaiserin – das Boot getauft war, hatte sich zu seiner Beruhigung schon bei ihrem ersten gemeinsamen Ausflug als wenig seefest erwiesen. Sie hatte einfach Angst vor dem Wasser. «Das ständige Geschaukel – danach ist mir ja noch tagelang schlecht», hatte sie außerdem gejammert und war fortan durch nichts zu bewegen gewesen, sich diesem schwankenden Gefährt auch nur aus der Ferne zu nähern. Sie vertrug überhaupt kein schnelles Tempo, selbst in der Eisenbahn wurde ihr übel. Und im Kino schloss sie die Augen, sobald größere Bewegung ins Bild kam

Na schön, Kintopp war sowieso nur ein Vergnügen für simple Gemüter wie Pinkelkarl und seine Braut, und auf der Motoryacht konnte von Zabelsdorff sich gut alleine oder in anderweitig netter Gesellschaft unterhalten. Auch bei Regenwetter.

Bei Betti Boretzki hatte er sein Glück versucht. Die hatte ihn aber hoheitsvoll angeblickt und verschämt gesäuselt: «Ick glaube nicht, dass mein Karl mir so was erlauben täte ...»

Seinen Einwand «Der braucht es ja gar nicht zu erfahren» ließ sie nicht gelten. Nassmachers Giftblicken nach zu urteilen, hatte sie es ihm brühwarm erzählt.

Blieb also Lotte, Charlotte Naujoks. Die hatte zwar auch ein bisschen so getan, als ziere sie sich, hatte aber dann doch zugesagt. «Was soll ich denn da anziehn?», war das Einzige, was sie wissen wollte. Beinahe hätte von Zabelsdorff geantwortet: «Möglichst wenig.» Er verkniff es sich und meinte, ein Badetrikot würde sich vielleicht noch für sie finden.

Als er am Sonntagmorgen in Tegel aus dem Vorortzug stieg, sah er sie schon von weitem leuchten in ihrer besten blauen Seidenbluse unter dem Regenschirm und mit einer Gesichtsbemalung, die eines Indianerhäuptlings würdig erschien. Dazu trug sie eine etwas abgewetzte Ledertasche bei sich, als wäre sie eine Hebamme auf dem Weg zu einer Entbindung. Indigniert hob von Zabelsdorff die Brauen. Ein bisschen genierte er sich doch, so mit ihr am Arm den Weg zum Yachthafen anzutreten, den Proviantkorb in der anderen Hand. Immerhin kannte ihn hier vielleicht doch der eine oder andere der wenigen Passanten. Besser wäre gewesen, er hätte sich gleich mit ihr an einer Anlegestelle verabredet und sie dort mit der Yacht abgeholt. Dazu war es nun zu spät.

Des Wetters wegen herrschte in dem kleinen Hafen kaum Betrieb. Dennoch bemerkte er sehr wohl das Aufsehen, das er und seine Begleiterin erregten. Vorsichtshalber bat er sie, es sich zunächst einmal in der kleinen Kajüte bequem zu machen und dort auch ihre Kleider gegen jenes Badekostüm zu tauschen, das er am Vortag noch ein wenig verstohlen am Kurfürstendamm erworben hatte. Welch ein Aufwand für ein kleines Fabrikmädchen! Würde sie auch wirklich schweigen über das Sonntagsabenteuer und nicht am Montag die ganze Halle mit ihren Erzählungen unterhalten?

Regenschauer wehten über das hölzerne Verdeck. Von Zabelsdorff lief das Wasser in den Kragen. Na gut, wenn sie erst einmal draußen auf dem offenen See waren, konnte man es sich in der Kajüte gemütlich machen. Eilig warf er die Leinen los und stieß das Boot vom Steg ab. Natürlich streifte dabei, unter dem Schirm seiner Kapitänsmütze hervor, auch ein Blick die Kajüte, deren Tür Lotte nicht hinter sich geschlossen hatte. Sie zog sich drinnen tatsächlich gerade die Bluse aus, als gäbe es ihn gar nicht und als stünden am Ufer nicht ein paar Neugierige!

Energisch riss von Zabelsdorff an der Anlasserschnur, um den Motor in Gang zu setzen, was erfahrungsgemäß einiges Fingerspitzengefühl verlangte. Wie immer ließ ihn das Ding natürlich erst einmal im Stich. Die Yacht näherte sich bereits mit schlingernden Bewegungen dem linken Pfeiler der Sechserbrücke, welche die Hafenausfahrt überspannte, als der Motor nach etlichen Fehlzündungen endlich knatternd in Bewegung kam. Von Zabelsdorff war so sehr davon in Anspruch genommen, schräg unter der Brücke hindurch zum rechten Ufer zu kreuzen, dass er den polternden Aufprall eines größeren Gegenstandes dicht hinter sich kaum wahrnahm. Dennoch wandte er sich beinahe automatisch um und erkannte mit einem Blick, was da mit einer leichten Drehbewegung auf den Planken hin und her rollte. Er stieß einen dumpfen Schreckenslaut aus, der in dem donnernden Knall der Explosion vollständig unterging. Dreißig Sekunden später ragte nur noch der Flaggenknauf der *Auguste* aus dem seichten Fahrwasser des Tegeler Fließes, das ölig und hellrot aufbrodelte.

# ZWÖLF

KAPPE UND GALGENBERG nutzten die Eisenbahnfahrt zum Studium des *Berliner Tageblattes* vom Sonntag, dem 25. Juni 1916. Besonders erbaulich fiel die Lektüre nicht aus. Die Schlagzeile lautete: *Das Ringen an der wolhynischen Front.* Immerhin konnte man sich auch weiterbilden, denn der hochgeachtete Leopold v. Wiese hatte einen flammenden Nachruf auf den Liberalismus geschrieben.

*Sollte die Welt zu starr und schwunglos werden, um den Liberalismus zu verstehen und gebrauchen zu können, so werden seine Jünger ihm einen Katafalk errichten, der bis in die Wolken ragt, auf daß die Adler seinen königlichen Leichnam umkreisen und vom prasselnden Scheiterhaufen Flammen bis zur Sonne schlagen, aus der auch dieser Tote seine Kraft nahm.*

Kappe fand das beeindruckend, obwohl er über den Niedergang des Liberalismus eher frohlockte.

Für die Kinder von Familienvätern, die an der Front standen, waren über 88 000 Mark gesammelt worden, damit sie die Ferien in Luft und Sonne verbringen konnten.

Der älteste Enkel Bismarcks war für sein tapferes Verhalten an der Ostfront mit dem Eisernen Kreuz Erster Klasse ausgezeichnet worden.

Die Abgabe von rohen Hühnereiern an den Verbraucher erfolgte in den Berliner Verkaufsstellen nicht mehr gegen Abgabe von Marken auf der Fleisch-, sondern auf der Brotkarte. Mehr als zwei Eier pro Kalenderwoche durften nicht bezogen werden. Dafür musste die Brotkarte gelocht werden. Bei Zuwiderhandlungen gegen diese Verordnung wurden dem Händler harte Sanktionen angedroht: Gefängnis bis zu sechs Monaten oder eine Geldstrafe bis zu 1500 Mark.

«Sieht man mal, wat dem Röddelin allet erspart jeblieben is», sagte Galgenberg.

Das «Oberkommando in den Marken» gab bekannt, dass Reisende grundsätzlich keinerlei Schriften oder Drucksachen mit über die Reichsgrenzen nehmen durften. Ferner wurde angeordnet, dass auf der Potsdamer und der Brandenburger Havel allen Schiffen und Booten die Durchfahrt unter Eisenbahnbrücken nur eine halbe Stunde vor Sonnenauf- und eine halbe Stunde nach Sonnenuntergang gestattet sei.

«Pech für unser neues Opfer, det es sich die falsche Brücke zum Drunterdurchfahren ausgesucht hat», sagte Galgenberg.

Sie waren auf dem Weg zur Sechserbrücke in Tegel, um sich ein genaues Bild vom Tatort zu machen. Der Anruf, dass es dort eventuell einen zweiten Handgranatenmord gegeben hatte, war mitten beim Frühstück gekommen. Viel wussten sie noch nicht, nur dass anscheinend jemand von der Brücke aus eine Handgranate auf eine Motoryacht, die *Auguste,* geworfen und dabei einen Mann getötet hatte. Seine Begleiterin sei mit mittelschweren Verletzungen davongekommen.

Von Canow konnte wegen einer Familienfeier nicht anrücken, hatte aber trotz der Sonntagsruhe schon alles mit den Behörden des Landkreises Niederbarnim abgeklärt. Zu dem gehörte Tegel zwar, aber die *Auguste* war in Berlin zugelassen, das Opfer vermutlich in Berlin ansässig, und der erste Handgranatenmord war auch in Berlin verübt worden, so dass die örtlichen Behörden, ohnehin knapp an Personal, nichts dagegen hatten, dass die Berliner die Sache an sich zogen.

Tegel galt seit Biedermeierzeiten als beliebte Sommerfrische, jedes Berliner Kind kannte es durch den Schüttelreim *Auf dem Tegeler See / kocht ein Segler Tee.* Und allen Gebildeten war das Tegeler Herrenhaus, im Volksmund Humboldt-Schloß, sozusagen Herzenssache, hatte doch Goethe im *Faust* gedichtet: *Wir sind so klug,/und dennoch spukt's in Tegel.* Auch die Sechserbrücke war jedem ein Begriff. Wie sie zu ihrem Namen gekommen war, wurde immer wieder kolportiert: Um die Jahrhundertwende wollten viele Berliner Ausflügler zum Freibad am Tegeler See und zu den Ausflugslokalen an der Malche, so zum «Klippsteinschen Sommeretablissement», zum «Strandschloß Tegel» oder zum «Kaiserpavillon». Dazu mussten sie aber das Tegeler Fließ überqueren, und das besorgte der ortsansässige Fischer Siebert für fünf Pfennige, auf Berlinisch: für einen Sechser. Bald aber schaffte er es mit seinem Kahn nicht mehr, alle Leute überzusetzen, und baute deswegen eine kleine Holzbrücke. Wer sie überqueren wollte, musste weiterhin einen Sechser bezahlen. Als dann 1905 der Tegeler Hafen ausgebaut wurde, musste die Siebertsche Brücke einer stählernen und vergleichsweise mächtigen Fußgängerbrücke Platz machen. Der Brückenzoll von fünf Pfennigen war aber weiterhin zu zahlen.

Auf dem Weg vom Bahnhof zur Brücke versuchte sich Kappe vorzustellen, wie alles abgelaufen war.

«Der Täter steht oben auf der Brücke, blickt in Richtung Hafen, sieht die *Auguste* herankommen, läuft auf die andere Seite und wirft die Handgranate in dem Augenblick, in dem das Boot unter der Brücke hervorkommt, so dass sie in den Bootskörper fällt und von Zabelsdorff tötet. Aber da gibt es noch einen Knackpunkt ...» Kappe machte eine kleine Pause, um seinen Gedanken in Worte zu fassen. «Wenn ... also ... Da der Mann sich nicht zu lange auf der Brücke aufhalten konnte, weil das aufgefallen wäre, muss er doch in etwa gewusst haben, wann die Yacht unter der Brücke hindurchfahren wird, das heißt, er muss die Lebensumstände seines Opfers ziemlich genau gekannt haben.»

«Ausjezeichnet, Herr Kolleje!», rief Galgenberg. «Aber wie sollte er? Hängt et vielleicht mit dem Meechen zusammen, dassa an Bord hatte?»

«Sie meinen, der Täter ist ein eifersüchtiger Nebenbuhler, der die beiden schon lange beobachtet hat und alles über von Zabels-dorff weiß?», fragte Kappe.

«Ja, und in seiner Wut will er beide in die Luft jagen.»

Kappe nickte. «Auch möglich, aber ... wissen tun wir nur, dass es einer nicht gewesen sein kann: unser Freund Ernst Bergmann. Der sitzt ja immer noch in Untersuchungshaft. Also haben wir es mit zwei unterschiedlichen Tätern zu tun.»

«So isset! Kann uns Canow wenigstens nicht anpinkeln.»

«Wie meinen Sie das nun wieder?»

«Na, dass die zweite Tat nicht geschehen wäre, wenn wir den Mann, der den Röddelin uff 'm Jewissen hat, schon jefasst hätten. Ooch 'n Trost.»

Das Wetter war schlecht, kühl und regnerisch, das heißt, es nieselte nur, was aber ausreichte, die Ausflügler abzuschrecken. Niemand passierte die Sechserbrücke.

In deren Nähe waren inzwischen die Überreste der Motoryacht von der Tegeler Feuerwehr geborgen und an Land gezogen worden. Die beiden Kriminaler kamen von Alt-Tegel her und sahen, wie Dr. Kniehase und zwei seiner Leute am Ufer des Tegeler Fließes damit beschäftigt waren, das Wrack der *Auguste* genau unter die Lupe zu nehmen.

Sie begrüßten sich, und Dr. Kniehase gab weiter, was er schon in Erfahrung gebracht hatte.

«Kurz nach neun Uhr ist die Handgranate geworfen worden. Die *Auguste* ist dann unmittelbar nach der Detonation gesunken. Ein mutiger Spaziergänger aber hat es geschafft, den Bootseigner, einen gewissen Oberleutnant Arndt von Zabelsdorff, aus dem Wrack an Land zu bringen, wo der herbeigerufene Arzt dann nur noch seinen Tod feststellen konnte. Der Tote war angeblich Chef eines Kabelwerks in Reinickendorf, Klaucke & Kutzner.»

«Von wem stammen diese Angaben?», erkundigte sich Kappe.

Kniehase schien ein wenig beleidigt. «Vom Besitzer des Boots-hauses», sagte er spitz und wies auf die Anlegestege im Hafen. «Und von Zabelsdorffs Begleiterin, einer gewissen Charlotte Naujoks. Die hat sich selbst aus dem Wrack befreit und noch an Land schwimmen können. Sie ist erst zusammengebrochen, als sie den zerfetzten Körper ihres Begleiters gesehen hat. Außerdem hat sie Holz- und Glassplitter abbekommen, am ganzen Körper, und ist ins Paul-Gerhardt-Stift gebracht worden. Die beiden waren offensichtlich ein Paar, denn die Naujoks war gänzlich unbekleidet.»

Galgenberg pfiff anerkennend und lüftete mit dem verwundeten Arm seinen Hut. «Man dankt im Namen der Innung.»

Dr. Kniehase war noch etwas aufgefallen. «Arndt von Zabelsdorff und Erich Röddelin sind meiner Ansicht nach mit einer Stielhandgranate desselben Typs getötet worden.»

«Danke für den wertvollen Hinweis», sagte Galgenberg. «Davon gibt es nur schätzungsweise zweihundert Millionen Stück. Da finden wir ja schnell heraus, wer solche Kartoffelstampfer alles bei sich führt.»

Auch der Dorfgendarm, der sich neben Dr. Kniehase postiert hatte, konnte ihnen nicht weiterhelfen.

«Hat sich denn bei Ihnen bis jetzt kein Zeuge gemeldet?», fragte Kappe. «Es muss doch jemand gesehen haben, wie der Täter nach der Detonation davongelaufen ist.»

«Nach der Detonation sind alle weggelaufen.» Der Dorfgendarm konnte nicht anders, als lakonisch zu sein. «Bis auf den Mann, der die Leiche geborgen hat.»

Kappe bohrte weiter. «Und vorher ist auch keinem etwas aufgefallen – dass jemand eine Handgranate hervorgeholt hat?»

«Nein, vorher ist auch keinem etwas aufgefallen – dass jemand die Handgranate hervorgeholt hat.»

«Ham wir hier 'n Echo?», fragte Galgenberg und schrie gleich, um das zu prüfen: «Wie heißt der Bürgermeister von Wesel?»

«Esel ...», kam es leise vom Waldesrand her.

«Sehn Se, Herr Kollege», sagte Galgenberg. «Da ham wat.»

Um zum anderen Ufer zu gelangen, mussten sie die Brücke passieren. Der Brückenzöllner saß in einem der steinernen Türme am südlichen Treppenaufgang und wollte seines Amtes walten.

«He, die Herren da!», rief er. «Umsonst kommt hier keena rüba.»

«Wir schon», sagte Galgenberg.

«Dann hole ich die Polizei!»

«Die hätten Sie mal vorhin schon holen sollen, bevor der Mann die Handgranate runter ins Boot jeworfen hat.»

«Na, hören Sie mal!»

«Ich höre gerne.» Galgenberg zog seine Marke hervor.

Kappe war etwas verbindlicher. «Wir hätten nämlich gern von Ihnen gewusst, warum Ihnen der Mann mit seiner Handgranate nicht aufgefallen ist.»

Der Brückenzöllner, ein bekennender Asthmatiker, schnaufte und zeigte auf seine dicken Brillengläser. «Weil ... Nu, ick kann nich weiter als fünf Meter weit gucken. Und außerdem war ick gerade am Geldzählen, die Einnahmen von jestern noch, als et unten jeknallt hat. Aber selbst wenn eena richtig kieken kann, sieht der doch nischt, wenn da eena am Jeländer steht und wat int Wassa wirft.»

«Probieren wir's mal aus», sagte Kappe und schickte Galgenberg nach draußen.

Der suchte sich am Ufer einen Knüppel und brach ihn so in Stücke, dass ein Teil in etwa die Länge einer Stielhandgranate hatte. Er steckte die Attrappe in seinen Gürtel. Unter seiner Sommerjacke war sie kaum zu erahnen. In der Mitte der Brücke angekommen, warf er sie ins Wasser. Kappe musste zugeben, dass ihm das nicht weiter aufgefallen wäre, zumal ja die Leute andauernd etwas ins Wasser warfen, Stöcke oder Steine. Dem Brückenzöllner war also kein Vorwurf zu machen.

«Waren denn zur Zeit der Tat schon viele Spaziergänger unterwegs?», fragte Kappe.

«Nee, nich ville, et hatte ja anjefangen zu regnen.»

Und aufgehört hatte es selbst dann noch nicht, als Galgenberg und Kappe nachmittags gegen zwei am Gittertor der hochherrschaftlichen Villa Kutzner in Wittenau schellten. Ein ältliches

Dienstmädchen mit Häubchen und Schürze öffnete die massive Haustür nur einen Spaltbreit. «Sie wünschen?», quakte sie aus der Entfernung.

Damit kam sie bei Galgenberg, dessen Laune dem bisherigen Verzicht auf ein anständiges Mittagessen entsprach, nicht gut an. «Kriminalpolizei!», donnerte er, als gelte es, keine Trauernachricht zu überbringen, sondern einen Haussuchungsbefehl zu vollstrecken.

«Die Herrschaften ruhen», erwiderte die erschrockene Dienstbotin und machte sich trotz des Regens auf den Weg zum Tor.

«Na, denn wecken Se se jefällichst!», schleuderte ihr Galgenberg entgegen. Dessen Unleidlichkeit störte Kappe zwar ein bisschen, aber er war nun einmal daran gewöhnt, dem Älteren solche Gesprächseröffnungen zu überlassen.

Als nach einer längeren Wartezeit im altmodischen Salon schließlich ein etwas derangiert gekleideter älterer Herr auftauchte und sich als Direktor Kutzner vorstellte, war es wiederum Galgenberg, der dem Schwiegervater des Arndt von Zabelsdorff ihr Beileid zu dem tragischen «Bootsunglück» aussprach. Diesmal in durchaus angemessenem Ton, wie Kappe beruhigt feststellte.

«Ja, wie denn – eine Explosion ...?», fragte Kutzner ungläubig.

«Sehr wahrscheinlich eine Handgranate, die jemand in das Boot geschleudert hat», erläuterte Kappe zurückhaltend.

Kutzner sank in einen Sessel. «Das ist ja furchtbar!», flüsterte er und griff sich ans Herz.

Und furchtbar fand es auch seine Gemahlin Hermine, die sich gänzlich in Tränen aufzulösen schien, als sie das Ausmaß der Nachricht endlich erfasst hatte. «Dein Arndt, er ist nicht mehr!», heulte sie beim Erscheinen einer weiteren weiblichen Person auf, die ihr zumindest im figürlichen Ausmaß ziemlich ähnlich sah.

Auguste von Zabelsdorff erbleichte daraufhin, verstand es aber, ihre Fassung zu wahren. Trockenen Auges erkundigte sie sich recht eingehend nach den Umständen des Unglücks, das sie so plötzlich zur Witwe gemacht hatte. «Er stand lange im Felde. Damals habe ich immer damit rechnen müssen. Aber jetzt hier in Berlin ... Wer tut denn so etwas?»

Darauf hatte nicht einmal Galgenberg eine passende Antwort parat. Er vergaß vorsichtshalber sogar, von Zabelsdorffs verletzte Begleiterin zu erwähnen, und beschränkte sich auf Fragen über die Gewohnheiten und den heutigen Tagesablauf des Dahingegangenen. Dazu musste allerdings das Dienstmädchen gehört werden, das dem Oberleutnant am Morgen gegen halb acht ein gutes Frühstück und einen umfangreichen Picknickkorb für seine Bootstour zubereitet hatte, während alle übrigen Hausbewohner noch im süßen Sonntagsschlummer gelegen und sich erst gegen zehn am Frühstückstisch versammelt hätten.

Die Unterstellung, von Zabelsdorff könnte unter Umständen Feinde gehabt haben, wiesen alle Familienmitglieder so entschieden zurück, dass Kappe sogleich Zweifel am Wahrheitsgehalt dieser Aussagen kamen. Es schien ihm nur nicht der rechte Zeitpunkt zu sein, beim alten Kutzner weiter nachzubohren. Obwohl der nichts sagte, nur bleich und kopfwackelnd im Sessel lehnte, schien ihn von Zabelsdorffs Tod am meisten getroffen zu haben.

Was blieb Kappe und Galgenberg nun anderes übrig, als abzuziehen und ihr Glück bei Lotte zu versuchen, bei Charlotte Naujoks, Arbeiterin im Kabelwerk und Gespielin des Opfers.

Weit war es nicht bis zur Müllerstraße, die Linie 25 der Großen Berliner Straßenbahn brachte sie auf direktem Wege dorthin. Da Charlotte Naujoks im Wedding gemeldet war, hatte man sie ins Paul-Gerhardt-Stift gefahren.

«Na, das fehlte noch! Keine Herrenbesuche», sagte die Oberschwester, als sie die richtige Station gefunden hatten, in ziemlich barschem Ton.

Galgenberg grinste. «Es ehrt mich sehr, meine Dame, dass Sie uns für das halten, was wir leider nicht sind: die Kavaliere des Fräulein Naujoks. Wir hatten nie das Vergnügen, wir haben nur die Arbeit mit ihr. Sie gestatten ...» Er zückte seine Marke.

«Entschuldigen Sie, aber dennoch: Fräulein Naujoks liegt in einem Achtbettzimmer, und einige der Patientinnen werden gerade gewaschen und bekommen neue Verbände angelegt.»

«Wir sind keine Voyeure», sagte Kappe. «Herr Galgenberg geht schon auf die Goldene Hochzeit zu, und ich bin auch seit kurzem verheiratet, da ...»

«Ausgeschlossen! Ich kann Ihnen höchstens Fräulein Naujoks ins Schwesternzimmer holen.»

«Das wäre reizend von Ihnen», sagte Kappe. «Dürfen wir uns dorthin begeben und Platz nehmen?»

«Ja.» Die Oberschwester rauschte davon.

«Gott, is det 'n Dragoner», sagte Galgenberg. «Bevor ick der in die Hände falle, lebe ick lieba jesund und hungere weita für unseren Kaiser.»

Die Oberschwester kam noch einmal zurück. «Und nehmen Sie bitte Rücksicht auf die Kleine ... in ihrem Zustand ...»

Kappe und Galgenberg sahen sich an. In ihrem Zustand ... Hieß das, dass Lotte schwanger war – oder bezog sich das allein darauf, dass es ihr fürchterlich schlecht ging, weil sie den Tod ihres Liebhabers aus nächster Nähe miterlebt hatte?

Als Charlotte Naujoks dann hereinkam, dachte Kappe nur: Armes Hascherl du! Sehr mitgenommen sah sie aus. Ihre Gesichtsfarbe erinnerte an Roggenmehlsuppe. Dass von Zabelsdorff sie zu seiner Geliebten gemacht hatte, war kaum vorstellbar. Aber für ihn war sie wahrscheinlich nicht im ausgefransten weißen Bademantel herumgelaufen, sondern in der Reizwäsche, die er ihr gekauft hatte.

«Ick bin die Lotte», sagte sie und gab beiden die Hand.

Kappe war verwundert. So einen kräftigen Händedruck brachten nur wenige Männer zustande. Klar, sie arbeitete ja auch im Kabelwerk. Sie schien das zu sein, was man «ein resolutes kleines Persönchen» nannte. Und wenn sie nun die Handgranate geworfen hatte? Vielleicht erwartete sie ein Kind vom Oberleutnant – und der hatte sie nicht heiraten wollen, sondern gedrängt, es wegmachen zu lassen. Kein Wunder, dass weder der Brückenzöllner noch ein anderer jemanden mit einer Stielgranate in der Hand oben am Geländer gesehen hatte.

«Wie standen Sie denn zu Herrn von Zabelsdorff?», fragte Kappe.

Lotte geriet keine Sekunde aus der Fassung. «Det war mein Chef.»

«Und der lädt alle Arbeiterinnen auf seine Motoryacht ein?»

«Woher soll ick det wissen.»

Kess war die Kleene auf jeden Fall, und Kappe wusste nicht so recht, ob er sie und ihresgleichen generell bedauern sollte. Sicher, den Reichen dienten sie als Spielzeug und wurden einfach wieder weggeworfen, wenn der Hunger nach fleischlicher Lust gestillt war, und eine Heirat war sowieso ausgeschlossen, aus Gründen des Standesunterschiedes. Bekamen sie den Laufpass, saßen sie da mit ihrem Balg – aber was hätten sie denn sonst gehabt in ihrem trostlosen Leben, nicht einmal ein paar Tage oder Wochen Rausch und Glanz.

Die Frage war, ob Lotte die Regeln dieses Spiels begriff, auf das sie sich da eingelassen hatte, oder ob sie in ihrer Enttäuschung in der Lage gewesen war, von Zabelsdorff mit einer Handgranate umzubringen.

Galgenberg hatte das Gefühl, mit seiner direkten Art mehr zu erreichen als Kappe mit seinem Herumgeeiere, und übernahm die Gesprächsführung.

«Sie haben ihn also geliebt, Fräulein Lotte?»

«Warum denn nich? Er mir ja ooch.»

«Trotz des Altersunterschiedes?», fragte Kappe.

«Ja. Und er wollte unbedingt wat Kleenet von mir.»

Galgenberg hakte nach. «Et is aba noch nischt untawegs?»

«Nich, det ick wüsste.»

Kappe sah aus dem Fenster. «Sie waren in der Kajüte, Fräulein Naujocks, als ... als draußen die Handgranate detoniert ist?»

«Ja, ick war jrade dabei, mir wat anzuziehen.»

«Sie Ärmste ...» Galgenberg in seiner väterlichen Art hätte sie fast in den Arm genommen. «Und – haben Sie denn einen Verdacht, wer det jetan ham könnte?»

«Nee, nich, det ick wüsste.»

«Und bei Ihnen im Betrieb?», fragte Kappe.

Sie zögerte. «Ooch keena ...», sagte sie nachdenklich.

In der Halle des Kabelwerkes hing ein solch beißender Geruch, dass sie sich ein Taschentuch vor Mund und Nase halten mussten. Kappe und Galgenberg beeilten sich, in den angebauten Bürotrakt zu gelangen. Dort brauchten sie eine Weile, um sich zu orientieren. Keiner der drei, vier Angestellten saß an seinem Platz. Man stand vielmehr in kleinen Gruppen herum, auch Arbeiterinnen waren dabei, und diskutierte über das Geschehen vom gestrigen Sonntag. Wenn sie sich als harmlose Kunden tarnten und die Ohren aufsperrten, konnten Kappe und Galgenberg mehr über Arndt von Zabelsdorff erfahren als in vielen Einzelgesprächen, bei denen alle eh nur versuchten, nicht als Nestbeschmutzer zu gelten.

«Ein harter Hund war er ja, aber einen solchen Tod hat er nicht verdient.»

«Der hat noch ganz was anderes verdient, hinter jedem Rock war er her. Weißt du, was er mir versprochen hat, wenn ich mit aufs Motorboot komme?»

«Den hätte schon längst einer umbringen sollen.»

«Nee du, der hatte ooch seine juten Seiten.»

«Der hat doch immer so getan, als sei das hier die Front und wir seine Soldaten.»

Jetzt kam jemand auf die beiden Kriminaler zu, offenbar der stellvertretende Werksleiter, ein Mann von gut und gerne siebzig Jahren, und fragte, wen sie suchen würden.

«Wir suchen den Mörder Ihres Chefs», antwortete Kappe.

«Und den suchen Sie hier im Betrieb?»

«Es spricht vieles dafür, dass es jemand aus seiner näheren Umgebung war. Und da seine Familie brav zu Hause sitzt, halten wir uns erst einmal an Ihr Kabelwerk.» Kappe fixierte den Mann. «Sie sind doch auch so etwas wie eine große Familie – oder?»

«Ja, schon, aber ...»

«Können wir Sie mal alleine sprechen, Herr ...?»

«Mehlitz. Ich bin an sich schon lange Rentner, aber reaktiviert worden, weil ... Ach, das wissen Sie ja selbst. Kommen Sie ... Wenn es Ihnen nichts ausmacht, gehen wir ins Büro.»

Der Raum war karg eingerichtet. An der Wand hingen keine Bilder aus dem Werk und keine Kurven, sondern Karten mit dem Verlauf der Fronten im Westen, Osten und Süden. Dazu kam ein Photo von Arndt von Zabelsdorff als stolzer Offizier. Kappe fröstelte. Es war schon ein komisches Gefühl, hier zu stehen und zu wissen, dass der Mann, der hier gearbeitet hatte, zerfetzt auf einem Seziertisch lag und gerade von einem Pathologen weiter zerlegt wurde. Kappe schüttelte sich und hätte gern um einen Kaffee gebeten, konnte aber keine Sekretärin ausmachen. Dass sie sich in Kutzners Büro befanden, in dem sich von Zabelsdorff höchst selten aufgehalten hatte, merkte er nicht.

«Et ham ihn ja nich alle jeliebt», stellte Galgenberg fest, als sie Platz genommen hatten.

«Wer in dieser Klitsche hier arbeitet, der muss sozusagen mit gezückter Waffe hergetrieben werden», sagte Mehlitz. «Was erwarten Sie da?»

«Wie ist er denn mit der Gewerkschaft ausgekommen?», fragte Kappe.

«Schlecht. Für von Zabelsdorff war das roter Radikalismus.»

«Ham Se mal ’ne Liste mit den Leuten da, die inna Jewerkschaft sind?», fragte Galgenberg.

Kappe sah den Kollegen böse an und hätte am liebsten laut gesagt, er verbitte sich eine solche pauschale Diskriminierung. Aber an sich hatte Galgenberg ja recht.

«Seit dem Hilfsdienstgesetz von 1916 haben wir auch einen Betriebsrat.»

Mehlitz reichte ihnen die Liste. Ganz oben stand ein gewisser

Karl Nassmacher. Und wer so hieß, konnte sich der Aufmerksamkeit seiner Mitmenschen a priori sicher sein.

«Was ist denn das für ein Mensch?», fragte Kappe.

«Na, wie soll ich sagen ...? Ein kleiner Gernegroß. Ein Schwätzer, aber durchaus mit einer gewissen Ausstrahlungskraft und Wirkung.»

«Und wie ist er mit Herrn von Zabelsdorff ausgekommen?»

Mehlitz zögerte ein wenig und sah sich, bevor er eine Antwort gab, erst einmal sichernd nach allen Seiten um. «Denkbar schlecht. Aber als Vorarbeiter, da ...»

«Und wo finden wir diesen Herrn Nassmacher?»

«Zu Hause, Gryphiusstraße 12. Er ist seit heute krankgeschrieben.»

So krank sah Karl Nassmacher gar nicht aus, als er ihnen die Wohnungstür öffnete. Als er sie sah und sie sich vorgestellt hatten, begann er zu husten.

Kappe war der Kerl von vornherein unsympathisch. Männer von geringer Körpergröße, deswegen schon auf dem Schulhof als Erdnuckel verspottet, neigten ja des Öfteren dazu, diesen Mangel durch ein umso größeres Mundwerk wieder ausgleichen zu wollen, und legten eine Geltungssucht an den Tag, die man nur pathologisch nennen konnte. Und Nassmacher hatte nicht nur dieses eine Handicap auszugleichen, das seines kleinen Wuchses, sondern auch noch ein zweites, das seines Nachnamens. «Na, Kalle, haste da wieda nassjemacht heute, lass mal sehn!» Ein großer kräftiger Kerl hätte da zugeschlagen und seine Ehre wiederhergestellt, der Schüler Nassmacher aber, schlaff und feist, war wohl gezwungen gewesen, das wegzustecken und dem Spötter höchstens beim Weglaufen Schimpfworte an den Kopf zu werfen. So etwas musste Spuren hinterlassen, und Kappe erinnerte sich an ein Zitat von Theodor Fontane, das der Major von Vielitz in solchen Fällen immer parat hatte: *Hundert Nadelstiche regen mehr auf als ein Kolbenstoß.* Und so, wie ihnen Arndt von Zabelsdorff geschildert worden war, hatte der diesem «kleinen vollgeschissenen Strumpf», wie Galgenberg Nassmacher später nennen sollte, viele hundert Nadelstiche verpasst. Dass der da Mordgedanken gehegt hatte, war nur allzu verständlich. Kam noch das Politische hinzu, dass er nämlich Adlige wie Arndt von Zabelsdorff von Grund auf hasste und die ganze herrschende Klasse mit dem Kaiser und seinen Junkern an der Spitze zum Teufel jagen wollte. Das reichte allemal, um ihn als Verdächtigen anzusehen.

Kappe wählte den üblichen Eröffnungszug, als sie im Wohnzimmer Platz genommen hatten. «Zwei Handgranatenmorde stehen zur Diskussion, Herr Nassmacher, der vom 21. März dieses Jahres, begangen am Kolonialwarenhändler Röddelin in der Glatzer Straße, und der gestrige, begangen am Werksleiter Arndt von Zabelsdorff. Und diesen Herrn kannten Sie ja ganz gut.»

Nassmacher grinste. «So ist es.»

«Und jeliebt ham Se ihn nich jrade?», fragte Galgenberg.

«Sehe ich so aus wie eine seiner Arbeiterinnen oder Tippsen?», fragte Nassmacher zurück.

«Nee, det nich, aba ...» In diesem Augenblick fiel Galgenberg ein, dass es von der Gryphius- bis zur Glatzer Straße nur ein Katzensprung war und Nassmacher durchaus bei Röddelin eingekauft haben könnte. «... aba ooch Männer jehn mal einkoofen, insbesondere wenn sie noch Jungjesellen sind. Und da haben Sie doch sicherlich auch den Herrn Röddelin gekannt.»

Nassmacher überlegte nicht lange. «Ja, habe ich – warum?»

«Na, warum wohl?!», rief Galgenberg.

«Weil Männer wie Röddelin für Sie, Herr Nassmacher, Maden im Speck sind», ergänzte Kappe. «Maden, die man zerdrücken muss. Wir alle hungern – und die fressen sich voll mit dem, was sie uns vorenthalten.»

«So ist es doch auch, Herr Kommissar, oder?»

«Als Beamter habe ich mich jeder politischen Äußerung zu enthalten», antwortete Kappe mit der nötigen Kühle. Er konnte doch nicht sagen, dass er dem anderen voll und ganz zustimmte. «Und außerdem: Wir sind es, die hier die Fragen stellen.»

«Dann stellen Sie mal!» Nassmacher grinste frech.

«Wenn Sie uns bitte einmal sagen könnten, wo Sie sich aufgehalten haben, als die Handgranaten auf Erich Röddelin und Arndt von Zabelsdorff geworfen worden sind?» Kappe nannte die entsprechenden Zeiten.

«Gestern, da habe ich hier um neun Uhr noch im Bett gelegen, um mal richtig auszuschlafen.»

«Allein?»

«Ja, meine Braut musste die Nacht bei ihrer kranken Mutter bleiben.»

Kappe nickte. «Und – hat Sie jemand in der fraglichen Zeit hier in der Gryphiusstraße gesehen?»

Nassmacher gab sich den Anschein, als langweile ihn das alles furchtbar. «Weiß ich nicht. Nein, da müsste mir ja schon einer ins Fenster gesehen haben. Fragen Sie doch mal die Nachbarn.»

«Nu wer'n Se mal nich komisch», sagte Galgenberg.

Kappe notierte sich *Kein Alibi bei von Zabelsdorff* und fragte nach der anderen Tatzeit.

Nassmacher dachte nach. «Der 21. März, das ist lange her ... Was war denn das für ein Wochentag?»

«Ein Dienstag.»

«Dienstag um sechs Uhr abends, da werde ich noch gearbeitet haben – oder ...?» Nassmacher brach ab und korrigierte sich. «Moment mal, nein, da habe ich blaugemacht, um meine Laube in Ordnung zu bringen. Alles umgraben. Wenn man in diesen lausigen Zeiten nicht selber was anbaut, verhungert man ja.»

«Wo ham Se denn Ihre Laube?», wollte Galgenberg wissen.

«In Karlshorst, Kolonie An der Rennbahn.»

Als Dr. Kniehase und seine Leute dort ihre Nachforschungen anstellten, stießen sie auf eine Kiste mit drei Stielhandgranaten, vergraben neben der Sickergrube.

Eine Stunde später hatte Karl Nassmacher die beiden Handgranatenmorde gestanden.

# DREIZEHN

DER KONSERVATIVEN UND DER BÜRGERLICHEN PRESSE kam ein mordender Sozialdemokrat gerade recht. Der *Vorwärts* hingegen erging sich in dunklen Andeutungen über die Zustände bei Klaucke & Kutzner, die einen ehrlichen und unbescholtenen Arbeitsmann zu einer solchen Gewalttat veranlasst hätten. Nachträglich noch wurde über Röddelin und jeden anderen, der zur Lebensmittelverknappung beitrug, der Stab gebrochen. Nassmacher, eine Art Robin Hood der kleinen Leute, habe nur das getan, wonach es den gemeinen Mann seit langem gelüstete.

Noch günstiger wäre es für Karl Nassmacher gewesen, ein heimgekehrter, möglichst kriegsverletzter Soldat zu sein und kein ungedienter, ja ausgemusterter Drückeberger, als den ihn gewisse Blätter gerne bezeichneten. Je länger der von der Militärzensur nicht unbeeinflusste Zeitungskampf um die Volksmeinung in dieser blutigen Angelegenheit andauerte, um so mehr verhärteten sich auch die Fronten. Während die eine Seite kurz und bündig «Kopf ab!» forderte, verklärte sich Nassmachers Bild in der Betrachtungsweise der ihm Wohlgesonnenen mehr und mehr. Zu denen gehörte seine Verlobte Betti allerdings nicht. Sosehr es ihr auch imponierte, dass ihr Karl sich und gleichzeitig ihre befleckte Ehre auf so eindrucksvolle Weise an dem Scheusal von Zabelsdorff gerächt hatte, so wollte ihr doch nicht in den Kopf, weshalb er vorher den Kolonialwarenfritzen umgebracht, vor allem aber das Leben ihrer besten Freundin Lotte aufs Spiel gesetzt hatte. Die hatte ihr von dem geplanten Sonntagsausflug erzählt und von ihren Absichten bezüglich von Zabelsdorffs. Natürlich hätte Betti die Freundin gewarnt, hätte sie auch nur die geringste Ahnung von Karls Absichten gehabt. Doch niemals war dem ihr gegenüber auch nur eine Andeutung entschlüpft über den Mord an diesem Röddelin oder über sein Vorhaben, den verhassten Oberleutnant zu töten. Von ein paar allgemein gehaltenen Drohungen einmal abgesehen. Dazu neigte der gute Karl nun einmal in seinen ausufernden Reden gegen die Ausbeuter und Kriegsgewinnler jeder Art.

Diese Reden konnte er jetzt in der Gemeinschaftszelle in der Untersuchungshaftanstalt Moabit halten, wo er ein dankbares Publikum fand. Soweit sie nicht als Fahnenflüchtige im Militärarrest schmorten, saßen hier vorrangig Männer, die sich gegen den einen oder anderen Artikel der zahllosen kriegsbedingten Bestimmungen vergangen hatten und dementsprechend schlecht auf Gott, Kaiser und Regierung zu sprechen waren. In dem kleinwüchsigen und beredsamen Agitator sahen auch sie ihren Helden, und ihre Sympathie und Zustimmung bekamen Karl Nassmacher ausgesprochen gut.

Bei seinen Vernehmungen durch den Kriminalwachtmeister Galgenberg hatte der sich weniger für die politischen Hintergründe als vielmehr für die praktische Durchführung der beiden heimtückischen Attentate interessiert, wozu sich Nassmacher allerdings nur ungewöhnlich wortkarg äußerte. Das änderte sich, nachdem auf von Canows Betreiben die Politische Polizei den Fall des Handgranatenmörders an sich zog, um endlich die Zusammenhänge mit dem Gedankengut der ebenfalls einsitzenden Spartakistenführer Liebknecht und Luxemburg offenzulegen.

Im Geiste wuchs Karl Nassmacher um mindestens zehn Zentimeter, als er seinen Namen neben denen der prominenten Linken in den Schlagzeilen der Blätter entdeckte. Seine Redseligkeit in den Verhören brachte von Tag zu Tag immer neue Vorwürfe gegen die herrschende Klasse hervor, während der konkrete Gehalt seiner Aussagen sich nach wie vor in Grenzen hielt. Weshalb ausgerechnet Röddelin, bei dem er seit Kriegsbeginn keine dreimal eingekauft hatte, sein Opfer geworden war, vermochte er nicht schlüssig zu erklären. Ebenso unaufgeklärt blieb sein exakter Tagesablauf an jenem bewussten Sonntag im Juni, für den ihm seine Betti ein knappes Alibi hätte liefern können, wenn sie die Angaben etwas besser miteinander abgesprochen hätten. Die beiden hatten sich nämlich gegen zehn Uhr auf dem Vorortbahnsteig in Stralau-Rummelsburg getroffen, um gemeinsam zu Nassmachers Laubengrundstück in Karlshorst zu fahren. Nassmacher hatte sich um einige Minuten verspätet, was nach den minutengenauen Berechnungen der Kriminaler allerdings ausreichte, um unter günstigsten Bedingungen aus Tegel zurückzukehren.

Zu dieser Erkenntnis waren lange vorher aber auch Kappe und Galgenberg bei ihren Ermittlungen gelangt, wobei Kappe mit seinen Zweifeln an einer solchen Milchmädchenrechnung nicht hinter dem Berge hielt.

«V'leicht issa ja 'n Stück jeflogen», hatte Galgenberg daraufhin salomonisch verkündet. «Wie 'n kleena Furz uff de Jardinenstange.» Für ihn war das Geständnis eines Mörders allemal der ausschlaggebende Beweis. Weshalb zögerten die da oben noch immer und machten dem Burschen keinen kurzen Prozess?

Dass nämlich eine Figur wie Nassmacher inzwischen auch noch zum Volkshelden avancierte, überstieg Galgenbergs Vorstellungen von einer leidlich gerechten Welt vollends. «Ein kaltblütiger Doppelmörder ist der Kerl!», schimpfte er. «Wo kommen wa denn da hin, wenn jeder x-Beliebige seinen Grünkramfritzen und alle Nebenbuhler seiner Braut umbringen wollte! Anarchie ist so wat! Da könn' wa ja gleich Ernst Bergmann zum Reichskanzler wählen!»

Kappe ließ ihn meckern. So waren die echten Berliner nun mal. Er dagegen hatte von Anfang an kein gutes Gefühl bei Nassmachers aufschneiderischen Reden gehabt. Irgendwas schien ihm da faul. Weshalb die Handgranate auf von Zabelsdorff und Lotte, wo Nassmacher doch kurz danach mit seiner Betti verabredet gewesen war und diese Lotte nie etwas mit ihm gehabt haben wollte?

Den Fragen nach Lotte war Nassmacher immer ausgewichen.

Steif und fest behauptete er, keine Ahnung von deren Anwesenheit auf von Zabelsdorffs Kutter gehabt zu haben. Ihm sei es nur und ausschließlich um den Leuteschinder selber gegangen. Das versuchte er auch Betti in einem langen Brief zu erklären, dessen verworrener Inhalt sich ihr aber durch die umfangreichen amtlichen Schwärzungen ganzer Teile nicht deutlich erschloss. Dennoch beantwortete sie ihn kurz und knapp:

*Werther Karl! Es is aus mit uns du hätsd an Lotte denken müßen.*
*Hochachtungsfoll Elisabeth Boretzki.*

Entschlossen steckte sie den Brief in den Kasten und fuhr mit der Straßenbahn zu Lotte. Die wäre wieder zu Hause, hatte sie gehört. Zu einem Besuch im Krankenhaus hätten Betti keine zehn Pferde gekriegt.

Lottes Wirtin erkannte sie sofort. Die sonst so gutmütige Frau, die ihr und Karl öfter bereitwillig die Tür geöffnet hatte, stemmte beide Arme in die Hüften und keifte los: «Det wird ja imma scheena! Sie traun sich iebahaupt noch hierher? So 'ne Bombenschmeißerschen ham hier nischt valohrn, vastehnse, Frollein? Dot sein könn hätt die arme Lotte, und Sie trampeln hier de Treppe ruff, als wäre reene janischt jewesen!»

Betti wandte alle ihre Beredsamkeit auf und drückte der Aufgebrachten schließlich den für Lotte gedachten Blumenstrauß in die Hand, bevor es ihr gelang, sich an der Frau vorbeizuschlängeln. «Halt, halt!», rief die ihr zwar noch hinterher, doch da war Betti schon durch den langen Korridor entwischt und klinkte Lottes Zimmertür auf. Drinnen brannte eine schummrige Petroleumfunzel, in deren Schein sich ein Soldat gerade die Hosenträger anknöpfte. Lotte stand hinter der Tür am Waschtisch und steckte sich die Haare auf.

«Er jeht ja schon, Mutta Schmidt!», sagte sie ungehalten. Erst dann erblickte sie Betti und wusste nicht so recht, ob sie wütend oder erfreut reagieren sollte.

Ein bisschen verschämt stellte sie den Soldaten vor. «Det is Robert. Der hat nur bis heut Abend Urlaub ... Und det is die Betti.»

Robert schien überrascht. «Wie denn – die Braut von dem, der ...?»

«Jenau die!»

«Schon lange nich mehr», beeilte Betti sich zu erklären. «Det is aus und vorbei! End und jültich!»

Robert musterte sie, soweit das in dem trüben Funzelschein möglich war. «Na ja – jetraut hatter sich schon was», sagte er nicht ohne Anerkennung. «Is ja ein großer Mann, wenn man den Zeitungen glauben darf.»

«Ph! Keene einssechzig is der!», wandte Lotte sofort ein.

«Ich meine – mehr geistig», sagte Robert.

Das Thema behagte Betti ganz und gar nicht. Sie wandte sich an Lotte. «Ick hab dir 'n paar Pralinen mitjebracht», sagte sie. «Den Blumenstriez musst ick Schlummamuttan abtreten, damit se mir iebahaupt rinlässt.»

Lotte lachte. Sie hatte sich endgültig für die Freude über das Wiedersehen entschieden und griff nach den Pralinen. Dabei erkundigte sie sich bewundernd: «Wo hastn sowat her in diese Sseiten?»

Darüber mochte Betti nicht sprechen. «Jeder hat ehm so seine kleen Jeheimnisse.»

Dem Soldaten ließ die Sache mit Nassmacher keine Ruhe. «Sie ham sich also tatsächlich von dem Mann jetrennt – jetzt, wo er 'n Held jeworden ist?»

«Ach – und Lottekens Verwundungen, die zähl'n wohl janich?», meinte Betti ein wenig patzig.

«War ja Jott sei Dank nich so schlimm», wandte Lotte erstaunlicherweise ein. «Et war mehr der Schreck wejen den jewaltigen Rumms. Und denn kam jleich det Wassa. Und icke splitterfasernackend mittendrin.»

Sie sah den grinsenden Robert an. «Nich, wat du jleich wieder denkst! Ick wa just dabei, mir det Schwimmkostüm iebassussiehn, als et draußen mächtich polterte.»

«Ja, mit so einer Handgranate ist nicht zu spaßen», sagte Robert altklug.

«Ach nee! Wat du nich sachst. Haste schon mal 'n Feind damit jetroffen?»

Robert, inzwischen feldmarschmäßig angekleidet, warf sich in die Brust. «Ich bin der zweitbeste Werfer in der Kompanie! Ihr habt ja keine Ahnung, was man mit so einer Granate alles machen kann.»

«Ick schon!», sagte Lotte spitz, doch Robert beachtete es gar nicht.

«Vorne im Graben machen sie damit Suppe warm oder kochen Kaffee. Feuerholz ist knapp.»

Die Frauen sahen ihn ungläubig an.

«Man schraubt vorsichtig den Deckel ab ...»

Lotte protestierte. «Du wirst uns schon wat assähln! Haste nich jesacht, du wärst beim Train vonne Dicke Bertha?»

«Mit Handgranaten ist jeder Soldat ausgerüstet. Was denkt ihr denn, weswejen Anfang Mai das janze Fort Douaumont explodiert ist? 650 Tote!» Er senkte die Stimme. «Die meisten davon hamse einfach einjemauert.»

«Aber das war'n doch Deutsche!», empörte sich Betti.

«Na eben! Die haben da unten in den Kasematten auch bloß unvorsichtig mit dem Feuer rumjekokelt, und denn ist das janze Munitionslager samt Flammenwerferöl in die Luft jeflogen!»

«Ick jloobe, du musst jetz jehn», sagte Lotte nüchtern. «Ick bring dir noch anne Düre.»

Als sie zurückkam, meinte sie quasi zur Entschuldigung: «Det war mehr so 'ne Zufallsbekanntschaft, vastehste?»

Betti verstand. Die Kerle hatten Lotte schon immer leicht rumgekriegt, und sie war nicht gekommen, um der Freundin Moral zu predigen. Im Gegenteil, sie war ja froh, dass Lotte schon wieder so munter war und ihr die Sache mit Nassmacher anscheinend nachsah. Lotte ging sogar so weit zu sagen: «Meinetwejen hättste nich Schluss machen müssen mit 'n. Er hat dir doch echt jeliebt, oder?»

Betti nickte und schnäuzte sich. «Det schon ... Aba weeß ick denn, wat dem als Nächstet einfällt mit seine Partei?»

Lotte schüttelte den Kopf. «Des er't aba ooch jleich zujehm musste ... Hat ihm denn eener erkannt?»

«Ick weeß nich. Von mir wollten se bloß wissen, wann und wo wir uns am Sonntach jetroffen haben. Und aus welche Richtung er jekomm is.» Sie sah die Freundin schräg an. «Und ob er mal wat mit dir jehabt hätte.»

Lotte lachte auf. «Na, wie is mir denn! Ick poussier doch nich mit dem Bräutijam von meine beste Freundin rum! Trauste mir det etwa zu?»

«Nee, nee.» Betti winkte ab. «Und wenn – denn wärt ja jetz sowieso ejal», setzte sie hinzu.

«Ick will 'n dir ja nich madich machen. Aba mir wär der zu kleen und zu uffjerecht. Wara denn wenichstens in't Bette 'n bissken ruhija?»

Betti verzog das Gesicht. «Kann man so nich saren ...»

Lotte griente. «Na, ick vasteh schon ... Aba jetz issa nu 'n echta Held – und du bist nich mal an seine Seite.»

«Du meinst – et war voreilich von mir?»

Lotte wiegte den Kopf hin und her. «Na, ick weeß nich so recht ... Der da ohm uff de Brücke, det war jedenfalls janz bestimmt nich dein Karl.»

Betti starrte sie offenen Mundes an. Mit weit aufgerissenen Augen fragte sie: «Biste dir da sicha?»

«Natürlich nich.» Lotte hob die Schultern. «Et war doch alles nur in een Momang. Denn hat et ja schon jerummst.»

«Aber du hast einen andern Mann jesehen?», fragte Betti und verfiel vor Aufregung beinahe ins Hochdeutsche. «Und es nich der Pollezei jemeldet?»

«Aba Mädel! Natürlich hab ick des den beeden Komikern jesacht. Die kam' ja extra in't Krankenhaus bei mir deswejen. So 'n dicka Oller und 'n Junga mit 'n breitet Kreuze. Der hätt ma schon jefallen könn.»

Betti kam gar nicht darüber hinweg. «Mensch, Lotte, wenn der Karl det v'leicht ja nich jewesen sein sollte ...»

Lotte betrachtete die Angelegenheit sachlicher. «Denn hätt der Dussel et einfach nich zujehm solln!», sagte sie.

Genau das fanden etliche der Demonstranten auch, die sich am Abend in der Nähe des Alexanderplatzes versammelten. *Gerechtigkeit für Karl Nassmacher* stand auf ihren Spruchbändern, und noch andere Losungen waren zu lesen, die bessere Arbeitsbedingungen, niedrigere Preise und höhere Löhne forderten oder einfach lauteten: *Unsere Kinder haben Hunger!*

Theodor Trampe stand am Fahrbahnrand und betrachtete den schütteren Zug mit gemischten Gefühlen. Er war für jede Art von Kritik am Krieg, an der Regierung und am Militarismus zu haben. Aber individueller Terror wie in Russland oder Serbien? Das brachte einfach nichts. Die Zeiten des Anarchismus waren vorbei. Und wenn man es geschickt anstellte, würde man das verhasste Regime auch über den Parlamentarismus zu packen kriegen.

In seiner Zeitung jedenfalls würde morgen der Name Nassmacher nicht erwähnt werden.

# VIERZEHN

ERNST BERGMANN streifte durch die Stadt wie ein einsamer Wolf. Es trieb ihn dorthin, wo Berlin am hässlichsten war, da wurde er nicht angeglotzt, da hatte er seine innere Ruhe. Kam er in die vornehmeren Viertel, hatte er nur eines im Sinn: sie in die Luft zu jagen. *Friede den Hütten, Krieg den Palästen!*

Er war nicht sonderlich erfreut darüber, dass sie ihn aus dem Knast entlassen hatten. Dort hatte er alle diejenigen gefunden, die er zu seiner großen Familie zählte. *Proletarier aller Länder, vereinigt euch!* Hier hatten sie sich vereinigt. Sie hatten leidenschaftlich und heldenhaft gegen die bürgerliche Ordnung gekämpft und eins aufs Dach bekommen. Aber wenn die Revolution erst da war, kamen sie frei. Alle. Wie damals beim Sturm auf die Bastille, da waren auch die Gefängnistore geöffnet worden. Wenn seine Freunde erst eine neue Welt geschaffen hatten, gab es kein Verbrechen mehr. Wenn alle alles hatten, brauchte keiner mehr zu stehlen und einen anderen umzubringen, um sich dessen Hab und Gut anzueignen.

Bergmann machte sich auf den Weg zum Schlesischen Bahnhof, wo sein gelehrter Freund Rudi Wachsmuth am Wurststand Posten gefasst hatte, um die Leute zu beobachten und Stoff für seine Artikel zu sammeln.

«Lies ma vor, wat de schon uff'm Block stehn hast.»

Rudi tat ihm den Gefallen.

*«Tagtäglich werden hier Hunderte von bettelarmen Menschen angespült, die irgendwie entwurzelt worden sind. Kriegsinvaliden sehe ich, um die sich niemand mehr kümmert, und Frauen mit eingefallenen Gesichtern, die ihre*

*Männer verloren haben. Jetzt liegen sie auf der Straße, ohne Wohnung und ohne Essen, und leiden bitteren Mangel. Was bleibt ihnen da, als dem Verbrechen und der Prostitution anheimzufallen.»*

Bergmann unterbrach ihn. «Moment mal, da kommt ja det Trudchen.» Er lief auf eine junge Frau zu, die noch recht passabel aussah. «Wie jeht et dir?»

«Danke, jut, siehste doch.»

«Und – vadienste dir det Jeld imma noch mit deine Pflaume?»

Trudchen verdrehte die Augen. «Watten sonst? Aba ick bin jetzt Haushälterin bei so 'm alten Zausel – und der kann Jott sei Dank nich mehr so oft.»

«Na, bald ham wa Revolution – und denn wird allet anders.»

«Dein Wort in Jottes Ohr!»

Bergmann wusste, dass es Zeit war, die Menschheit zu erlösen. Der Karl Liebknecht und die Rosa Luxemburg, die würden das schon machen. Er ging zu Wachsmuth zurück. Der las weiter vor, was er sich notiert hatte.

*«Wir sehen Menschen, die von der Gesellschaft ausgestoßen und von unbarmherzigen Vermietern auf die Straße gesetzt worden sind. Kommen jene armen Teufel hinzu, die – mit oftmals nur geringen Strafen – aus den Gefängnissen entlassen wurden und nun erst recht keine Anstellung und kein Unterkommen mehr finden können.»*

Bergmann lachte. «Mir nehm se schon noch.»

Wachsmuth sagte ihm, über was er sonst noch schreiben wollte: über all die abgeglittenen Mädchen, die einmal Verkäuferinnen, Dienstmädchen, Buchhalterinnen oder Fabrikarbeiterinnen gewesen waren, dann eine Zeitlang ausgehalten wurden und nun keine andere Wahl mehr hatten, als vom Verkauf ihres Körpers zu leben. Doch der wäre meist schon elend, und ihre Nerven seien zerrüttet.

*«Die haben es doppelt schwer, denn zum einen fürchten die Strichmädchen, die richtig registriert sind, um ihre Einkünfte und wollen diese Nutten in ihren Revieren nicht dulden, und zum anderen leben sie in ständiger Angst, in polizeiliche Kontrollen zu geraten und wegen verbotener Unzucht ins Gefängnis zu kommen. Und die, die als Freier in Frage gekommen wären, liegen im Schützengraben oder schon im Grab. Die Herren der höheren Stände suchen sich ganz andere Gespielinnen.»*

Bergmann nickte. Auf dem Andreasplatz saßen die Mädchen, die Wachsmuth meinte, oder in Kaffeeklappen und Destillen, krank und am Verhungern, und warteten auf Freier. Es war ein jammervolles Dasein. Manch eine warf sich am Abend vor einen Zug oder ging ins Wasser.

«Das Proletariat kämpft noch, das Lumpenproletariat ist schon verloren», sagte Wachsmuth.

«Keena is valoren!», rief Bergmann.

Wachsmuth sang leise: «Mit uns zieht die neue Zeit!»

Bergmann nahm die Ironie nicht wahr. «Darauf kannste getrost een lassen.» Was er dann aber selber tat.

Wachsmuth lachte und sagte, das sei wohl der Ehrensalut für Karl Nassmacher gewesen. «Ich kann Schleimer und Hohltöner zwar nicht ausstehen, aber was der da mit den Handgranaten gemacht hat, einen Schmarotzer und einen Offizier aus der Welt schaffen, das verdient schon meine Hochachtung.»

«Ick vasteh imma nur Bahnhof», sagte Bergmann. «Wegen die Sache mit die Handgranaten hatten se mir doch ...»

«Ja, weißt du denn gar nicht, warum sie dich wieder auf freien Fuß gesetzt haben?»

«Nee, ham se mir nich jesagt.»

«Na, weil der Nassmacher beide Handgranatenmorde gestanden hat.»

«Det darf doch nich wahr sein!», rief Ernst Bergmann.

Hermann Kappe und Gustav Galgenberg genehmigten sich ein ausgiebiges Frühstück, denn der Handgranatenmörder war gefasst und die Arbeit getan. Wie immer hatte sich Galgenberg am Morgen auf dem Bahnhof Alexanderplatz das *Berliner Tageblatt* gekauft, und Kappe, der zu Hause auf Klaras Wunsch hin die *Vossische Zeitung* hielt, durfte mitlesen. Wie jeden Tag war die erste Seite voll und ganz dem Kriegsverlauf gewidmet.

«*Vergebliche Angriffe der Russen bei Buczacz*», verkündete Galgenberg. «*Weiter werden gemeldet: Neue vergebliche Angriffe beiderseits der Somme. Ein italienischer Torpedobootzerstörer versenkt. Ein englischer Hilfskreuzer versenkt. Padua von Fliegern bombardiert.*»

Kappe hielt sich die Ohren zu. «Hör auf mit diesem verdammten Krieg!»

Er selber las am liebsten das «Vermischte», wie es auf dem ersten Beiblatt zu finden war.

Die Beisetzung des Prinzen Adolf zu Schaumburg-Lippe, eines Schwagers des Kaisers, hatte in feierlicher Weise und unter Anwesenheit des Prinzen August Wilhelm stattgefunden. Bis zum 17. Juli wollte der königliche Hof Trauer tragen.

Die türkischen Prinzen Osman Fuad und Abbas Halim waren in Berlin eingetroffen und im Hotel Adlon abgestiegen.

Die Münzen, die man im Völkerkunde Museum gestohlen hatte, waren wiederaufgetaucht.

Auf dem Heiligen See in Potsdam waren zwei Jungen beim Baden von ihrem Floß gerutscht und ertrunken.

In der Rot-Kreuz-Lotterie hatte jemand 50 000 Mark gewonnen.

Die nächste Meldung war für beide so wichtig, dass Kappe nicht zögerte, sie vorzulesen.

«*Für die Woche vom 17. bis 23. Juli werden nach Veröffentlichung der Butterversorgungsstelle Groß-Berlin auf den Butterkartenabschnitt sechzig Gramm Butter und dreißig Gramm Margarine abgegeben ... Die Abgabe der Margarine ist in die Verteilung der Butter mit einbezogen worden. Der*

*Bezug der Margarine ist daher nur dort zulässig, wo der Käufer aufgrund der Verordnung über die Anmeldung des Butterbezuges in das Kundenverzeichnis eingetragen ist.»*

«Da braucht man in keen Lustspiel mehr zu jehn, um sich totzulachen», sagte Galgenberg. «Hat man jetzt allet umsonst.»

Ihr Vorgesetzter stand urplötzlich in der Tür und fragte, ob sie schon auf das Wohl seiner Kaiserlichen Hoheit angestoßen hätten.

«Wieso 'n det?», fragte Galgenberg.

«Weil Prinz Adalbert von Preußen, der dritte Sohn unseres geliebten Kaisers, seiner Majestät Wilhelm II., heute sein 32. Lebensjahr vollendet», belehrte ihn von Canow.

«Schön für ihn», sagte Galgenberg.

Kappe überlegte, wann die Hohenzollern nach Brandenburg gekommen waren. 1415 musste es gewesen sein, als Friedrich I. die Kurfürstenwürde von den Luxemburgern übernommen hatte, über fünfhundert Jahre war es also her. Und viel mehr würden es auch nicht werden, wenn die Hohenzollern den Krieg und die Liebe ihres Volkes verlören, wonach es langsam aussah.

Von Canow wollte seinen Untergebenen wieder einmal zeigen, dass er fachlich alles fest im Griff hatte und über alles bestens Bescheid wusste. So erzählte er den beiden all das, was sie bereits auswendig herbeten konnten.

«Wir gehen davon aus, dass beide Handgranatenmorde von ein und demselben Täter verübt worden sind, vom Vorarbeiter und Gewerkschaftler Karl Nassmacher. Sein Geständnis ist ja wirklich umfassend, und die auf seiner Parzelle gefundenen Handgranaten sind vom selben Typ wie die bei Röddelin und von Zabelsdorff verwendeten. Nun, also ... Der von Ihnen, meine Herren, verdächtigte Ernst Bergmann kann demnach von Zabelsdorff gar nicht ... Und außerdem hat er sich ja zur Tatzeit hinter Gittern befunden.» Von Canow sah Kappe an. «Ist er denn wirklich wieder aus der Untersuchungshaft entlassen?»

«Ja, selbstverständlich.»

Wie aufs Stichwort wurde die Tür aufgedrückt, und Ernst Bergmanns Charakterkopf erschien. Von Canow prallte unwillkürlich zurück und schnauzte den Steinsetzer an, ob er nicht anklopfen könne.

«Nee, ick muss det nich, ick bin ja Anarchist.»

Darauf suchte von Canow das Weite, so als wäre Anarchismus eine ansteckende Krankheit wie Pest oder Cholera.

«Sie können sich wohl gar nicht von uns trennen?», fragte Kappe.

«Nee, aba Sie waren so nett zu mir, det ick ma revanchieren möchte.» Bergmann wartete, bis man ihm einen Stuhl angeboten hatte. «Ick bin nämlich wegen dem Nassmacher hier.»

«Haben Sie ihn bei der Tatbegehung beobachtet?», fragte Galgenberg, und zwar ganz amtlich auf Hochdeutsch, denn irgendwie musste er sich von Bergmann ja abheben.

«Beobachtet schon, aba nich dabei, wie'a Handgranaten jeworfen hat.»

Es stellte sich heraus, dass Bergmann und Nassmacher sich schon seit langem kannten und politisch oft aneinandergerasselt waren. Bergmann hatte sich anfangs anarchistischen Zirkeln angeschlossen, die an Bakunin orientiert waren, und war dann zur «Gruppe Internationale» um Karl Liebknecht gestoßen, während Nassmacher stets linientreuer Sozialdemokrat gewesen war und zu den Leuten gehörte, von denen Lenin später sagen sollte, sie würden sich, gäbe es eine Revolution, erst eine Bahnsteigkarte lösen, bevor sie einen Zug stürmten.

«Der Nassmacher, det is 'n Großmaul, det is 'n Schwätzer!», erregte sich Bergmann. «Der und Handgranaten! Ick kenn den doch janz jenau: Der ist doch viel zu feige, um mit 'ner Knallerbse uff 'n Parkwächter zu werfen.»

«Sie meinen also, er habe die beiden Handgranatenmorde nur vorgetäuscht?», fragte Kappe.

«Ja, um ooch mal wer zu sein, anders schafft der det doch

nich, denn wenn der so lang wäre, wie er doof is, könnte der doch kniend aus der Dachrinne saufen.»

Kappe zog die Augenbrauen nach oben. «Bitte, Herr Bergmann, mäßigen Sie sich. Das mag ja ganz interessant sein, was Sie uns hier zu erzählen haben, aber die Tatsachen sprechen doch für beziehungsweise gegen Nassmacher, denn immerhin haben wir auf seinem Laubengrundstück eine Kiste mit Handgranaten gefunden.»

Bergmann lachte. «Die wirta sich vorja beschafft und da vergrabn ham, alsa uff sein Plan jekommen is.»

Kappe und Galgenberg sahen sich an. Möglich mochte alles sein, aber wahrscheinlich war es nicht. Es sah alles ganz nach einem Racheakt des Steinsetzers aus. Der missgönnte Nassmacher ganz offensichtlich seinen Ruhm als Volksheld.

Sie wollten Bergmann schon vor die Tür setzen, da kam er ihnen mit einer Beobachtung, die doch bedenkenswert schien.

«Und noch wat, meine Herren ...» Im Gefängnis sei ihm noch einmal alles durch den Kopf gegangen, was mit Röddelin zusammenhing, und er habe sich an bestimmte Dinge wieder erinnern können. So sei ihm in der Glatzer Straße eine Frau aufgefallen. «Die hatte so komische Hosen an, vonna Uniform oda so wat, und die hat imma mit sich selba jeredet, so wie eene in Dalldorf. Det Röddelin 'n fieset Schwein is und det se aus dem ma Hackfleisch machen wird.»

Kappe zuckte unwillkürlich zusammen, denn Röddelins Leiche hatte ja wirklich so ausgesehen wie Hackfleisch.

«Und denn hat se ooch imma wat von eem toten Kind jemurmelt, von ihrem Karlchen.»

Nachdem Ernst Bergmann gegangen war, diskutierten Kappe und Galgenberg noch einige Zeit darüber, was mit dieser Aussage anzufangen sei.

«Wir müssen jeder Spur nachgehen», sagte Kappe.

«Gehen schon, aba nicht jedem Spinna uff'm Leim», entgegnete Galgenberg. «Wat mein Se, wat ick bei mir inna Straße für ko-

mische Weiber rumloofen sehe. Wenn man die alle pauschal verdächtigen würde ...»

«Von den komischen Männern mal abgesehen», fügte Kappe
hinzu. «Guck dir Ernst Bergmann an.»

«Legen wir also seine Aussagen ad acta?»

«Das scheint mir das Klügste zu sein. Wozu die Zeit damit
verplempern?!» Kappe erhob sich. «Gehen wir lieber in die Kantine, Mittag essen.»

Sie sahen sich an. Hoffentlich gab's nicht wieder Kohlrüben.

# FÜNFZEHN

WENN FRIEDA HERRMANN abends von der Arbeit zurückkehrte, sank sie zunächst einmal wie tot auf das rote Plüschsofa und schloss für eine Viertelstunde die Augen. Immer häufiger tanzten dann plötzlich Flammen vor ihren Augen, oder sie schrak vom Zuschlagen des Müllkastendeckels auf, das in ihren Ohren wie eine Detonation dröhnte. Öffnete sie die Augen, so sah sie, wie zu dieser Jahreszeit ein grauer Lichtschein durch die ungeputzten Fenster ihres einzigen Zimmers fiel und sie das ganze Elend ihrer verkorksten Existenz erkennen ließ. Sie schlug die Hände vors Gesicht, doch es half nichts. Es schien ihr, als läge sie selber hier begraben. Der Raum enthielt neben dem Kleiderschrank nicht viel mehr als das Sofa und ein angestoßenes Vertiko als einzige Erbstücke ihrer verstorbenen Großmutter, dazu einen wackligen Tisch mit zwei Stühlen sowie die schwere Bettstelle in der Nähe des Ofens, der bis zur niedrigen Decke reichte. Beim Bau des verwinkelten Häusergevierts in Alt-Boxhagen hatte man an allem gespart, selbst an der Raumhöhe. Hoch war nur der weit entfernte Himmel über dem engen Hofschacht.

Frieda Herrmann wohnte Parterre. Immerhin in einer Wohnung mit Innentoilette, ein seit ihrer Kindheit kaum gewohnter Luxus, auch wenn es sich dabei nur um ein schulterbreites Gelass zwischen Küche und Hausflur handelte, von dem noch der Raum für die Speisekammer abging. Ein guter Anfang, hatte sie damals gedacht, als sie hier einzog, die Farbe im Treppenhaus noch glänzte und ihr die unregelmäßige Hofform noch pittoresk erschien. Endlich eine eigene Wohnung.

Auch Richard, der in Hegermühle bei Eberswalde Arbeit gefunden hatte, stieß sich nicht an der Düsternis der Behausung. Jeden Sonnabend war er angereist und bis zum frühen Montagmorgen geblieben. Manchmal hatte er ihr in der Woche sogar noch geschrieben. Am Anfang jedenfalls. Eine Zeitlang war er dann unregelmäßiger erschienen, weil im Kupferhammer angeblich so viel zu tun war. Aber das Geld wurde nicht mehr.

Dass Richard nicht der Richtige für sie war, hatte sie eigentlich schon immer vermutet. Ebenso wusste sie, dass ihr Beruf nicht zu ihr passte, genauso wie die Gegend, in der sie wohnte, die schrecklichen Nachbarn, ja selbst die billige Kleidung, die sie sich nur leisten konnte. Frieda war sich sicher, in die falsche Familie geboren zu sein. Lange Zeit hatte sie sich dem Traum hingegeben, eines Tages ihre wahren Eltern zu entdecken und zu ihnen heimzukehren. Unmöglich konnte sie, die empfindsame Seele mit dem Engelsgesicht und dem Talent, sich gewählt auszudrücken, das einzige Kind eines trunksüchtigen Lokomotivheizers und einer grauhäutigen, früh gealterten Reinemachefrau sein, die in einem alten Stallgebäude in der Ackerstraße hausten, sofern sie sich nicht gegenseitig in den umliegenden Destillen suchten.

Die Schule mit ihrer straffen Disziplin und Ordnung war für Frieda eine Erlösung gewesen. Zum Erstaunen ihrer Umgebung fiel ihr das Lernen leicht und machte ihr sogar Spaß. Ihr Vater belohnte sie großzügig mit einem Schluck aus seinem Glas, wenn sie seine Trinkkumpane durch ihre Rechen- und Lesekünste verblüffte. Woher hat sie das nur, fragten sich alle. Nur Frieda glaubte, die geheime Antwort zu kennen.

Die Großmutter, der einzige Mensch, für den sie eine dauerhafte Zuneigung empfand, erging sich gelegentlich in dunklen Andeutungen über die lockeren Sitten der Herrschaften, deren Wohnungen die Mutter reinigte, bestritt aber später auf Friedas Fragen hin halbherzig, jemals an der Vaterschaft des ungeliebten Schwiegersohns gezweifelt zu haben. Für Frieda war die Sache damit endgültig klar: Mindestens ihr wirklicher Vater entstammte besseren

131

Kreisen – ein Grund mehr, ihren Ehrgeiz darein zu setzen, selbst diese Stufe zu erreichen.

Sie fand eine Lehrstelle, aus der sie nach nur vier Wochen in hohem Bogen rausflog, als die Chefin den nichtsnutzigen Gemahl mit einer Hand unter Friedas Rock überraschte und der behauptete, die Kleine hätte es faustdick hinter den Ohren. Die Kleine wuchs bald zu einer ansehnlichen jungen Dame heran, was ihr zwar häufig eine neue Arbeitsstelle, aber noch schneller immer wieder die gleichen Schwierigkeiten mit dem männlichen Geschlecht einbrachte. Statt irgendwo eine Stelle im Büro zu finden – ihren Traum, Lehrerin zu werden, hatte sie fast aufgegeben –, musste sie sich ihr Brot mit allerlei Hilfsarbeiten und an Orten verdienen, wo man mitunter sehr rüde mit ihr umging.

Dann hatte sie in der Hasenheide Richard kennengelernt. Auch nur ein Arbeiter, doch ein redlicher Mensch, wie sie glaubte. Alles schien sich zum Besseren zu wenden. Durch Zufall fand sie die Wohnung in Alt-Boxhagen und hoffte natürlich, dass sie und Richard nun heiraten würden. Stattdessen hatte der sich insgeheim im fernen Eberswalde auf ein Verhältnis mit seiner Schlummermutter eingelassen, die schließlich ein Kind von ihm erwartete.

Frieda war am Boden zerstört und saß tagelang weinend in ihrer düsteren Hinterhofstube. Das Einzige, was ihr blieb, war ihr Tagebuch, dem sie seit ihrem zehnten Lebensjahr all ihre Gedanken und Gefühle anvertraute. Sie fühlte sich besser, nachdem sie schriftlich über Richard Gericht gehalten hatte, erfuhr aber am nächsten Tag, dass man sie des unentschuldigten Fehlens wegen entlassen hatte. Sie besaß nicht einmal mehr genug Geld, um die Miete zu bezahlen. Selbst der Groschen für den tickenden Gasautomaten im Flur fehlte.

Wie schon öfter in der größten Not half ihr die Großmutter. Ein letztes Mal, wie sich herausstellen sollte. Als in den ersten Kriegstagen die Todesnachricht ihres jüngsten Sohnes eintraf, versagte ihr Herz.

So bitter Frieda der Tod der alten Frau ankam – in ihrem

Tagebuch bekannte sie sich auch zu dessen guter Seite: Der Großmutter blieb die Schande von Friedas Schwangerschaft erspart. In genau jenen ersten Kriegstagen kehrte Richard aus Eberswalde zurück, um sich bei seinem Regiment zu stellen. Vor allem aber, um Frieda reumütig um Verzeihung und Vergebung seines Fehltritts zu bitten und die letzten beiden Nächte vor der Einberufung mit ihr zu verbringen.

Es waren heiße Sommernächte. Erst gegen Morgen wehte ein wenig kühle Luft vom Hofschacht durch das geöffnete Fenster zu ihnen herein und blähte die Gardine. Irgendwann drang die keifende Stimme der Nachbarin aus der schräg gegenüberliegenden Parterrewohnung an Friedas Ohr: «Man sollte et nicht für möglich halten! Da liegt das Weibsstück am hellerlichten Tag mit 'm Kerl im Bett!»

Was nützte es, dass Frieda nackt, wie sie war, zum Fenster stürzte und im Zuknallen der Flügel hinausschrie: «Das ist mein Verlobter! Er zieht morgen ins Feld!» Ihr Ruf, schon vorher beschädigt durch gehässiges Gerede der böswilligen Person, die Tag und Nacht am Fenster bei ihrer Näharbeit saß und jeden und jedes im Hof belauerte, war endgültig ruiniert. Richard hatte nur ein Lachen für die alte Hexe übrig. An Frieda blieb der Schmutz hängen, zumal ein paar Monate später auch ihr schäbiger Mantel nicht mehr verhüllen konnte, dass sie ein Kind erwartete.

Von Richard trafen in unregelmäßigen Abständen knappe Feldpostbriefe ein, meist mit der Bitte um Tabak oder warme Strümpfe. Sie fand nicht den Mut, ihm in ihren liebevollen Antworten die Schwangerschaft zu beichten. Hatte er es im Felde nicht schwer genug? Lieber verzierte sie ihre langen Texte mit bunten Girlanden und schickte ihm einige Male ein aufmunterndes Gedicht aus eigener Feder. Das Tagebuch nahm in dieser Zeit um einen ganzen Band zu. Zweimal wagte sie es, Verse an eine Zeitung zu schicken, bekam jedoch nie eine Antwort.

Im April wurde einige Wochen zu früh der kleine Richard geboren. Mitleidige Kolleginnen schenkten ihr abgelegte Kleidungsstücke für das winzige Kerlchen, dessen dünnes Schreien fortan ihre Tage und Nächte begleitete. Bis zum Tag der Geburt hatte sie in einer Fabrik gearbeitet, die aus Papier und allerlei anderen Ersatzstoffen eine Art textilen Gewebes herstellte, das als Grundlage für Kleidungsstücke dienen sollte, schon durch Feuchtigkeit jedoch jede Form verlor.

Vom großen Richard kam auf ihre Nachricht von der Geburt des Sohnes keinerlei Antwort. Sich an seine Eltern zu wenden wagte sie erst, als ihr das Wasser wahrlich bis zum Hals stand und der kleine Richard nur noch ein wimmerndes Bündel war, das die wenige Nahrung nicht einmal bei sich behalten wollte. Es stellte sich heraus, dass Richards Vater, ein in Unehren entlassener Posthilfsschaffner, seit Jahren alleine in einer karg möblierten Kammer in der Schornsteinfegergasse hauste und sich in einem Zustand befand, der ihm die freudige Botschaft von der Geburt eines Enkels kaum zu würdigen gestattete. Aus wässrigen Trinkeraugen glotzte er Frieda voller Unverständnis an, die mit dem Bündel im Arm vor ihm stand und schnell wieder die Flucht ergriff.

«Schreibt ihm sein Sohn nicht?», fragte sie die steinalte Frau, die ihr den Weg zu der Kammer gewiesen hatte.

Die guckte beinahe ebenso verständnislos wie der Alte. «Der hat einen Sohn?», fragte sie zurück. «Von seiner Frau spricht er ja manchmal. Aber die ist schon seit Jahren tot.»

Wie Frieda den Sommer überstand, vermochte sie später nicht einmal ihrem Tagebuch zu entnehmen. Mit ihrem Richard im Arm ging sie wieder in die Fabrik, doch die schlechte Luft dort bekam dem Kind überhaupt nicht. «Kurieren Sie das Balg erst mal aus. Dann können Sie sich ja wieder melden», hatte ihr der Meister eines Tages geraten.

Voller Verzweiflung versuchte sie, Milch für den Jungen aufzutreiben. Die wässrige Plürre, die sie ihm stattdessen anbieten musste, erbrach er.

Vergeblich ging sie von einem Laden zum anderen. Niemand wollte ihr etwas auf Pump verkaufen. Der Kolonialwarenhändler musterte sie frech und grinste. «Warum sollte ich gerade bei Ihnen eine Ausnahme machen?»

Ja, warum sollte er? Am späten Abend kratzte es an ihrem Fenster. Sie glaubte, es sei eine Katze, wie es manchmal vorgekommen war, als es im Hof noch Katzen gab. Aber es war dieser Frechling, der ihr anbot, man könne ja unter gewissen Umständen vielleicht doch mal eine Ausnahme …

Sie roch seinen Bieratem. «Ich werde es Ihrer Frau erzählen!», schleuderte sie ihm voller Empörung entgegen. Drüben bei der Schneiderschen knarrte der Fensterflügel.

«Dat sollten Se lieber nich probiern. Die kann sehr unangenehm werden. Und ich auch!»

Zum ersten Mal war das Wort *Hass* in ihrem Tagebuch aufgetaucht.

Einige Wochen später, im Herbst, klopfte ein anderer Mann an ihre Tür. In dem dunklen Treppenflur sah sie nur die Uniform und schrie auf: «Richard!» Doch es war nicht Richard. Es war ein verwundeter Kamerad, der ihr die schlimme Nachricht überbrachte. Richard war zwei Wochen zuvor in einem Feldlazarett bei Sedan gestorben. In den wachen Momenten zwischen seinen Fieberphantasien hatte er den anderen gebeten, sich um Frieda zu kümmern. Im Tornister hatte der die Briefe mit Friedas Adresse gefunden.

Da war er nun, fremd in der Großstadt, ohne Geld, und er wusste nicht einmal, wo er sich an diesem Abend zur Ruhe legen sollte. Als er so weit gekommen war in seiner endlosen Erzählung, die Frieda seltsam kalt über sich ergehen ließ, war es längst viel zu spät, ihn auf die Straße zu schicken. Sie bot ihm ihr Bett an und wollte selber angekleidet auf dem Sofa schlafen, doch das ließ er nicht zu. Er machte es sich auf dem Sofa bequem. Ein plumper, übelriechender Geselle, der keinerlei Ähnlichkeit mit Richard hatte. Eine Stunde später spürte sie ihn neben sich im Bett. Sie wehrte sich, gab es aber bald auf und weinte nur noch still vor sich hin. Der kleine Richard erwachte und quäkte jämmerlich. «Kannst du das Gör nicht zur Ruhe bringen?», knurrte der Fremde.

Sie wurde ganz steif vor Hass. Als er sich im Morgengrauen anzog und dabei murmelte, es gäbe da ja noch eine andere Witwe zu trösten und wie man denn nach Eberswalde käme, sprang sie auf und fuhr ihm mit den Fingernägeln ins Gesicht. «Raus!», kreischte sie und schlug auf ihn ein.

Er verschwand denn auch sehr schnell und vergaß dabei seinen schäbigen Brotbeutel. Sie schob ihn achtlos in die Ecke. Sollte der Kerl es wagen zurückzukommen, würde sie ihm das Ding vom Fenster aus an den Kopf werfen.

Trauer über Richards Tod empfand sie nicht. Er war ihr so fremd geworden wie dieser «Kamerad». In ihrem Tagebuch war nur vom Hass die Rede. Im Winter dann, als sie die zugefrorenen Fenster wochenlang nicht öffnen konnte und sich beim Blaken einer Ersatzkerze die Augen verdarb, schrieb sie eine ganze Seite voll: *Ich hasse!*

Wie der funzlige Schein jener Kerze erlosch auch das Leben des kleinen Richard. Nicht einmal zehn Monate hatte er gelebt. Als Frieda die paar Schritte vom nahen Friedhof zurückkehrte, glaubte sie, dass auch sie nicht mehr lange machen würde. Dann jedoch überkam sie eine geradezu grenzenlose Tatkraft. Sie putzte die Fenster, wusch die Fußböden, räumte die Möbel zusammen und säuberte jedes Eckchen. Alles, was sie an den großen wie an den kleinen Richard erinnerte, wanderte gnadenlos in den Küchenherd. So geriet sie auch an den Brotbeutel, der ungeprüft im Feuer gelandet wäre, hätte es darin nicht metallisch geklungen. Neben allerlei brennbarem Trödel fand sie darin eine Blechbüchse. Wohl eine der sogenannten eisernen Rationen. Und noch einen Gegenstand, den sie mehrmals verständnislos in ihren Händen drehte, bevor sie ihn in der Speisekammer aufs Bord legte.

Sie kehrte nicht in die Papierfabrik zurück, wo jeder ihr Schicksal kannte. Man bot ihr Arbeit bei der Eisenbahn an. Überall fehlten die Männer, auch beim Gleisbau. War es nicht das, was sie suchte? Schwere körperliche Tätigkeit, bei der sie alles vergessen konnte, was hinter ihr lag. Doch das war ein Trugschluss. Die tägliche Schinderei im Gleisbett, so schwer sie ihr fiel, ließ ihr mehr als genug Zeit zum Grübeln. Während sie mechanisch Schippe oder Forke bewegte, geriet sie immer tiefer in den Sog der eigenen Gedanken. Oft musste ihr der Vorarbeiter gesondert zurufen, weil sie das Warnsignal für den herannahenden Zug überhört hatte.

Der Spott ihrer Kolleginnen prallte an ihr ab. Immer mehr vergrub sie sich in ihre eigene Welt. Schon als Kind hatte sie sich ein ganzes Universum geschaffen, in dem sie eine bedeutende Rolle spielte. Fehlte ihr auch abends oft die Kraft, die notwendigsten Arbeiten in der düsteren Behausung zu erledigen – für das Tagebuch fand sie immer eine halbe Stunde. Dem vertraute sie alles an. Alles. Manchmal erschrak sie selber, wenn sie darin las. Dabei stand nur die blanke Wahrheit darin, vermischt natürlich mit den Traumvorstellungen eines besseren Lebens, das für sie nie mehr kommen würde. So viel Sinn für die Wirklichkeit besaß sie noch. In lichten Momenten versank sie in Verzweiflung über alles, was hinter ihr lag, und über das, was sie getan hatte. Dabei empfand sie keine Reue. Jeden Tag waren die Zeitungen voll mit den Namen derer, die vor Verdun ihr Leben gelassen hatten. Wofür? Wofür war Richard gestorben – der Große wie der Kleine?

Morgens und abends schleppte sie sich unter den lauernden Blicken der Schneiderin am Fenster vorbei. Wozu lebte die noch? Nur um anderen Menschen das bisschen Leben zu vergällen! In solchen Momenten bereute Frieda manchmal ihre Voreiligkeit, die einzige Waffe, die sie je besessen hatte, verschwendet zu haben. Wenn der Kolonnenschieber wieder eine seiner unsäglichen Zoten losließ und die anderen Weiber wieherten wie die rossigen Stuten, sah sie zu, dass sie in einiger Entfernung arbeiten konnte, wo sie nicht jedes Wort verstand. Auch heute war sie ein wenig zurückgeblieben und hing ihren Gedanken nach. Es war warm, und sie hatte die Jacke geöffnet, um die laue Luft an sich heranzulassen. Irgendein Geschrei störte sie. Ja, sie wusste ja, dass dieses verfluchte Vorortgleis nach Bernau fertig werden musste. Sie richtete sich auf und blickte sehnsüchtig zu den Laubengrundstücken hinüber, wo die Kirschen schon an den Bäumen hingen. Ein schriller Pfiff stieß ihr schmerzhaft ins Ohr, und im gleichen Augenblick traf sie ein heftiger Luftzug. Etwas Metallisches erfasste ihre Jacke und riss Frieda mit sich. Ein Schlag, und die Sinne schwanden ihr. Den Schrei der anderen hörte sie nicht mehr.

Am Abend wartete die neugierige Schneiderin vergeblich auf die verhasste Nachbarin.

# SECHZEHN

HERMANN KAPPE genoss es, wie auf dem Görlitzer Bahnhof die Augen vieler anderer Männer mit Wohlgefallen, manchmal auch mit sichtbarer Begierde auf Gesicht und Körper seiner Klara ruhten. An jedem Finger hätte sie einen anderen haben können, aber ihn hatte sie genommen. Als hätte man ihm einen Orden verliehen.

Nun, alles hatte seinen Preis – und eine so kapriziöse Frau wie Klara hatte einen ziemlich hohen. Er wäre an diesem Sonntag, es war der 23. Juli, lieber zu Hause geblieben und hätte auf dem Balkon gesessen – für ihn der Inbegriff aller bürgerlichen Gemütlichkeit –, doch sie wollte unbedingt hinaus nach Krampenburg.

«Ins Grüne, an einen See!», rief sie.

«Ich war lange genug im Grünen», brummte er. «Ich kann keinen See mehr sehen.» Das stimmte nicht ganz und war zu einem erheblichen Teil Opposition um der Opposition willen. Als Ehemann solle er, so war ihm von Galgenberg und Trampe geraten worden, nicht gleich nachgeben, wenn seine Frau etwas wünschte, sondern immer erst Bedenken anmelden, um sich seine Zustimmung abkaufen zu lassen. «Ich würde lieber mit dir ...»

«Dann komm doch, ich bin schon im Schlafzimmer.»

Da hatte er mal wieder ein wunderschönes Eigentor geschossen, denn Klara, beseelt vom Wunsch nach einem süßen Baby, nahm ihn derzeit so oft in Anspruch, dass er sich schon wie ein Deckhengst vorkam und des Öfteren Mühe hatte, das nötige Maß an Fleischeslust an den Tag zu legen.

Kaum war er wieder ein wenig bei Kräften, schleifte ihn Klara zum Bahnhof. Sie hatte alles so schön geplant und duldete keinen

Widerspruch. «Mit der Görlitzer Bahn bis nach Grünau und von dort mit der Uferbahn nach Schmöckwitz. Dann mit der Fähre nach Krampenburg rüber. Von dort aus laufen wir am Langen See entlang nach Wendenschloss, fahren mit der Straßenbahn nach Köpenick und vom Bahnhof Köpenick mit der Eisenbahn zurück zum Schlesischen Bahnhof.»

«Dein Wille geschehe», murmelte Kappe.

Da ganz Berlin dabei zu sein schien, der grauen Stadt mit ihren Mauern zu entfliehen, herrschte beim Einfahren des Zuges ein derartiges Gedränge, dass Kappe Mühe hatte, seine Frau nicht anzugiften. Zum Glück konnten sie in der 2. Klasse noch zwei Sitzplätze ergattern. Und los ging es. Die alten Abteilwagen rumpelten fürchterlich und waren schrecklich abgenutzt. Krieg war wichtiger als Komfort. Wegen der Hitze waren die Fenster heruntergelassen. Rauch drang herein und ließ Kappe husten. Klara fürchtete um ihr weißes Kleid.

«In der Hochbahn wäre dir das nicht passiert», sagte er.

Schon überquerten sie den Landwehrkanal, dann ging es parallel zur Kiefholzstraße nach Baumschulenweg, dem ersten Halt. Kaum waren sie wieder angefahren und hatten die Brücke über den Britzer Zweigkanal passiert, gingen ihre Blicke nach rechts zum weiten Areal des Friedhofs.

«Wohl dem, der hier begraben wird und nicht bei Verdun», murmelte der Herr neben Kappe, vom Aussehen her ein Redakteur.

«Wenn Se nich die Schnauze halten, können Se det jerne ham!», blaffte der Fahrgast gegenüber, vermutlich ein durch den Krieg reich gewordener kaisertreuer Händler.

Kappe hatte ein Faible für historische Romane und Theaterstücke und ahnte schon lange, dass da im Deutschen Reich etwas heraufzog – und das roch verdächtig nach Revolution. Einerseits freute er sich darüber, andererseits fürchtete er um sich und seine Familie, denn wie hatte Fontane geschrieben, nachdem er bei der gescheiterten Revolution von 1848 fast hopsgegangen wäre: *Man weiß nie, wie die Kugeln fliegen* …

Berlin-Schöneweide, Berlin-Grünau. Sie quetschten sich aus dem Abteil und verließen den Bahnsteig über den Abgang Richtung Bohnsdorf. Auf der anderen Seite der Chaussee nach Schmöckwitz begann schon der Wald, und die Wagen der Uferbahn warteten auf sie. Die Szene wirkte derart idyllisch, dass sich Kappes Laune augenblicklich besserte. Er dankte seinem Herrgott dafür, dass er nicht irgendwo im Schützengraben lag wie sein Freund Gottlieb Lubosch etwa.

Erst ging es durch dichten Kiefernwald, dann aber, am Beginn der kaiserlichen Regattastrecke, machte die Uferbahn ihrem Namen alle Ehre und führte bis hin nach Karolinenhof am Langen See entlang, der hier ziemlich in die Breite gegangenen Dahme. Jenseits des Wassers bläuten die Müggelberge, gekrönt von einem einer chinesischen Pagode nachempfundenen Turm, den Carl Spindler, bekannt geworden durch seine Wäscherei und Färberei, den Berlinern gespendet hatte.

«Da wollen wir aber nicht hinauf?», fragte Kappe.

«Nein, wollen wir nicht.»

In Schmöckwitz mussten sie einige hundert Meter laufen, bis sie das Restaurant Waldidyll und den Steg ihrer Fähre erreicht hatten. Krampenburg lag drüben am anderen Ufer.

Krampenburg ... Für die Berliner der östlichen und südöstlichen Bezirke klang das verlockend – ein Synonym für sommerliches Amüsement. Unter Krampenburg verstand man sowohl die Landzunge zwischen der Großen Krampe und dem Langen See wie auch die Gaststätte, die im Jahre 1906 eröffnet worden war. Der Restaurationsbetrieb war vergleichsweise riesig. Der große Saal konnte dreitausend Gäste aufnehmen, dazu kamen ein Aussichtsturm, Kegelbahnen, Schieß- und Würfelbuden, Karussells und Schaukeln. Auf beiden Seiten konnten Ausflugsdampfer anlegen. Das Geschäft lief trotz des Krieges so gut, dass man gerade dabei war, neue Wirtschaftsräume anzubauen.

Über allem lag solch ein tiefer Friede, dass Kappe geradezu erschrak. Unfassbar, dass in derselben Sekunde tausend Kilometer weiter westlich im Schlachtengetümmel die Söhne, Väter, Brüder, Onkel und Cousins derer starben, die sich hier in Krampenburg vergnügten. Was war das für eine Welt!

Der Motor ihrer Fähre setzte kurzzeitig aus, die Fehlzündung klang wie ein Schuss.

Als sie drüben angekommen waren, meinte Kappe, sie sollten sich nun an das Sammeln von Ausgangsmaterialien für die Fettgewinnung machen. Die Zeitungen waren voll von Vorschlägen dafür. Neben Fischeingeweiden sollte auch an Schnecken, Maikäfer, Heuschrecken und Fliegeneier gedacht werden. Und an menschliche Haare.

«Man hat ausgerechnet, dass Haare einen durchschnittlichen Fettgehalt von fünf Prozent haben und die Berliner Friseure wöchentlich an die dreitausend Kilogramm davon abschneiden.»

«Ich opfere meine schönen langen Haare aber nicht», sagte Klara.

«Dann musst du ersatzweise Kerne von Kirschen, Pflaumen, Äpfeln, Beeren, Zitronen, Apfelsinen und Weintrauben sammeln, hier draußen in der Natur aber vor allem Bucheckern, Tannenzapfen und Fichtensamen.»

«Und du?», fragte Klara.

«Ich halte mich an das, was Galgenberg immer sagt: Leck mich doch da fett, wo ich mager bin.»

Sie betrachtete ihn. «Du bist aber nirgends mager.»

Kappe zuckte zusammen, denn gleich kam der alte Spruch: «Ein guter Hahn wird selten fett», was im Umkehrschluss nichts anderes hieß, als dass ein etwas korpulenterer Mensch, wie er es war, kein guter Hahn sein konnte. Und das war er offensichtlich nicht, denn bisher war es ihm noch nicht gelungen, ein Kind zu zeugen, weder im vor- noch im ehelichen Geschlechtsverkehr. Aber vielleicht lag es auch an ihr?

Andere Leute hatten Kinder, mehrere sogar. Gerade kam ihnen eine dieser stolzen Familien entgegen. Vater, Mutter, Junge, Mädchen. Die grüßten auch noch, als wollten sie ihn verhöhnen.

Da erst bemerkte er, dass es sein Bruder Oskar war, der da seinen Strohhut schwenkte. Man begrüßte sich herzlich.

«Was machst du denn hier?», fragte Kappe. «Ihr wohnt doch jetzt in Potsdam.»

«Ja, aber Friedas Eltern haben sich hinten in Müggelheim ein Grundstück gekauft, mit einem kleinen Holzhäuschen drauf, und da wollten wir noch mal alle hin, bevor ich ...» Oskar stockte.

«Du jetzt auch ...?», fragte Kappe.

«Ja.»

Kappe schloss die Augen, damit niemand seine Tränen sehen konnte, dann umarmte er den Bruder und presste sein Gesicht auf dessen Schulter. «Mensch, Oskar, mach bloß keine Sachen.»

«Keine Angst, Unkraut vergeht nicht.»

Kappe hatte immer gedacht, sein älterer Bruder würde für den Rest des Krieges davonkommen, denn sie brauchten ja zu Hause haufenweise Ausbilder auf den Kasernenhöfen.

«Nun soll es an die Südfront nach Mazedonien gehen», sagte Oskar. «Und da brauchen sie jeden Mann.»

Kappe versuchte, einen leichten Ton anzuschlagen. «Freu dich doch, wer kann sich sonst schon eine Sommerfrische im Süden leisten?»

Sie tranken noch ein Bier zusammen, dann hieß es Abschied nehmen. Niemand sprach es aus, aber alle dachten es: Abschied für immer. Sie umarmten sich noch einmal lange und innig, Worte wurden nicht mehr gewechselt. Dann rissen sie sich voneinander los und drehten sich auch nicht mehr um, als der eine Richtung Grünau und der andere nach Müggelheim ging. Auch die Frauen und die Kinder sagten nichts mehr.

«Nieder mit der Regierung! Nieder mit dem Krieg!», murmelte Kappe.

Schweigend ging er neben Klara am Ufer entlang. Sie verzichtete darauf zu plappern wie sonst immer und verschonte ihn mit dem Klatsch und Tratsch aus dem Kaufhaus Rudolph Hertzog. Er war ihr sehr dankbar dafür.

Sie ergriff erst wieder das Wort, als sie nicht mehr laufen konnte und sich auf einen umgestürzten Baumstamm setzen musste. «Meine Hacken! Ich hab links und rechts 'ne mächtige Blase.»

«Du Arme!» Kappe tröstete sie mit mehreren Küssen. «Aber Udet wird hier nicht landen und dich mitnehmen können, und wenn wir zur Uferbahn wollen, müssen wir erst über die Dahme schwimmen. Bleibt uns nur, bis zum Restaurant «Schmetterlingshorst» zu humpeln und zu sehen, ob irgendwann das Fährboot kommt und uns mitnimmt rüber nach Grünau.»

Und sie hatten Glück, kurz vor vier legte die *Hanna* an, auf der, obwohl sich am Steg schon eine lange Schlange gebildet hatte, noch genügend Platz für beide war.

Etwa fünfzig Personen hatten den Wunsch, übergesetzt zu werden, zumeist, wie üblich im Krieg, Frauen und Kinder.

Nach dem Fahrgastwechsel ging es gleich wieder zurück. Beide, Kappe wie Klara, liebten es, vorn am Bug zu stehen und sich den Wind um die Nase wehen zu lassen, schließlich waren sie am und auf dem Wasser groß geworden.

Das Leben war herrlich. Trotz Verdun. Sie küssten sich und hielten einander eng umschlungen.

«Ich bin ja so glücklich, dass du nicht auch ...», hauchte Klara.

«Du, ich liebe dich!», flüsterte er.

Ein solches Panorama hatte nicht einmal Wendisch Rietz zu bieten, fand Kappe, der Lange See schlug den Scharmützelsee glatt nach Punkten. Hinter sich hatten sie die Müggelberge. Links von ihnen, auf Grünauer Seite, schob sich eine dichtbewaldete Landzunge in die Dahme, die Bammelecke. Am Ufer in Richtung Berlin folgten das Strandbad, diverse Bootshäuser und schließlich, gegenüber von Wendenschloss, die Regattatribünen.

Und von dorther näherte sich mit schneller Fahrt ein weißer Ausflugsdampfer, den Kappe aufgrund seiner Symbole am Schornstein sofort der Reederei Nobiling zuordnen konnte. Es war die *Hindenburg*, auf dem Weg von der Innenstadt in die Berliner Schweiz, auch bekannt als Gosener Berge. Kappe hatte eine instinktive Abneigung gegen diese Schiffe, denn oft genug hatte er als Kind im Fischerkahn seines Vaters gesessen und aufgeschrien, weil er fürchtete, von ihnen gerammt und überlaufen zu werden. Mit den Jahren hatte er jedoch gelernt, ihre Route so zu berechnen, dass man ihnen sicher ausweichen konnte.

So verglich er auch heute den Kurs der mächtigen *Hindenburg* mit dem der kleinen *Hanna* – und schrie auf, denn die gedachten Linien kreuzten sich etwa fünfzig Meter vor ihrem Bug.

Darum fuhr er herum und schrie dem Steuermann zu, dass er das Ruder herumreißen möge. «Nach backbord, Mensch, aber schnell!»

Doch der Junge, der das Steuer führte, kümmerte sich nicht um diese Warnung, sondern war nur darauf aus, den Dampferkapitän zu ärgern und vor der *Hindenburg* die Stelle zu passieren, wo sich ihre Wege kreuzen mussten. Er wollte ihn besiegen.

Kannwischer, ein Mann von fünfzig Jahren und Kapitän der *Hindenburg*, riss noch verzweifelt an der Glocke und versuchte, nach steuerbord abzudrehen – doch vergeblich.

Kappe riss sich Kleider und Schuhe vom Leibe und schrie Klara zu, ihm darin zu folgen. «Wir werden gleich schwimmen müssen!»

Sekunden später geschah es auch schon: Der Bug des Dampfers bohrte sich in den Rumpf des kleinen Fährbootes und spaltete ihn.

Kappe und Klara wurden ins Wasser geschleudert und versanken. Als sie wieder nach oben kamen, explodierte der Motor der *Hanna*.

Der *Hindenburg* gelang es nicht schnell genug zu stoppen und zu wenden. Boote waren keine in der Nähe. Schreie gellten über das Wasser, die ersten Frauen und Kinder versanken. Tragische Szenen spielten sich ab.

Kappe war kein sonderlich guter Schwimmer. Trotzdem griff er sich ein kleines Mädchen. Klara einen Jungen.

Im Restaurant «Schmetterlingshorst» war während des Krieges ein Erholungsheim des Infanterieregiments 262 eingerichtet worden. Sofort sprangen etliche Soldaten ins Wasser, um die Verunglückten zu retten.

Dennoch wurden in den nächsten Tagen, nachdem die Männer der Köpenicker Fischerinnung mit vier Booten und bei strömendem Regen den letzten Ertrunkenen geborgen hatten, 21 Opfer gezählt.

# SIEBZEHN

ENDLICH SONNTAG, dachte Heinrich Schimaniak und drehte sich auf die andere Seite. Der stechende Schmerz im Gesicht ließ ihn sofort auffahren. Es blieb dabei: Er konnte nur noch auf dem Rücken oder auf der linken Seite schlafen. Schwer atmend lag er da. Stickig stand die Luft in der Kammer, obwohl er die Tür offen gelassen hatte, nachdem er in den frühen Morgenstunden schlaftrunken die halbe Treppe zum Klo hinunter- und wieder hinaufgewankt war.

Eigentlich schloss er die Tür lieber, denn die Adomeit hatte sich angewöhnt, des Morgens zu ihm hereinzuschauen und ein paar ermunternde Worte mit ihm zu reden, bevor er sich ächzend erhob. Die Frau war überhaupt reichlich zutraulich geworden und schien sich aus dem Gerede der Nachbarn nicht viel zu machen. Jedenfalls durfte er jetzt tagsüber und abends jederzeit auf dem Balkon sitzen und musste sich nicht länger verstecken. Lange guckte ihn sowieso keiner an. Nur die Adomeiten machte da eine Ausnahme. Vielleicht sah sie durch ihre dicken Brillengläser wirklich so wenig, dass es ihr nichts ausmachte, ihn zu betrachten.

Auch er hatte sich an sie gewöhnt. So alt, wie sie im ersten Augenblick gewirkt hatte, war sie noch gar nicht. Als er am gestrigen Abend unerwartet in die Küche gekommen war, hatte sie dort ohne Brille und nur sehr spärlich bekleidet ihr wöchentliches Bad in einer großen Schüssel vorbereitet und sich nicht einmal über sein plötzliches Auftauchen empört. Im Gegenteil. Es schien ihm, als wären ihr seine Blicke nicht unangenehm. Verwirrt hatte er die Küchentür geschlossen. Es war das erste Mal seit Monaten, dass er eine fast nackte Frau zu Gesicht bekam. Und es würde wohl dabei bleiben.

Alles war vorbei für ihn. Der Krieg. Das wahre Leben. Die Liebe. Seltsam, dass ihn ausgerechnet Anna Adomeit auf solche Gedanken brachte. Da tauchte sie auch schon in der Kammertür auf, nur mit einer dünnen Schürze bekleidet, und wünschte ihm einen guten Morgen. «Wir können auf dem Balkon frühstücken», sagte sie. «Es wird ein herrlicher Sommertag.»

«Davon spürt man in diesem düsteren Gelass nichts», brummte er. «Hier liegt man wie in seinem eigenen Grab.»

«Sagen Sie doch so was nicht, Heinrich. Auch für Sie scheint heute den ganzen Tag die Sonne.»

Sie hatte sich angewöhnt, ihn Heinrich zu nennen. Heute ging er zum ersten Mal darauf ein. «Sie haben gut reden, Anna. Ihnen scheint Klärchen morgens direkt ins Gesicht.»

«Woher wissen Sie denn das?», fragte sie kokett zurück. Er sah sie an. Wenn nur diese fürchterliche Brille nicht gewesen wäre!

Aber wie sah er denn aus? Der eigene Anblick im Spiegel über dem Küchenausguss erschreckte ihn jeden Morgen aufs Neue. Heute, im hellen Sonnenlicht, sah er noch schlimmer aus. Nein, er hatte wahrlich keinen Grund, Anna Adomeits Aussehen zu bemängeln.

Das Frühstück zog sich hin. Irgendwo hatte sie ein paar echte Kaffeebohnen aufgegabelt und in der Aluminiumpfanne geröstet. Der Duft durchzog die ganze Wohnung. «Wollen Sie nicht heute wieder mal einen Spaziergang machen?», erkundigte sich Anna. «Sie können doch nicht den ganzen schönen Sonntag hier drinnen verbringen. Bei dem scheußlichen Regen sind Sie doch auch rausgegangen.»

«Ich laufe die ganze Woche mehr als genug!», redete sich Heinrich auf die übliche Weise heraus, aber verlockend war es schon, sich einmal in aller Seelenruhe die Beine zu vertreten, nur so, zum Vergnügen und weil das Wetter dazu verlockte. Weshalb denn eigentlich nicht? Hier oben im Norden kannte ihn niemand. Nur die Leute in der Straße hatten sich an seinen Anblick gewöhnt. Selbst die Kinder sahen ihn manchmal an.

Weshalb sollte er sich überhaupt noch länger verstecken? Was getan werden musste, war getan. Er war ein freier Mann, der über seine Zeit verfügen konnte. Noch jedenfalls. Der Gedanke ließ ihn zögern.

«Sie gehen doch auch nicht spazieren, Anna», sagte er deshalb.

Sie lächelte wehmütig. «Ich bin froh, wenn ich mich hier überall zurechtfinde», meinte sie. «In der Stadt würde ich mich nur verlaufen. Ich kann ja nicht einmal mehr die Straßenschilder entziffern.»

Sie tat ihm leid. «Wo würden Sie denn gerne hingehen?», fragte er.

Die Antwort kam wie aus der Pistole geschossen: «Zum Königsplatz!»

Er war überrascht. «Und warum gerade dorthin?»

«Da habe ich bei Kroll meinen Erwin kennengelernt ...», sagte sie versonnen. «Aber deshalb will ich gar nicht hin. Da soll es so ein Standbild geben, in das man Nägel schlagen kann. Das würde ich gerne machen.»

Heinrich lachte laut auf. «Sie würden sich doch bloß auf die Finger kloppen!», entfuhr es ihm. «Was soll denn das für 'n Standbild sein?»

Sie blieb ernst. «Der Sieger von Tannenberg», sagte sie mit einem verächtlichen Unterton. «Dem würde ich schon gerne mal einen Nagel in den Wanst schlagen.»

Er stand tatsächlich da, der Generalfeldmarschall Paul von Hindenburg, unübersehbar auf dem weiten Platz vor dem Reichstag und in Überlebensgröße. Heinrich schätzte die Höhe des hölzernen Kolosses auf mindestens zehn, zwölf Meter. *13,5* las er auf der Tafel, auf der auch die Preise für die Benagelung angegeben waren: eine Mark der eiserne Nagel, fünf der versilberte. Er verspürte wenig Lust, sein mühsam verdientes Geld für solchen Unsinn aus-

zugeben, doch Anna Adomeit hatte sich mit Markstücken versehen und wechselte extra noch einen Schein. Natürlich nahm sie
nur eiserne Nägel.

Das Einschlagen verlief so, wie Heinrich es vorausgesehen
hatte. Nachdem Anna bei drei Hammerschlägen nur einmal knapp
den Nagelkopf und zweimal ihren Daumen getroffen hatte, überließ sie ihm die weitere Benagelung des Feldherrn. «Aber empfind-
liche Stellen, Heinrich!», beschwor sie ihn flüsternd.

Wenn es nach Heinrich gegangen wäre, hätte er dem Kerl glatt
drei Nägel in die Stirn verpasst, aber bis zu dem Anderthalbmeter-
kopf reichte das Gerüst nicht heran, auf dem sich etliche, zumeist
gut gekleidete Bürgerfamilien drängten, um ihren Beitrag zur
Kriegsanleihe zu vernageln. Heinrich genierte sich in seiner schäbigen Kluft, obwohl ihm Anna ein helles Jackett und die Kreissäge
aus Erwins Erbe aufgedrängt hatte. Wenn ihn nun jemand erkannte? So halbfein ausstaffiert, in einem Jackett, das unter den
Armen kniff, kam er sich dem Publikum viel stärker ausgeliefert
vor als in seiner schmutzigen Ritzenschiebertracht. Außerdem ver-
kehrten hier ganz andere Leute als zwischen Wedding und Tegel.

Eigentlich wusste er noch immer nicht, wie er dazu gekommen war, kurz entschlossen mit Anna Adomeit zum Königsplatz
zu fahren. Nur um ihr das Hindenburg-Vergnügen zu verschaffen?
Sie erkannte wahrscheinlich nicht einmal dessen grobgeschnitzte
Gesichtszüge in der Höhe über ihnen. Hoffentlich sah sie wenigstens den Schnauzbart.

Es tat ihm schon leid um das schöne Geld, das er da sinnlos
ins weiche Erlenholz trieb, doch Anna beruhigte ihn: «Für ein
schönes Bier in den Zelten da drüben reicht es schon noch.»

Zu Kroll mochte sie wohl der Erinnerungen wegen nicht gehen, und Heinrich war es recht. Sie fanden Platz in einem etwas
weniger gut besuchten Biergarten und setzten sich an den abgele-
gensten Tisch. Anna nahm die Brille ab, schloss die Augen und
reckte ihr Gesicht gen Sonne. «Schön!», sagte sie verzückt.

So genau hatte Heinrich ihr Gesicht noch nie betrachtet.

150

Ohne die dicken Gläser war sie beinahe hübsch. Wie unabsichtlich legte er seine Hand auf ihre kurzen Finger. Sie rührte sich nicht. Erst nach einer ganzen Weile sagte sie seufzend und ohne die Augen zu öffnen: «Sie sind ein so guter Mensch, Heinrich. Aber leider so schrecklich jung.»

Für einen Augenblick war er verblüfft. Über sein Alter hatten sie noch nie gesprochen. Auch nicht über seine entwürdigende Arbeit. Sie wusste nur, dass er bei der Straßenbahn tätig war.

«Ich werde im November 38», sagte sie.

Was sollte er darauf erwidern? Vorsichtig zog er seine Hand zurück. «Wie kommen Sie darauf, dass ich ein guter Mensch bin?», fragte er ablehnend.

Sie lächelte und sah jetzt richtig hübsch aus. «Das spürt man doch», sagte sie voller Überzeugung.

«Ich habe andere Menschen getötet», sagte er und war auf einmal so erschüttert, als denke er zum ersten Mal daran. Jetzt, in der strahlenden Mittagssonne mitten in der Großstadt unter all den gutgekleideten Passanten, kam es ihm selber ganz unwirklich vor.

Sie antwortete nachsichtig: «Es ist Krieg, Heinrich.»

«Ja», sagte er. «Und es sterben immer die Falschen. So wie dein Erwin. Und wie meine Kameraden.»

Er sah sie plötzlich alle um sich versammelt. In irgendeinem belgischen Etappenort hatten sie zusammen um einen Tisch beim Bier gesessen. Bei gutem Bier sogar. Wer hatte da ans Sterben gedacht? Nicht einmal Seifert hatte sein übliches patriotisches Geschwätz von sich gegeben. Nur Böwert hatte vom Essen geredet.

Die Erinnerung an Böwert versetzte ihm zusätzlich einen Stich.

Der Nachmittag hatte mit einem schrillen Missklang geendet, als von Zabelsdorff sie aufgespürt hatte und schon aus zwanzig Metern Entfernung brüllte: «Pietsch, Sie Saulümmel, das haben Sie doch wieder angerührt und kein anderer!»

Anna schien das Du gar nicht bemerkt zu haben. Sie öffnete ihre Augen zu schmalen Schlitzen und blinzelte ihn an. Wie ein kleines Mädchen sah sie plötzlich aus. Fast hätte er ihr die Wange gestreichelt.

Er knetete seine Hände, die ihm plötzlich schmutzig erschienen. «Ich bin kein guter Mensch!», sagte er harsch.

Sie lächelte. Wie ein zufriedenes Kätzchen in der Sonne. «Wer so etwas von sich behauptet, kann gar nicht schlecht sein.»

Sie griff nach seiner Hand. Er entzog sie ihr.

Hinkend nahte ein Kellner mit wehendem weißem Schopf. «Könn' Se sich nich noch weiter weg …», stieß er vorwurfsvoll hervor und verstummte mitten im Satz, als Heinrich ihm das Gesicht zuwandte.

«Tschuldjung», murmelte er beinahe unterwürfig. «Was darf's denn sein für die Herrschaften?»

Auf eine Antwort wartete er vergebens. An einem der Tische in seinem Rücken war eine ältere, vornehm gekleidete Dame in höchster Panik aufgesprungen und wies mit ausgestrecktem Arm in Heinrich Schimaniaks Richtung. Der saß wie gelähmt. Erst als sich nun auch der ältere Herr neben der Dame ganz langsam erhob, mit einem Gesicht, als könne er nicht glauben, was er da sah, senkte Heinrich den Kopf und begann zum Erstaunen des Obers zu schluchzen.

# ACHTZEHN

HERMANN KAPPE packte seine Aktentasche und machte sich auf den Weg ins Büro. Klara fing bei Rudolph Hertzog erst später an und konnte sich noch etwas Zeit lassen. Bis das erste Kind kam, wollte sie auf ihre Arbeit nicht verzichten.

Wie jeden Morgen stand Kappe vor der schwierigen Entscheidung, mit der Straßenbahn ins Büro zu fahren, was Geld kostete, oder zu laufen, was Körperenergie verbrauchte und die Sohlen seiner Schuhe dünner werden ließ. Er beschloss, sein Problem mit einer Art Gottesurteil zu lösen: Hielt die 63 gerade am Mariannenplatz, stieg er ein – hielt sie nicht, lief er zur Adalbertstraße, wo die 3 entlangfuhr.

Die 63 kam nicht, also musste er sich erst einmal in Marsch setzen. Als er Waldemar –, Ecke Adalbertstraße angekommen war, konnte er hinten am Kottbusser Tor einen Zug der 3 ausmachen. Also wartete er und fand auch noch ein Plätzchen auf der hinteren Plattform des Beiwagens.

Nun war er aber eigentlich viel zu früh am Arbeitsplatz. Damit war man bei den Kollegen schnell als Streber verschrien. Also drehte er noch eine Ehrenrunde um den Alexanderplatz und wartete auf Galgenberg, der ebenfalls mit der 3 angereist kam.

«Oh, heute mit Empfangskomitee!», rief Galgenberg. «Bin ich etwa befördert worden?»

«Ja, sind Sie.»

«Wie?» Galgenberg staunte, denn dass Kappe bereits Kommissar geworden war, galt vielen schon als eine Stufe zu viel. «Ick und befördert?»

«Ja, mit der Straßenbahn eben.»

«Mensch ...» Galgenberg holte aus, um Kappe in den Allerwertesten zu treten, symbolisch jedenfalls.

Das hätte er besser unterlassen sollen, denn Waldemar von Canow strebte dicht hinter ihnen seiner Wirkungsstätte entgegen und hatte alles mitbekommen.

«Meine Herren!», rief er. «Führen Sie sich bitte nicht so auf wie Knaben auf dem Schulhof. Ein Beamter hat in der Öffentlichkeit stets mit einer gewissen Würde aufzutreten.»

«Entschuldigung», sagte Galgenberg. «Aber meine Kriegsverletzung ... Da habe ich manchmal so Zuckungen im rechten Bein.»

Von Canow überlegte einen Augenblick. «Sie hatten doch die Schussverletzung am rechten Oberarm?»

«Ja, aba det strahlt ooch imma so nach unten aus.»

Von Canow verstand zu wenig von der Medizin, um das in Zweifel ziehen zu können. Sicherheitshalber hielt er genügend Abstand zu Galgenberg, um bei dessen Zuckungen nicht getroffen zu werden, und wechselte das Thema.

«Wissen Sie eigentlich, meine Herren, dass in höheren Kreisen bereits Kritik daran geübt wird, dass wir den Handgranatenmörder hinter Schloss und Riegel gebracht haben? Man sagt, wir hätten diesen Karl Nassmacher damit zum Volkshelden gemacht. Seine subversiven Gedanken seien nun überall nachzulesen.»

«Hätten wir ihn laufenlassen und auf die dritte Tat warten sollen?», fragte Kappe.

Von Canow wand sich. «Nein, aber ... Aus der Froschperspektive stellt sich die Welt eben anders dar als aus der eines Adlers.»

«Quak, quak», machte Galgenberg, um damit anzuzeigen, dass er verstanden hatte, wo er verortet war.

Oben im Büro angekommen, holte er erst einmal sein geliebtes *Berliner Tageblatt* hervor und entfaltete es mit einer gewissen Andacht.

Die Titelseite wurde wie immer von der Kriegsberichterstattung bestimmt: *Abgeschlagene Angriffe bei Pozières und Barleux.*

Kappe dachte an seinen Bruder, an Oskar, und an Gottlieb Lubosch. Was machten sie in diesem Augenblick? Litten sie, starben sie, putzten sie ihre Waffen, oder vergnügten sie sich mit irgendeinem Mädchen im Heu oder im Frontbordell? Bei Liepe, wie Lubosch genannt wurde, wäre das nicht ausgeschlossen.

Was stand auf der Seite *Vermischtes*? Dass es so etwas wie den Alltag noch immer gab, war irgendwie tröstlich.

Die deutschen Postanstalten in den besetzten Gebieten hatten neue Briefmarken eingeführt.

An eine bessere Kaffeeversorgung sei vor der Hand nicht zu denken, erklärte ein Großkaufmann.

Einen Mord hatte es auch gegeben, aber das war Sache der Kollegen.

*Unter der Selbstbezichtigung des Gattenmordes stellte sich in der vergangenen Nacht in Spandau der 31 Jahre alte Arbeiter Julius Giesecke aus der Wollankstraße 111 in Pankow den Behörden. Giesecke gab an, dass er in der Nacht seine 23 Jahre alte Frau Marta in der Wohnung erschossen habe.*

Auf dem Grundstück der Gasanstalt, Sellerstraße 16, war eine Volksküche errichtet worden. Teilnahmekarten konnten bei der zuständigen Brotkommission in Empfang genommen werden.

*Nach den neuen Bestimmungen werden für die ganzen Portionen, die vierzig Pfennig kosten, von der Fleischkarte dreieinhalb Marken und von der Kartoffelkarte eine Marke durch Abtrennung entwertet – bei halben Portionen, für die zwanzig Pfennig zu entrichten sind, eineinhalb Fleischmarken und gleichfalls eine Kartoffelmarke.*

Voraussichtliches Wetter in Berlin und Umgebung: *Vielfach heiter, aber veränderlich bei weiterer Erwärmung, Gewitter nicht ausgeschlossen, sonst trocken.*

Kappe überlegte. Heute war Donnerstag, und Klara plante sicherlich schon wieder den Wochenendausflug. Wenn es ein Bootsausflug werden sollte, würde er sich vorher mit der Dienstpistole ins Bein schießen.

Es klopfte an der Tür, und er wartete mit seinem «Herein!», bis die Zeitungsseiten in der Schreibtischschublade verstaut waren.

In der Tür stand schnaufend eine Frau, die sie nun gar nicht erwartet hatten: Dorothea Röddelin.

«Nanu!», rief Galgenberg. «Kriegen wa heute 'ne Extraration Butta direkt ins Büro jeliefert?»

Dorothea Röddelin sah ihn an, als hätte sie das Wort Butter noch nie im Leben gehört. «Ich habe Ihnen eine wichtige Mitteilung zu machen.»

«Nicht schon wieda den Ernst Bergmann!», rief Galgenberg.

«Nein, diesmal handelt es sich um eine Frau.»

«Is ja janz wat Neuet», sagte Galgenberg.

«Setzen Sie sich doch erst einmal, Frau Röddelin.» Kappe stand auf und rückte ihr den Besucherstuhl zurecht. «Wir sind natürlich gespannt, was Sie uns zu berichten haben.»

Dorothea Röddelin setzte sich und hatte Mühe, ihr breites Gesäß auf dem schmalen Stuhl möglichst gleichmäßig zu verteilen. Auch knarrte es verdächtig, so dass sie fürchtete, eines der vorderen Stuhlbeine würde abknicken.

«Wir haben ja nun unser Geschäft wiedereröffnet, nachdem mein Schwager alles renoviert hatte, aber es geht einem ja noch so manches durch den Kopf, vor allem, wenn man nachts nicht schlafen kann ...» Damit hielt sie erst einmal inne, denn das Atmen fiel ihr schwer.

«Verständlich.» Kappe gab sich einfühlsam. «Bei dem, was Sie alles durchmachen mussten. Und da kommt einem immer wieder alles hoch.»

Sie lächelte dankbar. «Ja, so ist es. Alles, was gewesen ist, bevor Erich ... Das zieht alles wieder an einem vorüber.» Sie schloss die Augen, um zu verdeutlichen, was sie meinte. «Und da sehe ich vor mir, wie eine Frau in den Laden kommt ... Sie hat einen Säugling auf dem Arm, und der hustet fürchterlich ... Tuberkulose, denke ich ... Sie fleht meinen Mann an, er soll ihr Milch und Butter verkaufen ... Sie sagt, dass sie am Verhungern ist und bei ihr die Milch nicht mehr fließt ... Sie kann das Kind nicht mehr stillen. ‹Mein Richard wird mir sterben!› Aber mein Mann kann ihr doch ohne Lebensmittelkarte nichts ablassen, und sie hat keine Marken mehr. ‹Das geht nicht, gute Frau!›, ruft er. ‹Ich komme sonst ins Gefängnis.› Da läuft sie auf die Straße hinaus und stößt Verwünschungen gegen ihn aus.»

Das schien durchaus kein Hirngespinst zu sein, doch höchstwahrscheinlich wären Kappe und Galgenberg der Sache nicht weiter nachgegangen, wenn sie sich nicht an das erinnert hätten, was Ernst Bergmann ihnen berichtet hatte: dass auch ihm eine Frau aufgefallen sei. Sie sahen noch einmal im Protokoll nach, und dort stand wörtlich:

*... wies Bergmann am Ende des Gesprächs auf eine ihm leicht verwirrt erscheinende Frau hin, die ihm in der Glatzer Straße aufgefallen sei. Sie habe eine Art Uniform getragen und Röddelin beschimpft und Drohungen gegen ihn ausgestoßen. Dabei habe sie von einem toten Kind gesprochen, ihrem Richardchen ...*

Das deckte sich exakt mit dem, was ihnen Dorothea Röddelin erzählt hatte, und so zögerten sie nicht, als die Dame wieder gegangen war, sich an die Arbeit zu machen und in den einschlägigen Registern nachzusehen, ob im Zeitraum Februar/März 1916 in der Gegend um Alt-Boxhagen ein Kleinkind mit Vornamen Richard gestorben war.

Von Canow war wenig begeistert davon. «Ach Unsinn, es ist doch völlig undenkbar, dass ein Weib zu einer solchen Tat fähig ist. Wenn, dann morden Frauen mit Gift und werfen keine Handgranaten. Woher sollten sie die haben? Und außerdem, meine Herren, wie wollen Sie mir erklären, dass diese Frau auch den Leutnant von Zabelsdorff getötet hat?»

Kappe musste zugeben, dass das in der Tat kaum konstruiert

werden konnte, zumal es im Kabelwerk bei Klaucke & Kutzner keine Arbeiterin gab, die einen kleinen Sohn mit Vornamen Richard hatte oder gehabt hatte.

«Vielleicht müssen wir von zwei Tätern ausgehen ...», murmelte Kappe.

«Wir gehen ein für alle Mal von einem Täter aus, nämlich von diesem Nassmacher!», rief von Canow zu ihrer großen Überraschung, bevor er die Tür hinter sich ins Schloss warf. «Und daran haben sich alle zu halten, auch Sie, meine Herren!»

Auf der Plattform des Beiwagens stand ein Junge, der hingebungsvoll in der Nase bohrte.

«Junge, popel nich so ville, lass noch wat drin für morgen», mahnte ihn Galgenberg.

«Ja, mach ick, und wenn ick oben bin, schreib ick Ihnen 'ne Ansichtskarte.»

Als ihre Straßenbahn hielt und sie aussteigen wollten, verzichtete Kappe darauf, sich an der Griffstange festzuhalten, denn an der hatte der Knabe seinen vorher zutage geförderten grüngelben Nasenschleim großflächig verteilt. Da Kappe aber ein schlechter Turner war, ging sein Sprung aufs Straßenpflaster derart daneben, dass er glattweg gestürzt wäre, wenn ihn nicht eine Dickmadam aufgefangen hätte. Er versank in ihrem Busen wie in einem Sofakissen.

Galgenberg, der geschickter ausgestiegen war, stand unten und lachte sich halb tot.

Nachdem sie an dem Haus Alt-Boxhagen 24 angekommen waren, wurde Kappe an Zille erinnert: Hier gab es die Wohnungen, mit denen man Menschen wie mit einer Axt erschlagen konnte.

Sie suchten eine gewisse Frieda Herrmann. Auf die waren sie bei der Durchsicht der Akten gekommen, denn ihr Sohn, gerade einmal zehn Monate alt geworden, war Anfang März gestorben. Nun war das noch kein Beweis dafür, dass sie eine Stielhandgranate in Röddelins Laden geworfen hatte, aber ein Motiv war es allemal, fanden Kappe und Galgenberg. Also wäre es fahrlässig gewesen, hier nicht nachzuhaken. Obwohl es ihnen ihr Vorgesetzter ja quasi verboten hatte.

«Sollen wir wirklich?», fragte Galgenberg, für den, so schnoddrig er auch war, der Wunsch eines Oberen etwas Heiliges war.

«Ja», erwiderte Kappe. «Wenn wir fündig werden, kann er uns ja nicht nachträglich den Erfolg wieder wegnehmen, im Gegenteil, er wird dafür sorgen, dass er auf sein Konto geht, und waren wir mit Frieda Herrmann auf der falschen Fährte, dann ... Wir müssen ihm ja nicht auf die Nase binden, dass wir hier waren.»

Als sie vor dem Stillen Portier standen und nach dem Namen Herrmann suchten, nahte ein sehr lauter Portier, genauer gesagt, die Portiersfrau.

«Wenn Se hier einbrechen wollen, meine Herren, hier ist nischt zu holen!», keifte sie los. «Am besten, Sie verziehen sich uff da Stelle wieda, sonst hole ick mal meinen Mann.»

«Sie sind die Portiersfrau?», fragte Galgenberg.

«Ja. Woran ham Se 'n det akannt?»

Galgenberg lachte. «Na, an Ihrer Haartracht.» Die Dame trug einen Dutt, auf Berlinisch Portierszwiebel.

«Is ja reizend. Und wat führt Sie her zu uns?»

Kappe zückte seine Marke. «Wir möchten zu Frau Herrmann.»

Die Portiersfrau lachte mit galligem Humor. «Wenn Se det ernsthaft wollen, müsste ick Ihnen erst umbringen.»

«Wieso denn das?», fragte Kappe.

«Weil die Herrmannen schon im Himmel is, totjefahren von 'em Zug. Beim Jleisbau isse ums Leben jekomm. Sie hat ja zuletzt bei da Bahn jearbeitet.»

«Oh, das ist ja ...» Kappe fand nicht die richtigen Worte. Einerseits war das tragisch, andererseits starben in dieser Zeit so viele Menschen, dass ihm jede Mitleidsfloskel hohl vorkam. «Was war sie denn für ein Mensch?»

«Na, hochjewachsen war se und hat früha ooch mal janz passabel ausjesehn. Da kam ooch imma so 'n jungscher Sprutz bei se.

Aba nich mehr, als det Kind untawejens war. Wie det so is mit die Kerle.» Sie sah die beiden Männer kritisch an. «Na, zum Schluss war die Herrmannsche ziemlich ausjemergelt und vermeckert. So 'n richtjet Plättbrett. Keen Wunda, det dit Jör vahungert is.»

«Ihr Richard?», fragte Galgenberg,

«Ja, so hieß a wohl.»

«Und Sie ham keen Zweitschlüssel für die Wohnung?», fragte Galgenberg. «Det wir uns da mal umsehen können?»

«Da ham Se aba Jlück! Ab nächsten Dienstach is die Bude wieda vamietet.»

Kappe bremste Galgenberg. «Das geht doch aber nicht ohne richterlichen Beschluss. Ich will keinen zusätzlichen Ärger mit Canow.»

Es dauerte bis zum nächsten Vormittag, dann hatten sie die Erlaubnis, sich in der Wohnung der Frieda Herrmann umzusehen. Dr. Kniehase kam mit, um zu sichern, was zu sichern war.

Stube und Küche machten einen reichlich verwahrlosten Eindruck. Hier hatte niemand gelebt, hier war jemand dahinvegetiert. Nach dem Tod ihres Kindes schien Frieda Herrmann jeden Lebensmut verloren zu haben, und Kappe kam der Gedanke, dass sie vielleicht gar nicht überfahren worden war, sondern sich hatte überfahren lassen. Vielleicht ging das aus den Papieren hervor, die sie hinterlassen hatte.

«Suchen wir doch mal nach einem Abschiedsbrief», sagte er zu Galgenberg und Dr. Kniehase.

Was sie schließlich in der Schublade des Vertikos fanden, waren etliche Bände eines seit Jahren geführten Tagebuchs. Beim Durchblättern der akkurat datierten Eintragungen stießen sie schnell auf Seiten, deren Inhalt im Fall der Handgranatenmorde die Wende bringen sollte.

*Frühlingsanfang. Und Ich habe es getan!!!*, hieß es da unter dem 23. März 1916.

*Gestern haben mir noch die Hände und die Knie gezittert. Kaum vermochte Ich zu arbeiten. Aber der Gedanke, ein Scheusal weniger auf dieser scheuseeligen Welt, hielt mich aufrecht. Nun ist mein Kind, mein Herzblut gerächt! Ach hätte mir doch der gemeine Mensch gleich ein ganzes Dutzend von solchen Granaten hinterlassen. Für ihn gleich eine mit. Ich wüsste noch Dutzende anderer, die kein besseres Schicksal verdienten.*

«Junge, Junge», sagte Galgenberg, der mitgelesen hatte. «Da ham wir ja noch mal Glück jehabt.»

«Weil wir sie endlich gefunden haben?»

«Nee. Weil wir doch ooch Männer sind.»

«Hier!» Kappe wies auf die nächste Seite.

*Heute habe Ich mich gezwungen, an dem Laden vorbeizuspazieren. Alles verwüstet. Und das Herz klopft mir bis in die Kehle.*

«Na, das ist ja wohl eindeutig», sagte Kappe.

Galgenberg kam gar nicht darüber hinweg. «Da werden Weiber zu Hyänen!», sagte er kopfschüttelnd. «Hat det nich schon ein jroßer Volksdichter so beschrieben?»

# NEUNZEHN

KAPPE UND GALGENBERG hatten schlechte Laune, denn an diesem Tag war ihr allmorgendliches Ritual, die Lektüre des *Berliner Tageblattes* nach dem Eintreffen im Büro, ins Wasser gefallen. An den Kiosken hatte nur ein Plakat gehangen: *Auf Anordnung des Oberkommandos in den Marken darf das «Berliner Tageblatt» nicht erscheinen.*

«Sie werden zu genau über die Bewegungen unserer Truppen berichtet haben», vermutete Galgenberg. «Da konnte der Feind möglicherweise seine Schlüsse draus ziehen.»

«Vielleicht haben sie auch nicht genug gejubelt», sagte Kappe. «Aber wenigstens können sie sich nicht über uns lustig machen, dass wir bei den Handgranatenmorden erst monatelang überhaupt nicht vorangekommen sind – und nun plötzlich zwei Geständnisse haben.»

«Eines muss also falsch sein.»

Kappe lachte. «Es sei denn, im Falle Röddelin haben die Herrmann und der Nassmacher gemeinsame Sache gemacht – was ja nicht ganz auszuschließen ist.»

«Dann man auf zu Nassmacher, die Herrmann können wir ja leider nicht mehr befragen.»

Es dauerte eine Weile, bis sie zu Karl Nassmacher durchgeschlossen worden waren. Der saß im Vernehmungszimmer und wartete auf sie.

Kappe hatte zwar verinnerlicht, dass man seinen Nächsten ebenso lieben solle wie sich selbst, doch bei Karl Nassmacher wollte ihm das beim besten Willen nicht gelingen. Er fand Menschen wie ihn einfach widerlich. All dieses Aufgeblasene, Wichtigtuerische!

Wäre dieser Mensch zu lebenslanger Zuchthausstrafe verurteilt worden, hätte er zu Hause sein Glas darauf gehoben, und Galgenberg hätte sich sogar gewünscht, dass man Nassmachers Kopf auf den Richtblock legte. Und nun waren sie gekommen, ihn dahin zu bringen, sein Geständnis zu widerrufen. Das war eben das Los eines deutschen Beamten, immer *sine ira et studio,* immer ohne Rücksicht auf die eigenen Gefühle und die eigene Meinung. Was an sich gut war, aber auch ganz schön hart, wollte man es durchhalten.

Kappe riss sich also zusammen und versuchte, Nassmacher so zu begegnen wie seinem Schlächter in der Mariannenstraße.

«Wir haben an Ihrem Geständnis nicht gezweifelt, Herr Nassmacher, aber nun liegt im Falle Röddelin auch eines von einer gewissen Frieda Herrmann vor – und das scheint genauso echt und in sich stimmig zu sein wie Ihres. Was nun?»

«Ganz einfach: Meines war zuerst da, und meines ist echt.»

«Schildern Sie doch bitte noch einmal beide Taten», bat ihn Galgenberg. «Und zwar bis ins letzte Detail.»

Nassmacher tat es – genauer als je zuvor, wie Kappe auffiel. Sie konnten keine Ungenauigkeiten oder Ungereimtheiten erkennen. Aber es hatte ja auch alles haargenau in den Zeitungen gestanden, und intelligent genug, sich den Rest zu denken, war Nassmacher auf alle Fälle.

«... und bei mir haben Sie die restlichen Handgranaten gefunden, mit denen habe ich noch ein paar andere umbringen wollen», schloss Nassmacher seine Ausführungen.

Wenn man doch nur den Menschen ins Herz beziehungsweise ins Gehirn sehen könnte, dachte Kappe. Er überlegte schon lange, ob er es mit einem Trick versuchen sollte, obwohl das juristisch nicht ganz koscher war und ihm, kam es heraus, einigen Ärger einbringen konnte. Aber eine andere Möglichkeit sah er nicht mehr.

«Gut, Herr Nassmacher, wir gehen jetzt zum Mittagessen und lassen Sie für zwei Stunden allein. Vielleicht bekommen wir ja bis dahin auch heraus, ob das neue Gesetz schon beschlossen worden ist.»

«Welches neue Gesetz?»

«Dass Morde, begangen an Offizieren Seiner Majestät, sofort die standrechtliche Erschießung zur Folge haben. Der Kaiser hat es im Eilverfahren durchgeboxt. Also, lassen Sie sich alles noch einmal durch den Kopf gehen.»

Kappe und Galgenberg saßen in der Kantine und konnten es kaum über sich bringen, ihre sogenannte Gemüsesuppe in sich hineinzuschaufeln. Obwohl sie mehr als hungrig waren.

«Vor dem Krieg hätte man das als Abwaschwasser in den Ausguss geschüttet», sagte Kappe und reimte: «Aber: Und wenn sich Tisch und Bänke biegen,/wir wer'n den Fraß schon runterkriegen.»

«Wenn wir erst den Krieg gewonnen haben, werden uns die Franzosen alles liefern müssen, wie schon 1871», sagte Galgenberg. «Da jibt et denn Kaviar und Austern.»

«Der Kaviar kommt eher von den Russen», korrigierte ihn Kappe.

«Is doch ejal. Denn eben die.»

«Es wird nur keiner mehr da sein, der die Störe beziehungsweise die Austern aus dem Wasser fischen kann», bedauerte Kappe.

«Wieso denn das?»

«Na, wie die Unsrigen 1914 immer gesungen haben: Jeder Stoß ein Franzos, jeder Schuss ein Russ'. Da sind die doch alle tot.»

«Pssst!», machte Galgenberg und redete lieber über erfreuliche Dinge. «Erinnern Sie sich übrigens, was heute vor einem Jahr war?»

«Ja, auch der 2. August.»

«Ach nee, und was war da, Herr Kommissar Kappe?»

«Mensch!» Kappe fasste sich an den Kopf. «Da ist der Kollege Gustav Galgenberg von der Front zurückgekommen, aus dem Lazarett, genauer gesagt, und hat mit uns groß gefeiert, dass er noch unter den Lebenden weilt.»

«Während man Sie inzwischen zum Kommissar befördert hatte», fügte Galgenberg hinzu.

Diese Bevorzugung brannte immer noch in ihm. Das wusste Kappe. Er hob die breiten Schultern. «Darauf hatte ich keinen Einfluss.»

«Na ja.» Galgenberg griff an seinen Oberarm, wo ihn die Kugel eines Franzosen getroffen hatte, und maß die Entfernung zur Schläfe. «Drei Handbreit weiter, und Sie hätten nur noch zu meiner Beerdigung kommen können.»

Wenn Kappe wollte, konnte er Galgenbergs schwarzem Humor durchaus Paroli bieten. «Hätte immerhin einen halben Tag dienstfrei gegeben.»

Galgenberg drohte ihm mit dem Löffel. «Damit könnten wir ja Nassmacher zusätzlich den Mund wässrig machen: Wir kriegen dienstfrei, wenn er erschossen wird!»

Kappe fragte sich, ob Nassmacher wohl tatsächlich auf den Trick mit dem angeblichen Gesetz hereinfallen würde.

«Wahrscheinlich nicht», vermutete Galgenberg. «Aber wenn er es wirklich nicht war und nur Komödie spielt, dann müssen wir ihn eben langsam weichklopfen. Dazu gehört auch, dass wir ihm Angst machen.»

Diesen Kurs fuhr Kappe dann auch mit aller Konsequenz, als sie Nassmacher nach der Mittagspause wieder gegenübersaßen.

«Herr Nassmacher, ich kann mir gut vorstellen, was Sie getrieben hat», begann Kappe. «Ruhmessucht ist ja nicht selten, und weil dem so ist und um sie einzudämmen, gilt sie auch als eine der sieben Todsünden: *superbia* – Hochmut, Eitelkeit, Stolz, Ruhmessucht.» Das wusste er, weil ihn Klara am Abend zuvor beim Rätselraten danach gefragt und er im Lexikon nachgesehen hatte. «Sie haben es nun eine Weile genossen, in ganz Deutschland bekannt zu sein, und bei Ihren Freunden gelten Sie als Held. Aber es ist ein gewagtes Spiel, das Sie da begonnen haben. Höhere Kreise möchten, dass das Thema Handgranatenmorde so schnell wie möglich in der Versenkung verschwindet, Sie also nicht mehr andauernd in den Zeitungen auftauchen und dort gegen den Kaiser, den Adel, die Offiziere und die Wirtschaft polemisieren. Da ist die Rede von kurzem Prozess. Das heißt: Anklage, Verurteilung und Hinrichtung in einem Rutsch. Und ehe Sie's sich versehen, haben Sie die Kugel im Kopf – und dann können Sie noch so sehr schreien: ‹Ich war es doch gar nicht!›, es wird Ihnen nichts mehr nützen.»

Das war so überzeugend vorgetragen, dass es seine Wirkung nicht verfehlte. Nassmachers Gesicht war deutlich abzulesen, wie es in ihm arbeitete. Er schluckte und bat um etwas zu trinken. Kappe konnte sich gut in seine Lage hineinversetzen: Die einen würden ihn als Hochstapler und Maulhelden verlachen, die anderen sich wütend auf ihn stürzen, weil er sie zum Narren gehalten und sozusagen mit ihren heiligsten Gefühlen gespielt hatte. Es war die Angst, völlig das Gesicht zu verlieren. Vielleicht fuhr er darum wirklich besser, wenn er dabei blieb, die beiden Handgranaten geworfen zu haben, und sich lieber erschießen oder köpfen ließ – als Held aber! So ein Tod würde ihn unsterblich machen. Zumal ja die angebliche Täterschaft der Frieda Herrmann ebenfalls durch keinen Beweis abgesichert war. Es stand Aussage gegen Aussage – respektive Geständnis gegen Geständnis.

Und genau das musste Nassmacher in diesem Augenblick gedacht haben, denn er lenkte das Gespräch auf Frieda Herrmann. «Wer sagt Ihnen denn, dass diese Frau Erich Röddelin in die Luft gesprengt hat? Das entspringt doch allein deren Phantasie. Frauen und Handgranaten – lächerlich! Dieses angebliche Geständnis ist doch eine Finte, eine Fälschung, weil man mir meinen Sieg über die Bourgeoisie nicht gönnt!»

Kappe dachte an die Aussage von Ernst Bergmann und dessen abfällige Bemerkungen über Nassmacher. «Dass Sie das Wort Bourgeoisie in den Mund nehmen, ist doch sehr verwunderlich, Herr Nassmacher. Sonderlich radikal oder gar anarchistisch sind Sie doch nie gewesen. Auf welcher Barrikade haben Sie denn gekämpft: bei den Moabiter Unruhen 1910, bei den Lichtenberger Butterkrawallen letztes Jahr oder dieses Jahr am 1. Mai auf dem Potsdamer Platz? In keinem dieser Fälle taucht Ihr Name auf der Liste der

Festgenommenen auf – und da wollen Sie plötzlich Handgranaten geworfen haben?»

Nassmacher reagierte mit Kopfschütteln und Lachen. «Das sagen ausgerechnet Sie mir, Herr Kommissar, wo Sie doch am 26. Juni gekommen sind und mir auf den Kopf zugesagt haben, dass ich es gewesen bin – nachdem Sie die vergrabenen Handgranaten auf meiner Parzelle gefunden hatten?»

Kappe erschrak. Wenn das an die Öffentlichkeit kam, wie stand er dann da? Nicht als großer Kriminaler, sondern als Depp. Wenn es Nassmachers Anwälte geschickt drehten, dann wurde ihm nachgewiesen, er hätte den Kabelwerker quasi gewaltsam zu seinem falschen Geständnis gezwungen: «Mein Mandant war nahe daran zu kollabieren und konnte sich der Pression durch den Herrn Kriminalkommissar Kappe nicht mehr anders entziehen, als zwei Taten zu gestehen, die er niemals begangen haben konnte.»

Kappe hatte die Stimme des Advokaten deutlich im Ohr. Was nun? Hilfesuchend sah er zu Galgenberg hinüber.

Der erhob sich gemächlich. «Gut, Herr Nassmacher, dann könn' wir beede ja jehn, Kappe und ick. Wir sagen dem Staatsanwalt, det Sie jeschworen ham, det Sie't wirklich war'n – und dann jeht es ruck, zuck.»

Er setzte schon an, um an die Tür zu klopfen und dem Wärter zu signalisieren, es sei Zeit aufzuschließen, da rief Nassmacher: «Halt, warten Sie noch einen Augenblick!»

Kappe und Galgenberg setzten sich wieder und starrten gegen die Wand, um Nassmacher Zeit zu lassen. Es war absolut still, nicht einmal das Summen einer Fliege war zu hören.

Endlich brach es aus Nassmacher heraus. «Sie haben recht: Das mit dem Röddelin, das war ich wirklich nicht, das war wahrscheinlich diese Herrmann.»

«Und von Zabelsdorff?», stieß Kappe nach.

«Den habe ich natürlich umgebracht, den habe ich doch gehasst!»

«Man bringt doch nicht jeden Menschen um, den man hasst»,

sagte Kappe. «Wenn wir das wirklich tun würden, wären wir doch längst alle Massenmörder.»

«Nur in Jedanken tun wa det», fügte Galgenberg hinzu. «Und det is ooch Ihr jutet Recht, det Se det jetan ham, aba nich in natura.»

«Sie haben ja selber die Handgranaten bei mir auf der Parzelle gefunden», wiederholte Nassmacher.

«Ach nee!» Galgenberg winkte ab. «Die werden Sie im Auftrag Ihrer politischen Freunde da versteckt haben – für den Tag, an dem die Revolution beginnt.»

«Von Zabelsdorff ist tot, Herr Nassmacher, wer immer es war», sagte Kappe. «Und Sie können morgen schon wieder im Kabelwerk stehen und den Laden schmeißen – mit einem neuen Chef oder selber als Chef. Aber nur wenn Sie jetzt zugeben, dass Sie auch im Falle von Zabelsdorff die Tat nur vorgetäuscht haben.»

«Für die Vortäuschung einer Straftat kommt man ja auch vor Gericht.»

«Aba nich an den Galgen oder unters Beil», sagte Galgenberg. «Und eh die so weit sind ...»

«Wenn in dem Trubel bei Kriegsende nicht sowieso alles unter den Teppich gekehrt wird», fügte Kappe hinzu. «Sind doch dann alles Lappalien.»

«Na schön ...» Nassmacher schloss die Augen und stieß einen langgezogenen Seufzer aus. «Ich habe mir das mit dem von Zabelsdorff auch nur ausgedacht.»

# ZWANZIG

DRAUSSEN IN REINICKENDORF bei Klaucke & Kutzner herrschte ein wahres Tohuwabohu. Nichts lief mehr. Seit drei Tagen hatte keine einzige Kabelrolle die Halle verlassen. Der alte Mehlitz rannte lamentierend auf und ab. Längst hatte er jeden Versuch aufgegeben, es mit dem dampfspeienden Antriebsaggregat aufzunehmen, das nur noch ungute Geräusche von sich gab und die Transmissionsriemen ab und zu ruckweise in Bewegung setzte. «Da müssen richtige Fachleute ran!», hatte er ein ums andere Mal von Kutzner verlangt.

Rotgesichtig und einem Herzanfall nahe, watschelte der Fabrikant hoffnungsvoll von Maschine zu Maschine, als erwarte er ein Wunder, das den ganzen Laden wieder in Schwung bringen würde. «Wo soll ich denn Fachleute für das Ding hernehmen?», grollte er. «Aus England vielleicht?»

«Es soll ja englische Kriegsgefangene geben», meinte Mehlitz trocken.

«Das fehlte noch! Wir sind ein vaterländisches Unternehmen!»

«Mit einer uralten englischen Dampfmaschine», maulte Mehlitz. «Sie hätten eben auf Wasikowsky hören sollen!»

Kutzner hörte ihm gar nicht zu. Früher hätte er solche Widerworte nicht einfach hingenommen. Alles war so gut gelaufen bis zu jenem verhängnisvollen Sonntag, an dem dieser Wirrkopf Nassmacher glaubte, seine primitiven Rachegelüste befriedigen zu müssen. Und alles nur, weil dieser Bock von einem Schwiegersohn sich nicht hatte beherrschen können!

Eigentlich waren, wie immer, die Weiber an allem schuld. Doch diese Lotte, die knapp mit dem Leben davongekommen war, und ihre Busenfreundin, deren Bräutigam nun seiner gerechten Strafe entgegensah, taten, als sei nichts geschehen. Sie standen im Gang rum und tratschten.

«Ich werde euch den Lohn sperren für die Zeit, in der ihr nichts tut!», brüllte er in ungewohnter Lautstärke.

Betti sah ihn an, als wäre er ein giftiges Insekt, während Lotte Naujoks verkniffen griente. «Jut, det ick Ihn' treffe, Chef», sagte sie mit falscher Freundlichkeit. «Et is da noch wat offen zwischen uns beede.»

Kutzner, verblüfft von so viel Frechheit, bekam kein Wort heraus. Wann hatte je ein Arbeiter gewagt, ihn in solcher Weise anzusprechen? Und jetzt fingen sogar schon die Weiber damit an! Das kam alles nur von solchen Spartakisten wie dieser Luxemburg und ähnlichen Suffragetten.

Lotte nahm sein Schweigen als Aufmerksamkeit. «Es handelt sich nämlich bezüchlich eine Entschädigung», fuhr sie munter fort. «Was der Schwager von meine Wirtin sein Sohn is, der studiert uff Refrendar, und der hat ooch jesacht ...»

Mühsam fand Kutzner seine Stimme wieder. «Sie schamlose Person!», krächzte er. «Ich werde Sie verklagen!»

Lotte verstand nicht. «Wie denn – Sie mir? Davor, det ick die Splitter abjekricht hab, die für Ihrn Herrn Schwiejersohn bestimmt warn?»

Verzweifelt schloss Kutzner für einen Moment die Augen. War denn die ganze Welt verrückt geworden? Auch am Halleneingang war schon wieder etwas los, wie das anschwellende Geräusch verriet. Ohne ein weiteres Wort an die beiden Frauen zu verschwenden, wandte sich Kutzner um und eilte in die Richtung, aus der laute Rufe und Stimmengewirr ertönten. Es dauerte nicht lange, bis er den Grund für die Aufregung erkannte.

Im weit geöffneten Hallentor stand, von drei Vierteln der Belegschaft umringt, Karl Nassmacher.

«Na? Ham se dir als jeheilt entlassen?», rief ihm jemand zu.

Alles lachte. Auch Nassmacher, der mit stolzgeschwellter Brust wie ein kleiner Kampfhahn auf den Gegner wartete. Auf Kutzner. Oder auf jeden anderen, der es mit ihm aufnehmen wollte.

Wollte aber keiner. Sosehr die Meinungen über Nassmachers vorgebliche Heldentat unter seinen Kollegen auch auseinandergegangen waren – als er jetzt in seiner ganzen geringen Lebensgröße vor ihnen stand, mochte sich keiner mit ihm anlegen. Die einen hatten seine Tat verurteilt, weil er leichtfertig Lottes Leben aufs Spiel gesetzt hatte und weil Mord eben Mord blieb – die anderen verziehen ihm aber selbst das, weil er sie von dem Schinder von Zabelsdorff befreit hatte.

Kutzner, der eigentlich immer ganz gut mit seinem Vorarbeiter ausgekommen war, trat auf Nassmacher zu. Er wusste, was er sich als Chef schuldig war. «Seit wann lässt man denn geständige Mörder frei herumlaufen?», erkundigte er sich vernehmlich.

Das Gewirr der Stimmen verstummte.

Nassmacher, der mit der festen Absicht erschienen war, zuerst einmal eine kämpferische Rede zu halten, fühlte sich ein wenig aus dem Konzept gebracht. Ganz entgegen seiner sonstigen Großmäuligkeit antwortete er ruhig: «Man hat mich wegen erwiesener Unschuld freigelassen.»

«So», sagte Kutzner nur und sah sich um. Er spürte, dass alle auf den unvermeidlichen Krach warteten. Den Gefallen würde er ihnen nicht tun.

«Dann tun Sie mal Ihre Pflicht, Nassmacher! Hier sind in Ihrer Abwesenheit Zustände eingerissen, die zum Himmel stinken.»

Er wandte sich um und brüllte: «Jeder an seinen Arbeitsplatz, Marsch, Marsch!»

Zögernd löste sich der Kreis auf. Da muss doch noch was kommen, dachten sie wohl alle. Kutzner aber wies nur mit seinem dicken Zeigefinger auf Nassmacher und sagte: «Bis zum Feierabend läuft hier wieder alles wie am Schnürchen, verstanden? Sonst werden Sie von mir ebenfalls freigelassen. Und zwar wegen erwiesener Unfähigkeit.»

Karl Nassmacher hatte nicht viel Zeit gehabt, sich seine Rückkehr zu Klaucke & Kutzner auszumalen. So jedoch hatte er sie sich nicht vorgestellt. Es war überhaupt alles ganz anders verlaufen, als er es erwartet hatte. Die erste Überraschung bestand darin, dass in seiner Stube bei der Witwe Knippenhain inzwischen ein wahrer Dragoner von einem Weib wohnte, das sich schier totlachen wollte, als er darauf bestand, es handle sich um sein Zimmer. Er glaube doch wohl nicht im Ernst, dass sie zugunsten eines dahergelaufenen Zuchthäuslers auf ihr Quartier verzichte!

Zusätzlich und unerwartet war ihm sodann die alte Schreckschraube Knippenhain mit der giftigen Bemerkung in den Rücken gefallen, er möge sich gefälligst auf schnellstem Wege aus dem Staube machen, eine deutsche Offizierswitwe vermiete unter keinen Umständen an gedungene Mörder! Mehrfach wäre die Polizei im Hause gewesen und hätte nach Waffen gesucht! Was für eine Schande!

Zu allem Überfluss tauchte auch noch Lehrer Mehlhase in der Zimmertür auf und bekräftigte den Protest der Wirtin. Der steckte hinter allem, wie Nassmacher vermutete. Und richtig. «Belästigen Sie fürderhin weder Frau Knippenhain noch mein wertes Fräulein Kollegin!», quarrte der. «Packen Sie gefälligst Ihre Plünnen, und verschwinden Sie aus dem Gesichtskreis anständiger deutscher Menschen!»

Tatsächlich standen der Tornister und sein alter, schäbiger Koffer schon im Flur bereit. «Und meine Bücher?», wollte Nassmacher wissen. Mehlhase triumphierte. «Die hat die Polizei beschlagnahmt!»

Die Tür knallte Karl bei seinem Abgang in die Hacken. «Arschpauker, elender!», war alles, was er wutentbrannt hervorstieß. Ob Mehlhase es hörte, blieb unklar.

Wohin sollte er sich jetzt wenden? An die Redaktion einer Zeitung, die ihn als Helden gefeiert hatte? Wer weiß, wie die dort über seine plötzliche Entlassung dachten. Ein richtiger Held war er jedenfalls nicht mehr.

Also hieß es, auf Zimmersuche zu gehen. Hier im Kiez, wo ihn jeder kannte? Das schien ihm im Augenblick wenig günstig. Da konnte er sich besser gleich weiter nach Norden absetzen, näher ran zu Klaucke & Kutzner. Und zu Betti. Mit der galt es, erst einmal ein ernstes Wörtchen zu reden, von wegen Schluss und so! So ging man mit einem Karl Nassmacher nicht um.

Notgedrungen hatte er seine sieben Zwetschgen in der Gepäckaufbewahrung am Bahnhof deponiert und war nach Reinickendorf gefahren. Kutzner wickle ich um den Finger, hatte er gedacht. Und nun war es ganz anders gekommen. Er fand überhaupt keine Zeit und Gelegenheit, über irgendetwas nachzudenken, während er sich zusammen mit Mehlitz und drei, vier eilig ausgesuchten Kollegen an das Ungetüm von Dampfmaschine machte. Nicht etwa, dass ihn Kutzners Drohung erschüttert hätte – nein, er war es sich selber und dem alten Wasikowsky schuldig, die Lotterbude wieder auf Vordermann zu bringen.

Als das Feierabendsignal ertönte, waren sie noch weit davon entfernt. Nassmacher blickte nicht einmal auf, und niemand von den Männern um ihn herum wagte es, eine Frage zu stellen. Betti schlich vorbei, wie er aus dem Augenwinkel wahrnahm. Er hatte noch kein Wort mit ihr gesprochen. Dann blieb Lotte ein Weilchen bei ihnen stehen. «Soll ich euch was zu essen holen?», fragte sie.

Nassmacher blickte auf. «Kannst 'ne Kanne Bier besorgen», sagte er knapp. Und an die Männer gewandt: «Feierabend ist, wenn hier alles läuft, verstanden?» Niemand widersprach.

Abends gegen neun tauchte Kutzner auf und brachte ihnen eigenhändig einen Berg sparsam belegter Stullen. «Wird's?», war alles, was er fragte.

Nassmacher sah ihn an. «Wir sollten trotzdem 'n ordentliches Elektroaggregat anschaffen», entgegnete er.

Morgens gegen drei liefen die Transmissionen wieder rund. Erst jetzt spürte Nassmacher, wie erschöpft er war. In von Zabelsdorffs Kanzel breitete er einen Stapel Zeitungen aus und war darauf eingeschlafen, noch bevor er sich richtig ausgestreckt hatte.

Morgens weckte ihn die anlaufende Dampfmaschine. Er brauchte ein Weilchen, um sich zurechtzufinden, doch das gleichmäßige Geräusch aus der Halle beruhigte ihn.

Als er, verkatert wie nach einer durchsumpften Nacht, durch die Reihen ging, fiel sein Blick auf Betti, die sich hingebungsvoll um ihre Arbeit kümmerte. Er blieb hinter ihr stehen und sah ihr zu, bis sie sich endlich voller Nervosität umwandte.

«Is was?», fragte sie spitz.

Er schüttelte den Kopf. «In der Mittagspause», sagte er. «Da reden wir, klar?»

Daraus wurde nichts, denn bis zum Mittag waren schon wieder zwei der wichtigsten Maschinen ausgefallen, und Nassmacher steckte bis zum schmutzigen Kragen in der Arbeit. Außerdem hatte der alte Mehlitz einen Schwächeanfall erlitten. Kein Wunder bei der Schinderei.

Erst nach Feierabend kam Nassmacher dazu, sich Gedanken über die nächsten Tage zu machen. Ungewaschen und unrasiert fühlte er sich wie ausgelaugt. Er konnte schließlich nicht auf Dauer in der Halle nächtigen, und sein Gepäck musste er auch abholen, bevor es versteigert wurde.

Vor dem Hallentor wartete Betti.

Er freute sich, ließ es sich jedoch nicht anmerken. «Na», sagte er schlicht, «hat sich noch kein Neuer gefunden?»

Sie hob die Schultern. «Vielleicht einer, der 'n bissken wenjer anjibt und nich so ville schwindelt», gab sie zurück.

Er griff nach ihren Schultern und drückte sie an sich. «Mensch, Betti», sagte er. «War doch auch deinetwejen, det janze Theater. Überleg doch mal: Der von Zabelsdorff war tot, und die mussten unbedingt einen Schuldigen finden. Warum nicht mich? Also habe ich es zugegeben und damit die ganze Untersuchung aufgehalten. Verstehst du? Jetzt stehen die wieder da wie's Kind beim Dreck und wissen nicht, wer's wirklich gewesen ist.»

«Det is mir zu hoch, Karl. Wat musst du dir in solche Unjelejenheiten rinmischen? Is dir det Leben nich knifflich jenuch?»

«Aber Betti!» Schon verfiel Karl wieder in seinen agitatorischen Stil. «Ein besonders ekelhafter Ausbeuter ist getötet worden. Da muss doch die Klasse zusammenhalten gegen das verhasste Regime und seine Büttel! Was denkst du, wie ich die am steifen Arm habe zappeln lassen, die Kriminalen!»

«Ick höre imma Klasse ... Wir sind doch hier nich inne Schule, Karl.»

«Doch, doch», wandte Karl ganz eifrig ein. «Das ist gar kein so schlechtes Beispiel. Da habt ihr doch auch gegen die Pauker zusammengehalten, oder?»

Mehlhase fiel ihm ein und dessen dragonerhafte Kollegin. «Die fühlen sich nämlich auch zur herrschenden Klasse gehörig.»

Betti schüttelte den Kopf. «Ach Karl», sagte sie. «Wenn de bloß nich imma so kariert daherreden tätst, könnten wa uns beede so jut vastehn.»

Darauf fiel nicht einmal Karl Nassmacher eine Antwort ein. Er hakte Betti unter und sagte: «Jetzt muss ich erst mal zum Barbier. Und dann könnten wir irgendwo was essen.»

«Na, du bist jut. Da jehn wa am besten bei meine Mutta. Woanders kriejen wa sowieso nüscht Vanünftjit.»

Karl war es recht. Wie sich erwies, gehörte nämlich Bettis Vater, der gewesene Pferdestraßenbahnkutscher Oskar Boretzki, zu den absoluten Bewunderern der vermeintlichen Nassmacherschen Heldentat, der Bettis Mutter allerdings mit einiger Skepsis gegenüberstand. Aber nun war er es ja gar nicht gewesen, wie Betti ein ums andere Mal lautstark erläuterte, und da wollte auch sie nicht mit dem sichtlich erschöpften Schwiegersohn in spe streiten. Denn dass ihre Tochter und er was miteinander hatten, war ihr natürlich keineswegs entgangen, während Vater Oskar den Überraschten markierte, schließlich aber eine staubige Pulle Rotspon aus dem hintersten Winkel der Speisekammer hervorzuzaubern. «Man muss die Feste feiern, bis die Jäste fallen», sagte er dazu. «Auf die baldije Hochzeit also!»

So eilig hatte es Karl gar nicht gehabt, er fand aber nicht mehr genügend Kraft, dem Schwiegervater zu widersprechen. War ja jetzt auch egal, zumal sich dadurch wenigstens die Übernachtungsfrage geklärt hatte. Man überließ ihm großzügig Bettis Kanapee. Musste die eben in der Küche auf dem alten Sofa schlafen, denn: «Beede zusamm – det jibs erscht nach de Hochzeit. Wir sind eene anständje Familie!»

«Ja», bestätigte Betti säuerlich. «Desterwejen bin ick nämlich ooch 'n Fünfmonatskind.»

Als sie dann in der Nacht doch bei ihrem Karl lag, fragte sie irgendwann: «Und wat meenste, wer dit nu wirklich jewesen is mit den Zappeldorf und die Jranate?»

«Keine Ahnung», antwortete Nassmacher schlaftrunken. «Der Genosse wird sich was dabei gedacht haben.»

«Du mit deine Jenossen! Ham die etwa die Jranaten neben deine Laube vabuddelt?»

Karl war viel zu müde, um darüber mit ihr zu diskutieren. «Wat du nicht weißt, macht dir nicht heiß», brubbelte er undeutlich.

# EINUNDZWANZIG

HERMANN KAPPE ging in der Ankunftshalle des Görlitzer Bahnhofs auf und ab und wartete auf den Zug aus Königs Wusterhausen. Ferdinand von Vielitz reiste zu einem Regimentstreffen an und rechnete damit, abgeholt und auf der Fahrt ins Hotel zum Deutschen Offizier-Verein in der Dorotheenstraße 33/34 begleitet zu werden. Hier pflegte der Major bei jedem seiner Berlinbesuche zu logieren.

Alles machte noch einen etwas erschöpften Eindruck, denn gestern und vorgestern hatte es den großen Rückstrom aus den Sommerfrischen gegeben.

Kappe musste dem Alten aus dem Abteil helfen. Ein wenig unbeweglich war er geworden. Schnaufend stand er schließlich auf dem Perron.

«Mein Körper wehrt sich manchmal gegen die Befehle, die er von mir bekommt», beklagte sich von Vielitz. «Aber was soll ich machen, ich kann ihn doch nicht wegen Befehlsverweigerung an die Wand stellen lassen.»

«Ich finde es ja bewundernswert, dass Sie dennoch immer wieder weite Reisen unternehmen, Herr Major.»

Von Vielitz lachte. «Nun ja, wie steht es im *Stechlin: Sich abschließen heißt sich einmauern, und sich einmauern ist Tod.*» Zu gerne zitierte er aus seiner Bibel. «Aber zwischen Storkow und Berlin liegen ja nicht gerade Ozeane – oder wollen Sie Ihren Langen See als solchen betrachten?»

«‹Ihren Langen See› sagen Sie – hat sich also das Bootsunglück bis zu Ihnen herumgesprochen?»

«Natürlich, Wendisch Rietz und Storkow sind stolz auf Sie, Kappe, und meinen, Sie haben Ihre Rettungstat nur vollbringen können, weil Sie bei uns das Schwimmen erlernt haben.»

Kappe war das irgendwie peinlich. «Nun ja.» Er griff sich den Koffer des Majors und nahm Kurs auf den Ausgang.

Mit Mühe gelang es ihnen, eine Droschke aufzutreiben. Die beiden Pferde waren kurz davor, beim Abdecker zu landen, und der Kutscher gehörte zu einer Altersgruppe, die mehrheitlich schon auf dem Friedhof lag. So brauchten sie eine Ewigkeit bis zur Dorotheenstraße.

Während sich der Major in seinem Zimmer frisch machte, saß Kappe unten in der Halle und las Zeitung.

Sein Kollege Kommissar Lehnerdt vom Kriegswucherdezernat im Polizeipräsidium hatte große Schiebereien mit Getreide aus Westpreußen aufgedeckt und mehrere Händler und Bahnhofsvorsteher verhaften lassen.

Der 86. Geburtstag des Kaisers Franz Josef sollte am 18. August um neun Uhr abends im großen Festsaal des Zentralhotels von den landsmannschaftlichen Vereinen der österreichischen und ungarischen Kolonie mit einem Bankett gefeiert werden.

Der Neuköllner Stadtbaurat Best war im Lazarett an den Folgen einer schweren Verwundung gestorben, die er sich im Felde zugezogen hatte.

Vor dem Schöffengericht Berlin-Schöneberg waren die Inhaberin einer Schuhwarenhandlung und ihre Verkäuferin verurteilt worden, weil sie Stiefel mit Pappsohlen verkauft hatten, die nur mit einer ganz dünnen Lederschicht überzogen waren. Als die Käufer damit ins Nasse traten, hatten sich die Sohlen aufgelöst.

Der angebliche Leutnant Schulz, der sich am 10. August bei seiner Festnahme auf der Bahnhofswache Friedrichstraße erschossen hatte, war als der fahnenflüchtige Schlosser Albert Galus rekognosziert worden.

Von Vielitz lachte, als ihm Kappe dies alles erzählt hatte, und verwies auf Shakespeares Satz, nach dem die ganze Welt eine Bühne sei. «Und solange man selbst nur Zuschauer ist, lässt sich alles an Tragischem und Tragikomischem auch mühelos ertragen, um nicht zu sagen, mit Schmunzeln genießen.»

Sie gingen zu Kempinski in die Leipziger Straße, denn von Vielitz sagte, er wolle sich selber davon überzeugen, ob auch dort schon aller Glanz dahin sei.

«Wieso denn das, Herr Major?»

«Ach Kappe, meine Altersweisheit sagt mir, dass man nur dann halbwegs glücklich sein kann, wenn man es versteht, auch Ab- und Untergänge zu genießen. Und ich weiß sehr wohl, dass es sehr bald mit meiner Epoche zu Ende gehen wird. Ich habe Freunde im Generalstab, die sich sicher sind, dass die Amerikaner ihren englischen Blutsbrüdern bald zu Hilfe eilen werden – und dann ist es aus mit dem Deutschen Kaiserreich. Alles hat seine Zeit, und unsere ist vorüber. Prost!»

Es war Leitungswasser, mit dem sie anstießen, und das Menü war so kümmerlich, dass von Vielitz froh war, in Storkow zu leben.

«Und das geradezu fürstlich, mein lieber Kappe. Und wie geht es Ihnen so, was macht die Suche nach dem Handgranatenmörder?»

«Sie macht uns wenig Freude.» Kappe referierte den Stand der Dinge. «Mit dem Geständnis der Frieda Herrmann kann der Fall des Kolonialwarenhändlers Erich Röddelin als aufgeklärt gelten, den Mörder des Leutnants von Zabelsdorff aber haben wir noch immer nicht.»

«Haben Sie sich denn einmal in seiner Kompanie umgehört?», fragte von Vielitz.

«Wie denn?», fragte Kappe. «Wir können doch nicht nach Verdun reisen.»

«Ab und an kommen ja auch mal Männer von der Front zurück», sagte der Major.

«Ja, in Särgen», murmelte Kappe.

«Auch welche mit Verwundungen, und die könnten doch Auskunft über von Zabelsdorff geben.» Von Vielitz wollte zeigen, dass er das strategische Denken noch nicht verlernt hatte. «Sie haben mir erzählt, dass der Leutnant im Kabelwerk geradezu verhasst gewesen war. Als Menschenschinder und Kotzbrocken sei er bezeichnet worden. Nun frage ich mich, ob ein solcher Charakter nicht zwangsläufig auch in seiner eigenen Kompanie eine Unmenge an Feinden gehabt haben muss – und man seinen Mörder nicht in deren Reihen zu suchen hat.»

Kappe nickte. «Das haben wir uns auch schon gedacht, Galgenberg und ich, aber nicht laut zu sagen gewagt, weil unserem lieben Herrn von Canow durchaus zuzutrauen ist, uns an die Front zu schicken, um dort Nachforschungen anzustellen – was wir möglichst vermeiden wollten.»

«Verständlich, wenn auch schwer verzeihlich.» Da war der Major noch immer der Alte, noch immer durch und durch Soldat. Feigheit vor dem Feinde galt ihm als Todsünde, und jeder Mann, der sich vor dem Schützengraben drückte, erhöhte für ihn die Wahrscheinlichkeit, dass seine Kameraden an der Front vom Gegner überrollt und massakriert wurden.

Kappes Verteidigung war schwach. «Ich habe ja gewollt, aber wegen meiner rätselhaften Anfälle haben sie mich nicht gewollt.»

«Ich weiß, ich weiß, Sie sind kein Simulant, aber ... Nun gut, lassen wir das. Zurück zum Fall von Zabelsdorff. Ich habe ja überall meine Leute sitzen und werde zusehen, ob ich Ihnen ein paar Namen von Männern geben kann, die in seiner Kompanie gestanden haben und inzwischen – nicht mehr tauglich für den Krieg, aber lebend – in die Heimat zurückgekehrt sind.»

Eine knappe Woche später erhielt Kappe einen Brief vom Major, in dem nicht nur drei Namen standen, sondern auch eine kurze Charakteristik der Männer mitgeliefert wurde.

*Da haben wir erstens den Spieß Marschallek, der sich laut Auskunft meines Gewährsmannes des Öfteren wie ein Marschall gebärdet haben soll. Er ist klein und dick, trägt eine beginnende Glatze zur Schau und wagt sich nicht ohne Kneifer unter die Leute. Er ist nicht einmal vierzig Jahre alt, sieht aber aus wie sechzig. Von Beruf ist er Finanzbeamter, momentan aber nach leichter Kriegsverletzung im Kriegsministerium im Einsatz.*

*Der zweite Mann heißt Wittkopp, den Vornamen habe ich nicht eruieren können. Kehrte mit einer Kopfverletzung aus dem Felde heim, ist Leutnant d. R. und ein Feingeist. Gilt als Sammler von Gemälden und anderen Kunstgegenständen. Finanzieren soll er das durch die Einnahmen aus seinen ererbten Mietskasernen und den Verkauf von Baugrundstücken. Wohnen soll er in einer Villa in der Nähe des Schlachtensees.*

*Schließlich wurde mir ein Leutnant Ottomar von Hiebenthal genannt, ein junger Spund noch, aber schon Stellvertreter des Kompaniechefs. Beschrieben worden ist er mir wenig vorteilhaft als Dämelsack aus einer Krautjunkerfamilie, gutmütig, feige und in letzter Konsequenz immer gegen die Soldaten agierend. Er liegt mit einer Tuberkulose in den Beelitzer Heilstätten.*

*Damit hätten wir es, mein lieber Kappe, aber aus meiner geheimen Quelle ist nichts gesichert, was den Verdacht nähren könnte, einer der drei Genannten hätte selber die Handgranate von der Brücke ins Boot geworfen. Man ist durchweg der Ansicht, dass der Mörder im privaten oder betrieblichen Bereich des Leutnants anzusiedeln ist und der Täter noch immer dieser Karl Nassmacher sei. Der versuche jetzt nur, mit dem Trick der Vortäuschung einer Straftat seinen Kopf zu retten.*

*Nun, mein lieber Kappe, ich bin gespannt, wie es ausgehen wird, und verfolge das, was sich auf der großen Bühne Berlins abspielt, von meiner Loge in der Provinz aus, mit der Freude dessen, der nichts mehr will und nichts mehr braucht.*

*In herzlicher Zuneigung Ihr Ferdinand von Vielitz*

Kappe legte den Brief beiseite und konnte sich über seine Gefühle nicht so recht klarwerden. Zum einen war er dankbar für alle Hinweise, die er bekommen hatte, zum anderen aber fühlte er sich auch beschämt, weil ihm der Alte vorgeführt hatte, wie viel ihm noch fehlte, um wirklich ein herausragender Kriminaler zu sein.

«Wollen Sie jetzt zu Hause Hühner halten?», fragte Galgenberg beim Hereinkommen.

«Wieso denn das?»

«Weil Sie doch gerade beim Brüten sind.»

«Hier ...» Kappe reichte dem Kollegen den Brief hinüber. «Der Major meint, wir sollten uns einmal bei den ehemaligen Kameraden umhören, vielleicht können wir von denen etwas über von Zabelsdorff erfahren, was wir noch nicht herausgefunden haben.»

«Wunderbar. Det nenn ick Amtshilfe, det adelt den Vielitz geradezu.» Er ging zum Garderobenständer, um seinen Strohhut vom Haken zu nehmen und aufzusetzen. «Denn fang'n wa ma an, allet abzuklappern.»

Sie beschlossen, in konzentrischen Kreisen vorzugehen, also mit dem Kriegsministerium zu beginnen, das in der Leipziger Straße 5–7 zu finden war, dann zum Schlachtensee zu fahren und schließlich nach Beelitz zu reisen.

Dem Kriegsministerium näherten sie sich mit Ehrfurcht, um nicht zu sagen, einem gewissen Bammel, denn vielleicht ging ja irgendwo eine Tür auf, man zerrte sie hinein – und heraus kamen sie mit einem Marschbefehl.

Das Gebäude glich einem Palast. Die beiden Portale der Fassade waren mit den lebensgroßen Figuren eines Garde-Kürassiers, eines Garde-Infanteristen, eines Artilleristen und eines Husaren geschmückt – alle aus einer sogenannten Chaussée-Masse gefertigt.

Beim Pförtner erfuhren sie, dass Marschallek als Gebissaufkäufer agierte.

«Mal sehn, wat er mir für meins jibt», sagte Galgenberg und fummelte schon im Mund herum. «Vielleicht komme ick nach 'ner Stunde als reicher Mann hier wieder raus.»

Als sie bei Marschallek im Zimmer standen, stellten sie fest, dass er von dem Informanten des Majors äußerst treffend beschrieben worden war. Da stimmte wirklich alles. Er hielt ihnen einen längeren Vortrag über die Bedeutsamkeit seines Tuns.

«Was steckt in künstlichen Gebissen, meine Herren? Neben

182

Porzellan und Kautschuk sind es Gold und Platin. Platinstifte, Platinhaken. Über die Nützlichkeit des Goldes müssen wir ja nicht extra reden. Das kaiserliche Heeresministerium hat aber vor allem ein starkes Interesse am Platin, das man bei der Herstellung galvanischer Elemente und in der Schwefel- und Salpetersäurefabrikation, also auch zur Herstellung von Sprengstoff, dringend benötigt. Die Platineinfuhr ist derzeit aber unmöglich, da 95 Prozent des Platins in Russland gefördert werden. Also müssen wir uns anders zu helfen wissen – und kaufen darum Gebisse auf. Für einen Platinzahn werden derzeit fünfzehn Mark gezahlt.»

«Schade, dass ich nur Naturzähne habe», sagte Kappe.

«Und warum sind Sie dann hier?», fragte Marschallek.

«Det können Sie sich nich denken?», fragte Galgenberg zurück.

«Nein, bedauere.»

«Das ist aber bedauerlich», sagte Kappe. «Denn dass Ihr Kompanieführer Arndt von Zabelsdorff von einer Handgranate zerrissen worden ist, dürfte Ihnen ja kaum entgangen sein.»

«Nun, das hat mich sehr traurig gestimmt, aber man muss auch einmal vergessen können. Im Felde gab es täglich Verluste.»

«Wie sind Sie denn mit ihm ausgekommen?» Kappe konnte sich vorstellen, dass Marschallek, nach dem, was in dem Brief des Majors über ihn geschrieben stand, nicht unbedingt ein Freund des Kompanieführers gewesen war, so herrschsüchtig, wie der sich gebärdete, und unsoldatisch zugleich.

«Gut. Ich komme mit jedem gut aus.»

Das Bild, das der kaiserliche Gebissaufkäufer von sich hatte, schien ein sehr erfreuliches zu sein. Kappe juckte es immer in den Fingern, solche selbstgefälligen Leute etwas zu ärgern, und das ging am besten, wenn er sie, was ja völlig legitim war, nach ihrem Alibi fragte.

«Herr Marschallek ... Wir haben Hinweise darauf, dass von Zabelsdorff von einem Mann aus seiner Kompanie getötet worden ist – und so muss ich auch Sie nach Ihrem Alibi fragen. Wo haben

Sie sich am Sonntag, dem 25. Juni, frühmorgens um neun Uhr aufgehalten?»

Marschallek fuhr auf. «Was, Sie verdächtigen mich des Mordes an einem vorgesetzten Kameraden?!»

Kappe freute sich über die Reaktion und überlegte, was klüger war, den Mann noch mehr zu reizen oder wieder abzuwiegeln. Er entschloss sich für Letzteres.

«Verdächtig sind alle Soldaten, die glauben, dass ihr Kompaniechef sie irgendwann einmal ungerecht behandelt hat. Das ist also nicht persönlich gegen Sie gerichtet.»

«Ich habe ein Alibi», sagte Marschallek, nachdem er auf seinem Jahreskalender nachgesehen hatte. «Ich war bei meiner Schwester in Pritzwalk, und zwar über Nacht vom Sonnabend zum Sonntag.»

«Sehr schön.» Galgenberg ließ sich Name und Adresse geben. «Und, was meinen Sie, wer könnte von Zabelsdorff so auf 'm Kieker gehabt haben, dass er ...?»

«Niemand von uns. Und außerdem: Ich bin kein Denunziant.»

«Aber hier geht es um einen hinterhältigen Mord», beschwor ihn Kappe.

Nun kam Marschallek doch etwas aus seiner Deckung hervor. «Das hat sich von Zabelsdorff doch selber zuzuschreiben, und immer wieder habe ich ihn davor gewarnt, die Leute bei Himmelfahrtskommandos sinnlos zu verheizen. Aber auf mich hat er nie hören wollen. Ich an seiner Stelle hätte das ganz anders gemacht und viel Terrain gewonnen, ohne einen einzigen Mann zu opfern.»

«Sie sollten der Versuchung widerstehen, jetzt einen Mörder decken zu wollen», sagte Kappe.

«Tut mir leid, ich habe keine Ahnung, wer es gewesen sein könnte. Und die, die es getan haben könnten, sind alle vor Verdun vom Herrn heimgeholt worden in die Ewigkeit.»

Was blieb Kappe und Galgenberg nun anderes übrig, als sich zu verabschieden, zum Potsdamer Bahnhof zu laufen und mit der Wannseebahn nach Schlachtensee zu fahren. Von dort war es nicht weit bis zur Matterhornstraße.

«Hier hätte Klara auch gerne gewohnt», sagte Kappe.

Galgenberg lachte. «Dann sollte sie schnell Hindufrau werden und an die Wiedergeburt glauben. Die ham doch sowat.»

Als sie am Gartentor der Wittkoppschen Villa standen und klingelten, erschien oben im Windfang eine Frau in schwarzer Trauerkleidung. Warum, war unschwer zu erraten. Dennoch traten sie näher und stellten sich vor.

«Sie wollten zu meinem Mann?», fragte sie befremdet.

«Ja. Ganz recht.» Galgenberg tat ehrerbietig.

«Den können Sie nicht mehr sprechen. Vor drei Wochen ist er seiner schweren Schädelverletzung erlegen.»

«Dann dürfen wir Ihnen unser herzliches Beileid aussprechen», sagte Galgenberg, da Kappe immer noch schwieg. «Aber vielleicht können auch Sie uns helfen. Möglicherweise hat Ihr Mann einmal von seinem Kompaniechef erzählt, Herrn von Zabelsdorff?»

«Ja, hat er.»

Kappe starrte die Frau an. Hatte er ihr Photo schon irgendwo einmal gesehen? Vielleicht war sie Schauspielerin. Er konnte sich ja nie Namen merken. Schön war sie auf alle Fälle, überirdisch schön, auch wenn sie Trauer trug. Es verschlug ihm fast die Sprache.

Endlich fasste sich Kappe ein Herz. «Wie ist denn Ihr Herr Gemahl mit Herrn von Zabelsdorff ausgekommen?»

«Schlecht.»

«Und was hat er gesagt, als in der Zeitung stand, dass von Zabelsdorff ... Das mit der Handgranate ...»

Auf unnachahmliche Weise hob sie eine ihrer schön geschwungenen Augenbrauen. «Da hat er sich gefreut. Ein Lump weniger, hat er gesagt.»

Kappe war nun wieder voll handlungsfähig und stieß nach. «Er selber hat aber nie die Absicht geäußert, von Zabelsdorff höchstpersönlich ...?»

«Bitte verlassen Sie sofort mein Grundstück!», lautete die hoheitsvolle Entgegnung.

Der folgten sie dann auch und fragten sich auf dem Rückweg zum Bahnhof, ob es eine Parallele zum Fall Röddelin gab: Dort hatte die Täterin nach dem Handgranatenmord den Tod gefunden, hier womöglich der Täter.

«Der Herr hat beide heimgeholt in die Ewigkeit, um ihnen die irdische Gerechtigkeit zu ersparen», sagte Kappe, bewusst die Wendung des Gebissaufkäufers wiederholend. «Wahrscheinlich war er sehr angetan davon, dass man diese beiden teuflischen Menschen – Röddelin wie von Zabelsdorff – endlich aus dem Verkehr gezogen hat.»

«Unsinn», sagte Galgenberg. «Es heißt doch: Du sollst nicht töten! Und Gott selber wird seine Jebote wohl ernst nehmen.»

«Tyrannen darf man aber umbringen», wandte Kappe ein. «Und beide waren ja so etwas Ähnliches.»

Da sie ohnehin schon auf halber Strecke waren, beschlossen sie, gleich weiter zu Ottomar von Hiebenthal nach Beelitz zu fahren. Dort hatte die Landesversicherungsanstalt 1898 mit dem Bau von Lungenheilstätten und Sanatorien begonnen, denn die Zahl der an Schwindsucht erkrankten Menschen ging in Deutschland um die Jahrhundertwende in die Millionen. Mit Beginn des Krieges bezog schließlich das Militär die Beelitzer Heilstätten. Die Sanatorien wurden durch das Rote Kreuz als Verwundetenlazarett genutzt, der übrige Teil diente als Militärlungenheilstätte.

Ohne große Mühe bekamen Kappe und Galgenberg heraus, wo von Hiebenthal zu finden war. Ein Oberarzt sagte ihnen, dass die Funktionsfähigkeit seiner Lunge infolge eines Gasangriffs stark gelitten habe, man aber glaube, ihn wiederherstellen zu können.

Als sie durch das weitläufige Gelände gingen, fühlte sich Kappe wie in einem verminten Feld, denn überall wurde gehustet und geröchelt, und er hatte eine geradezu panische Angst davor sich anzustecken.

«Muss nich schön sein, wenn man Motten inna Lunge hat», sagte Galgenberg. «Aba trotzdem esse ick heute Abend zu Hause det, wat meine Frau jekocht hat: Bismarcks letzten Husten.» So hieß in Berlin das Lungenhaschee.

Eine kleine Fliege war Kappe in den Mund geraten, und er hustete kräftig.

«Mensch, so schnell könn Se sich doch ja nich anjesteckt ham», sagte Galgenberg.

Auch der Leutnant Ottomar von Hiebenthal war vom Gewährsmann des Majors treffend beschrieben worden. Sie erkannten ihn sofort, so groß der Krankensaal auch war, in dem er lag.

«Vortrefflich, dass Sie auf Mörderjagd sind!», rief er, als die Ermittler sich vorgestellt und den Grund ihres Besuchs genannt hatten. «Von Zabelsdorff war ein famoser Mensch. Immer tadellos. Einen besseren Kameraden findet man nicht! Wenn Sie seinen Mörder haben: Gleich an die Wand stellen!»

Kappe entschloss sich, den Mann zu provozieren. «Es heißt, er soll seine Soldaten sinnlos in den Tod getrieben haben.»

Und richtig, von Hiebenthal fuhr auf. «Für unseren Kaiser und unser Vaterland hat jeder Tod einen Sinn, verstanden, meine Herren! Und ob ein Befehl sinnlos ist oder nicht, das entzieht sich ziviler Beurteilung, ist das klar?»

«Zu Befehl, Herr Leutnant!», rief Galgenberg

«So muss es sein! Gut so. Weitermachen!»

Galgenberg zögerte nicht lange. «Kann es sein, dass einer aus seiner eigenen Kompanie von Zabelsdorff mit einer Handgranate getötet hat? Weil er Rache geschworen hat ...?»

«Nach Verdun», ergänzte Kappe.

«Ausgeschlossen!», rief von Hiebenthal und regte sich dabei so sehr auf, dass er anhaltend husten musste.

Kappe trat ans Fenster, öffnete es und versuchte, nur die Luft einzuatmen, die von draußen hereinströmte.

«Wir Offiziere haben ihn alle bewundert und geliebt», fuhr von Hiebenthal fort.

«Und die Mannschaften?», fragte Kappe, widerstrebend an das Bett zurückgekehrt.

«Da war viel Packzeug drunter, Feiglinge. Da konnte man nur das ausrufen, was Friedrich der Große einmal ausgerufen hat: ‹Hunde, wollt ihr ewig leben?› So ist es doch. Krieg ist die einmalige Gelegenheit, wo aus kleinen Würmern Helden werden können. Und wer die nicht nutzt, dem schadet es gar nichts, dass der Teufel ihn holt.»

Kappe überhörte das. Es wäre auch unklug gewesen, von Hiebenthal weiter zu verärgern. «Von den Mannschaften, sagen Sie, Herr Leutnant, könnte es durchaus jemand gewesen sein, der von Zabelsdorff mit einer Handgranate ... Denken Sie da an jemand Bestimmtes?»

Von Hiebenthal überlegte einen Augenblick. «Der größte Armleuchter war dieser Heinrich Pietsch, aber der ist gefallen, der kann es nicht gewesen sein. Auf den hatte von Zabelsdorff einen richtigen Rochus. Darum hat er den auch rausgeschickt mit dem Stoßtrupp ... Aber da gab's noch so einen anderen Milchbart ... Schimaniak. Der war harmlos. Soll übrigens überlebt haben, hieß es, mit einem schrecklich verstümmelten Gesicht.» Hiebenthal dachte nach. «Dann war da noch der Böwert. Auf den würde ich schon eher tippen. Kam irgendwo aus Ostpreußen oder Litauen. Ein verfressener Riesenkerl, der immer Widerworte geben musste. Ihn hat es aber nicht richtig erwischt. Nur der linke Unterschenkel ab. Soll inzwischen wieder bei der Reichsbahn arbeiten.»

«Verbindlichsten Dank für Ihre Auskünfte», sagte Kappe. Diesem Kotzbrocken auch noch alles Gute zu wünschen schaffte er nicht. Von Hiebenthal und seinesgleichen würden den Mitmenschen noch schwer zu schaffen machen, wenn sie wieder ins Zivilleben zurückkehrten, das spürte er deutlich.

Auf dem Nachbarbett saß ein finster dreinblickender Gefreiter, der versuchte, Kappe und Galgenberg mit Hilfe eines dicken, weichen Bleistifts auf seinen Skizzenblock zu bannen. Als sie gingen, schenkte er ihnen die Portraits. Kappe fand, dass er mit sich selber kaum Ähnlichkeit hatte, und Galgenberg sah eher aus wie eine Dogge. Um den Mann aber nicht zu kränken, heuchelte Kappe Begeisterung, bedankte sich und wünschte dem Künstler alles Gute für die Zukunft.

Draußen sah er auf die Signatur. *Adolf Hitler,* entzifferte er mit einiger Mühe.

# ZWEIUNDZWANZIG

VON EINEM TAG AUF DEN ANDEREN hatte Heinrich Schimaniak alles aufgegeben: die Tätigkeit auf dem Straßenbahnbetriebshof und die fensterlose Kammer bei der Witwe Adomeit, für die er die Miete schon bis zum Monatsende bezahlt hatte. Er wollte nichts wiederhaben von ihr und ließ sogar einen Teil seiner wenigen Habe zurück. Anna Adomeit verstand die Welt nicht mehr. Was war plötzlich in diesen jungen Menschen gefahren, an den sie sich in den letzten drei Monaten so sehr gewöhnt hatte, dass ihr die Wohnung jetzt leer und ihr Leben ganz unnütz erschien. Sie war ihm nicht einmal zu nahe gekommen, so schwer es ihr in den letzten Wochen auch gefallen war. Sie glaubte, seine Zuneigung gespürt zu haben – und nun war er plötzlich auf und davon, nur ein knapper Abschiedsgruß, der ihr nicht mehr aus dem Kopf ging. Sollte sie sich tatsächlich so in ihm getäuscht haben? Hatte sie im Biergarten etwas Falsches gesagt? Sosehr sie auch darüber nachgrübelte, es fiel ihr nichts ein.

Auch Kossack, dem die Leistungen seines Ritzenschiebers durchaus befriedigend erschienen waren, nahm dessen überraschenden Abschied mit Erstaunen wahr. «Was wollen Sie denn machen, mit Ihrer ... Ich meine, Sie können ja schlecht irgendwo als Empfangschef arbeiten, oder?»

Heinrich ließ ihn abblitzen. «Das lassen Sie gefälligst meine Sorge sein!», sagte er so hochfahrend, wie es einem niederen Beamten wie Kossack gegenüber angebracht schien.

Ein letztes Mal stieg er in Tegel in die Straßenbahn. Den Bahnhof vermied er lieber. Damit hatte ja alles Unglück begonnen. Oder

Glück? Er war sich gar nicht so sicher, aber die eine große Last war ihm doch von der Seele genommen.

Er würde wieder leben wie ein Mensch. In einem anständigen, hellen Zimmer, irgendwo in Steglitz oder Schöneberg, und langsam würde sich alles wieder einrenken. Vielleicht fanden sich sogar geschicktere Chirurgen als im Feldlazarett. Er hatte einfach zu früh aufgegeben. Als er sich in der Spiegelfront eines Modegeschäftes betrachtete, im hellen Anzug, den steifen Hut ein wenig zu tief ins Gesicht gezogen, da sah er auf den ersten Blick gar nicht wie ein Kriegskrüppel aus. Er reckte die schmerzende Schulter. Aufrecht gehen, dachte er, das alleine macht schon die Persönlichkeit aus.

Am Abend in dem neuen Zimmer fühlte er sich seiner Sache keineswegs mehr so sicher. Er begann zu zittern, und sein Gesicht verzerrte sich. Würde denn das nie aufhören? Wäre es nicht klüger gewesen, sich auf Dauer bei der braven Anna Adomeit zu verkriechen und sich ihrer fürsorglichen Liebe hinzugeben, als jetzt den Schritt in die Öffentlichkeit zu wagen?

Erst gegen Morgen fiel er in einen unruhigen Schlaf, in dem ihm der giftige Feldwebel Marschallek begegnete. «Wie sehen Sie denn aus?», krähte der in seiner hämischen Art und musterte ihn durch seinen Kneifer. Dabei schüttelte er immer wieder den Kopf. «Damit kommen Sie niemals durch, Schimaniak. Niemals!»

Mit diesem «Niemals!» im Kopf erwachte er.

# DREIUNDZWANZIG

«BESSER DURCHMARSCH ALS EINMARSCH», sagte Gustav Galgenberg. Das bezog sich einmal auf seine Magen-Darm-Probleme, zum anderen auf die Schlagzeile im *Berliner Tageblatt*: *Deutsch-bulgarischer Einmarsch in die Dobrudscha.*

«Noch was?», fragte Hermann Kappe, der nur hoffte, dass nicht von großen Verlusten an der Südfront in Mazedonien berichtet wurde, wo sein Bruder Oskar jetzt stand.

«Nein, nur ein Luftangriff auf London und die englische Südküste. Da jab et keene Notlandung, aber hier is schon wieda eene fällig.»

Er presste seine Hand auf den Bauch. Das laute Rumoren seiner Gedärme zeigte an, wie sehr es pressierte. Da es in den alten Abteilwagen, in denen sie nach Tegel unterwegs waren, keine Toiletten gab, mussten sie auf der Station Wittenau (Nordbahn) aus dem Zug springen. Galgenberg lief ins Empfangsgebäude, Kappe setzte sich auf eine Bank und studierte das erste Beiblatt zum *Berliner Tageblatt*, das *Sportblatt*.

Das große Renard-Rennen in Hoppegarten sah die Stute Immerdar als überlegene Siegerin, unter ferner liefen: Hindenburg.

Die neue Fußballsaison war eröffnet worden, und das waren die Ergebnisse: Berliner Ballspielklub – Union (Berlin) 2 : 5, Preußen – Union (Oberschöneweide) 4 : 6, Hertha – Berolina 2 : 2, Viktoria – Vorwärts 0 : 0.

Ihn hatten sie bei Viktoria 89 nicht aufgestellt, so groß die Not an Männern auch gewesen war. Das schmerzte ihn schon.

Für die Jugend hatte es die «Vaterländischen Kampfspiele» im

Deutschen Stadion gegeben, mit viel Prominenz unter den 20 000 Zuschauern, so dem Landwirtschaftsminister v. Schorlemer-Lieser, Prinz Albrecht von Schleswig-Holstein und dem Oberpräsidenten der Provinz Brandenburg, v. d. Schulenburg. Dessen Order hatten sie es zu verdanken, dass sie als Berliner den Handgranatenmörder von der Sechserbrücke jagen durften.

Ins Auge stachen Kappe zwei große Anzeigen. Einmal sollten sich die Leute den Hansa-Lloyd zulegen, Klaras großen Traum, zum anderen an den kommenden Winter denken und beim Kohlenkauf Kaiser-Briketts den Vorzug geben. Kappe freute sich schon darauf, die wieder vom Keller nach oben schleppen zu dürfen.

Wo blieb eigentlich Galgenberg? Kappe zog seine Taschenuhr heraus. Es mochten gut und gerne sieben Minuten vergangen sein, seit der Kollege weg war. Da Galgenberg seine Zeitung nicht mitgenommen hatte, war nur schwer einzusehen, warum seine Sitzung derart lange dauerte. Kappe machte sich auf die Suche, und da in der Herrenabteilung nur eine Kabine besetzt war, wagte er es, gegen die Toilettentür zu bummern und zu fragen, ob Galgenberg durch die Spülung gerutscht sei.

«Nee, aba ... Wie heißt et so schön bei Joethe: Er erreichte das Klo mit Müh und Not,/Doch in der Hose war schon der Kot.»

«Sie Ärmster!»

Aber auch Kappe war arm dran, denn er musste nun in die Ortschaft eilen, um Galgenberg eine neue Unterhose zu kaufen. Er warf sie über den Rand der Kabine, wo Galgenberg sie auffing.

«Danke! Die wird mir doch hoffentlich die Behörde bezahlen», hoffte Galgenberg. «Det war schließlich 'n Dienstunfall.»

«Aber nur, wenn Sie die ... sagen wir, stark in Mitleidenschaft gezogene alte Unterhose als Beweisstück vorlegen.»

«Die kommt zu Hause in die Wäsche.»

Kappe prallte zurück. «Dann laufe ich aber nicht die ganze Zeit neben Ihnen her.»

Schließlich konnte er Galgenberg überreden, das gute Stück in den Papierkorb zu werfen.

«Rosen, Tulpen und Narzissen – das ganze Leben ist beschissen», sagte Galgenberg.

Das galt sowohl seiner missglückten Notlandung wie auch der Tatsache, dass der nächste Zug erst in einer Stunde kam und es Kappes Wille war, die restlichen knapp vier Kilometer zum Bahnhof Tegel zu laufen. Dort saß Rudolf Böwert in seinem Knipserhäuschen, der Wanne, und übte hoheitsrechtliche Befugnisse aus, das heißt, er knipste die Fahrkarten derer, die ihre Reise in Tegel begannen, und kontrollierte die Billets der Ankommenden, ob sie denn auch das bezahlt hätten, was sie laut geltendem Tarif zu bezahlen hatten. Wehe dem, der da zu schummeln wagte!

Sie standen eine Weile an der Tür des Empfangsgebäudes und beobachteten Böwert. Als dieser aus seiner Wanne kam, um mit der Fahrkartenverkäuferin ein kleines Schwätzchen zu halten, merkten sie, was für ein Riese er war. Er hatte das linke Bein verloren, und die Prothese schien ihm beim Gehen Schmerzen zu bereiten. Man konnte genau sehen, wie er dennoch versuchte zu lächeln. Offensichtlich war er bemüht, die Zuneigung der Dame hinter dem Schalter zu erringen.

Eines war Kappe und Galgenberg auf Anhieb klar: Dieser Rudolf Böwert konnte unmöglich derjenige gewesen sein, der die Handgranate von der Sechserbrücke aus in das Boot des Kompaniechefs geworfen hatte. Mit seinem Holzbein wäre er hundertprozentig aufgefallen.

Im Augenblick herrschte eine ziemliche Flaute auf dem Bahnhof Tegel, an einem Montagvormittag kein Wunder, und die wollten sie nutzen, um mit Böwert zu reden. Es half also nichts, sie mussten sein Rendezvous mit der netten und adretten Fahrkartenverkäuferin unterbrechen. Nach den einleitenden Floskeln und dem Nachweis ihrer Legitimation kamen sie schnell zur Sache. Böwert musste zurück in die Wanne, denn der nächste Zug aus Berlin wurde in wenigen Minuten erwartet.

«Wir sind wegen Ihres Kompaniechefs hier», begann Kappe das Gespräch. «Wegen Herrn von Zabelsdorff.»

«Was is mit dem?», fragte Böwert. Dass er irgendwo aus der ostpreußisch-litauischen Ecke kam, war unüberhörbar. Das Dorf hieß Wowerischken, wie er beiläufig mitteilte. «Aber jearbeitet hab äich immer in Abschwangen.»

«Und Sie wissen nicht, was mit Arndt von Zabelsdorff geschehen ist?» Kappe konnte es nicht fassen.

«Näi, is er das jeworden, was der Hindenburch jewäisen ist?»

«Lesen Sie denn keene Zeitung?», fragte Galgenberg.

Böwert schüttelte den dicken Kopf. «Näi, wozu denn das? Kostet Jeld, und steht nichts Vernünftiges drin.»

Auch Kappe war erstaunt, dass der Eisenbahner nichts vom Tod seines früheren Kompanieführers wusste. «Aber man redet doch mal mit anderen darüber.»

Böwert stampfte mit seiner Prothese auf den Boden. «Erbarmen, aber ich mechte von diesem jottverdammten Krieg nichts mehr hören!»

«Das verstehen wir ja, Herr Böwert, aber ...» Kappe stockte, denn wahrscheinlich war es klüger, Böwert noch nichts vom schrecklichen Tod seines Kompaniechefs zu erzählen. «... aber treffen Sie sich denn nie mit Ihren alten Kameraden?»

«Näi! Sind ja sowieso alle tot und verdorben.»

«Und wenn einer hier bei Ihnen an der Wanne vorbeikäme?»

«Dann tät ich ihn nicht kennen!», rief Böwert. «Ich guck nur auf die Fahrkarten. Manche jlauben ja, se wären besonders schlau.»

«Is denn schon mal eena von den alten Kameraden vorbeijekommen?», fragte Galgenberg, der das Gefühl hatte, für sein Geld auch etwas tun zu müssen. Dabei spähte er schon nach der Bahnhofstoilette. Gleich war er wieder fällig.

«Näi.» Böwert schüttelte den Kopf, konnte sich dann aber doch an jemanden erinnern. «Ja, da war mal der Heinrich, als es jerade so rejnete.»

Kappe und Galgenberg sahen sich an. «Mit Vor- oder mit Nachnamen Heinrich?», wollte Kappe wissen.

«Na, der Heinrich ... Pietsch hatter jeheißn.»

«Nee, det kann nich sein!», rief Galgenberg, der – im Gegensatz zu Kappe – über ein vorzügliches Namensgedächtnis verfügte und sich sofort daran erinnerte, dass ihnen der Leutnant von Hiebenthal, befragt nach dem aufsässigsten Soldaten, neben Böwert einen Heinrich Pietsch genannt hatte. «Der Pietsch ist doch tot, vor Verdun geblieben.»

«Näi, so hieß es wohl. Aber der is hier bei mich vorbei, der Lorbas, ich erkenn den doch an seinem Jange. Der stolziert doch rum wie so än Storch, wie häißt das ...?»

«Geziert, hochnäsig?», half Kappe ihm.

«Ja, wie so 'n fäiner Herr. Hatter auch immer so jetan. Nur im Jesicht sah er janz anders aus, janz entstellt, mit eijne schräckliche Narbe.»

Kappe und Galgenberg bedankten sich, und nachdem Galgenberg ein weiteres Mal die Toilette aufgesucht hatte, setzten sie sich in den Zug nach Berlin und fuhren zurück ins Polizeipräsidium.

Ein Anruf im Kriegsministerium bestätigte, dass Heinrich Pietsch – und davon gab es nur einen in den Stammrollen – am 29. Februar 1916 gefallen war.

# VIERUNDZWANZIG

KAPPE UND GALGENBERG saßen mit Kurs auf Wilmers-
dorf-Friedenau in der Ringbahn und lasen Zeitung.

Die Schlagzeile war wie immer riesig: *Fortdauer der großen
Schlacht an der Somme.*

Kappe ärgerte sich über die Auslassungen des sozialdemokra-
tischen Abgeordneten Konrad Haenisch, der angab, für die Mehr-
heit seiner Partei zu sprechen.

*«Jawohl, wir wünschen und erstreben in der Tat aus voller Seele den Sieg des
eigenen Landes ... Was die vielberufenen Annexionen betrifft, so habe ich für
meine Person nie ein Hehl daraus gemacht, daß ich im Interesse des deutschen Volkes und insbesondere der Arbeiterschaft eine weitgehende Hinaus-
schiebung unserer Grenzen gegen Osten hin für ein höchst erstrebenswertes
Kriegsziel halte.»*

«Na, denn wird et ja bald nicht nur een Kapstadt, sondern ooch
een Kappestadt jebn», sagte Galgenberg, als Kappe ihm das vorge-
lesen hatte. «Kappestadt am Don, hört sich jut an. Müssen Se sich
bloß tüchtich anstrengen, dass die sich rechtzeitig an Sie erinnern, Kappe. Aba vielleicht reicht et schon, det wa den Handgranatenmörder endlich finden. Die Handgranatenmörderin lass ick
mir denn jutschreibn und wünsche mir, dass ich irgendwo 'n Bad
Galgenberg bekomme, denn Jalgenberg alleene klingt ja nach
nüscht.»

Vom Potsdamer Ringbahnhof aus war es nicht weit bis Wil-
mersdorf-Friedenau. Schöneberg war die erste Station, folgte noch

Ebersstraße – schon waren sie am Ziel. Es war kurz vor sieben Uhr abends.

Die Gegend um den Kaiserplatz hatte sich in den Jahren vor dem Krieg mächtig gemacht, Kappe und Galgenberg wandten sich aber nicht zur Wilmersdorfer Seite hin, sondern nach Friedenau, wo gleich hinter dem Bahnhof rechts von der Kaiserallee der Südwestkorso abging.

Es war eine vergleichsweise noble Gegend, in der die Ermittler die Eltern des verstorbenen Heinrich Pietsch aufsuchten, um mit ihnen zu sprechen. Die mussten schließlich am besten wissen, ob ihr Sohn tot war, wie die Akten es verhießen, oder noch lebte, wie es Rudolf Böwert beteuert hatte. Das Adressbuch verriet ihnen, dass Friedrich Pietsch als Prokurist sein Geld verdiente und Thea Pietsch privat Klavierstunden gab.

«Jehör'n se also zu den höheren Ständen», sagte Galgenberg.

Bald war die Hausnummer gefunden, die sie suchten, und als sie in den Flur traten, waren sie beeindruckt von so viel Ambiente. Da gab es wunderschönen Stuck an der Decke, rötlichen Marmor an den Wänden, überall große Gemälde mit Nymphen und Göttern, erlesene Fliesen auf dem Fußboden und einen weichen Teppich auf den Treppenstufen.

«Das ist ja wie im Palais des Prinzen Eitel Friedrich», sagte Kappe.

Galgenberg lachte. «Wenn Se erst Polizeipräsident sind, denn könn Se auch hier wohnen.»

Im zweiten Stockwerk fanden sie das blankpolierte Messingschild mit der Aufschrift *F. Pietsch*. Kappe drückte mit einigem Genuss auf den Knopf der elektrischen Klingel. Drinnen waren Schritte zu hören. Türen wurden geöffnet und wieder geschlossen. Dann wollte jemand wissen, wer denn draußen stünde.

«Sprechen wir mit Frau Pietsch?», fragte Kappe.

«Worum geht es denn?», kam die Gegenfrage. «Um eine Klavierstunde?»

«Nein, um Ihren Sohn.»

Schweigen. Dann: «Mein Sohn liegt in einem Massengrab.»

Kappe kam sich mehr als hilflos vor. «Ja, das tut uns sehr leid, Frau Pietsch, aber wir haben ein paar dringende Fragen an Sie.»

«Wer sind Sie denn?»

Das klang so feindselig und verbittert, dass Kappe nahe dran war, sich zu entschuldigen und den Rückzug anzutreten. Allein seine gottgegebene Trägheit hinderte ihn daran.

«Wer wir sind? Wir sind die Mordkommission.»

«Hier ist kein Mord begangen worden.» Damit entfernte sich Thea Pietsch, ohne Anstalten zu machen, sie einzulassen.

Galgenberg riss der Geduldsfaden, und er begann, Sturm zu klingeln, worauf nun Herr Pietsch persönlich erschien.

«Was soll denn dieser Unfug?», rief er, und man merkte seiner Stimme an, dass er es gewohnt war, Menschen Befehle zu erteilen.

Kappe versuchte, sachlich zu bleiben. «Es geht um den Mord an Oberleutnant Arndt von Zabelsdorff, dem Kompaniechef Ihres Sohnes. Dazu hätten wir Ihnen gern ein paar Fragen gestellt.»

«Was gibt es da für Fragen zu stellen?»

Galgenberg drängte Kappe zur Seite. Dass er sein schönstes Hochdeutsch an den Tag legte, zeigte ganz deutlich, wie zornig er war. «Das werden Sie gleich hören. Und wenn Sie jetzt nicht mit uns sprechen wollen, dann können Sie uns auch gerne morgen früh zusammen mit Ihrer Frau am Alexanderplatz aufsuchen.»

Das verfehlte seine Wirkung nicht. Friedrich Pietsch zog die Sicherungskette ab, schloss auf und öffnete die Wohnungstür. «Sie müssen entschuldigen, aber ...» Er zeigte auf seinen Bademantel. «Mir ist unwohl, und ich wollte mich gerade ins Bett legen.»

Kappe entschuldigte sich. «Pardon, das konnten wir durch die Tür hindurch nicht sehen.»

«Wenn Sie mir bitte folgen wollen!»

Friedrich Pietsch ging voran, und Kappe, aufgewachsen in einer Fischerkate, staunte wieder einmal, wie hochherrschaftlich Menschen wohnen konnten. Die Möbel waren aus dunklen Hölzern, von denen er nicht wusste, wie sie hießen, die Tapeten waren nicht aus Papier, sondern aus Stoff. Das Zimmer, in das sie geführt wurden, war so groß wie bei ihm in SO 36 zuweilen eine ganze Wohnung. Am Fenster stand ein schwarzer Bechstein-Flügel. Frau Pietsch saß auf dem Hocker davor und blätterte in ihren Noten. Man sah ihr deutlich an, wie gestört sie sich fühlte, und sie gab sich alle Mühe, die beiden Kriminalbeamten zu ignorieren.

Ihr Mann hüstelte. «Thea, entschuldige bitte, wir haben Besuch.»

«Ich muss üben!»

«Nur ein paar Minuten bitte, gnädige Frau», sagte Kappe. «Es geht um den Mord an Herrn von Zabelsdorff.»

«Der hat unseren Sohn in den Tod getrieben!», rief sie und hieb mit der rechten Hand auf die Tasten ihres Flügels. «Und ich will diesen Namen nie wieder hören.»

«Pardon, aber es ist nun einmal unsere Pflicht, den Mörder zu finden und ihn seiner gerechten Strafe zuzuführen», argumentierte Kappe.

«Na schön. Wie Sie meinen.» Thea Pietsch erhob sich und ging zu einem versteckt angebrachten Klingelknopf, mit dem sich das Mädchen herbeiholen ließ. «Emmi, bringen Sie uns bitte den Tee.»

Friedrich Pietsch zeigte zum Esszimmertisch. «Nehmen Sie doch bitte Platz, meine Herren.»

«Danke sehr.»

Bevor er sich setzte, betrachtete Kappe noch die großen und teuer eingerahmten Photographien, die auf der Anrichte standen und mit einem schwarzen Trauerflor versehen waren. Die eine zeigte Heinrich Pietsch mit der Schultüte, die zweite beim Bedienen in der Konfektionsabteilung des KaDeWe und die dritte als Soldaten.

«Die Herrenbekleidung war die große Leidenschaft unseres Sohnes», erklärte ihnen Friedrich Pietsch. «Kleider machen Leute, lautete seine Devise, und immer, wenn er aus einem Nichts von Provinzler einen Gentleman gemacht hatte, war er glücklich. Er war der geborene Verkäufer, und so, wie er aussah und wie er sich gab, wäre er schnell in die höchsten Positionen aufgestiegen.»

«Sogar beim Film hätte er Chancen gehabt», fügte Thea Pietsch hinzu. «Ein so schöner Mensch wie er ...»

Kappe konnte da nur nicken, denn er selber wäre gern eine so elegante Erscheinung gewesen wie dieser Heinrich Pietsch.

Der Tee wurde gereicht, und Kappe und Galgenberg konnten zur Sache kommen. Sie schilderten ausführlich, warum sie den Mörder des Oberleutnants in dessen Kompanie vermuteten.

«Es heißt», sagte Kappe, «von Zabelsdorff habe seine Leute bewusst, also aus Menschenverachtung, in den Tod getrieben ... oder geopfert, ganz wie Sie wollen, und so ist es durchaus vorstellbar, dass ein halbes Jahr nach Verdun jemand darauf aus war, Rache zu nehmen, und die Handgranate in sein Motorboot geworfen hat. Mit dem Mord an Erich Röddelin als Vorbild. Einer aus seiner Kompanie, einer, der Verdun überlebt hat.»

Die Eltern sahen sich an. «Unser Sohn hat aber nicht überlebt», sagte Thea Pietsch spitz.

«Komisch ... Einer seiner Kameraden will ihn neulich erst auf dem Bahnhof Tegel erkannt haben.»

«Unmöglich!», rief Friedrich Pietsch und stand auf, um in sein Arbeitszimmer zu gehen. «Wir haben eine offizielle Sterbeurkunde!»

«Es kann sich nur um einen Irrtum handeln», sagte Thea Pietsch sehr vorwurfsvoll. «Eine Verwechslung. Und mit so etwas spaßt man nicht!»

Ihr Mann kam zurück, die Sterbeurkunde in der Hand. «Hier steht es schwarz auf weiß!»

Kappe nahm das Dokument in die Hand und prüfte es mit einem kurzen Blick. Kein Zweifel, es war echt. Achselzuckend gab Galgenberg zu verstehen, dass er derselben Meinung war.

«Entschuldigen Sie bitte», sagte Kappe. «Es muss sehr schmerzlich für Sie sein.»

Friedrich Pietsch wies jegliches Mitgefühl zurück. «Nein, nein, wir wissen genau, dass er ... Wenn er wirklich noch leben würde, hätte er sich längst bei uns gemeldet. Wir hatten immer ein ausgezeichnetes Verhältnis zu unserem Sohn.»

«Wir haben ihn geliebt!»

Thea Pietsch brach in Tränen aus, und Kappe und Galgenberg verließen mit einfühlsamen Worten die Wohnung. Es war alles furchtbar bedrückend.

«Darauf muss ich erst einmal ein Bier trinken», sagte Kappe, als sie wieder unten auf dem breiten Südwestkorso standen.

«Und ick trinke mit.»

Das hatte Kappe nicht anders erwartet. «Da drüben ist ein Restaurant.»

Wenig später waren sie dort eingetreten. Kappe hielt Ausschau nach einem Platz am Fenster.

«Warum denn das?», fragte Galgenberg.

«Weil ich die Haustür der Pietschs gern im Auge behalten möchte.»

Galgenberg staunte. «Meinen Sie, dass ...?»

«Psst, nicht so laut.»

Als sich der Ober, der ihnen die Stühle zurechtrücken wollte, wieder entfernt hatte, um die Speisekarte zu holen, begann Kappe zu reden.

«Irgendwie kommen mir die beiden komisch vor. Das klingt alles so unecht, was sie sagen, und wie sie sich verhalten.»

Kappe brach ab, denn der Ober, uralt und mit etwas zittrigen Händen, kam, um nach ihren Wünschen zu fragen.

«Bier jibt et noch ohne Marken?», fragte Galgenberg.

«Bitte etwas lauter, der Herr ...»

«Zwei Pils bitte!», schrie Galgenberg.

«Und zu essen?»

Kappe und Galgenberg griffen nach ihren Brieftaschen. Es war ja erst Anfang des Monats, und sie hatten noch genügend Marken, um sich je eine Portion Gulasch zu bestellen.

Als der Ober wieder davongeschlurft war, fuhr Kappe fort: «Ich würde tausend Mark darauf verwetten, dass die Leute etwas zu verbergen haben.»

Galgenberg wiegte den Kopf hin und her. «Die Frage ist nur: was?»

Kappe überlegte. «Vielleicht gibt es eine geheime Verschwörung gegen Arndt von Zabelsdorff, und alle Eltern, die glauben, er hätte ihre Söhne auf dem Gewissen, haben sich zusammengetan, um sich zu rächen.»

Galgenberg spielte mit den Bierdeckeln. «Und dieser Friedrich Pietsch war et, der die Handgranate in't Boot jeworfen hat? Der Herr Prokurist höchstpersönlich?»

«Könnte doch sein.»

«Na, ick weeß nich.» Galgenberg war von Kappes Version nur schwer zu überzeugen.

«Ich hoffe, er wird gleich aus dem Haus eilen, um den anderen mitzuteilen, dass die Kriminalpolizei erste Erkundigungen einzieht.»

«Wieso sollta aus 'm Haus eilen, er hat doch Telefon.»

«Da könnten Sie ausnahmsweise recht haben.» Kappe brach erneut ab, denn jetzt kam das Bier. Er hob sein Glas. «Prost!»

«Prost! Uff unsan Erfolg!»

Kappe leckte sich den Schaum von der Oberlippe. «Mir geht nicht aus dem Kopf, dass Böwert den Heinrich Pietsch erkannt haben will.»

Galgenberg lachte. «Soweit ick weeß, is außa Jesus Christus noch keiner wiederauferstanden von den Toten. Höchstens, det Heinrich Pietsch 'n Doppelgänger hat. Sowat soll ja vorkommen.»

Kappe nahm einen kräftigen Schluck. «Und wenn Pietsch nun doch noch lebt?»

«Quatsch!», rief Galgenberg. «Die Sterbeurkunde war mehr als echt.»

«Und wenn die sich in Verdun geirrt haben?», fragte Kappe.

«Nich die Ärzte da mit ihrer Erfahrung!», rief Galgenberg.

Kappe begann zu spinnen. «Die sind überlastet da im Lazarett ... Ein Verwundeter nach dem anderen wird ins Zelt getragen, einer nach dem anderen stirbt ihnen unter den Händen weg ... Auch die Schwestern wissen nicht mehr, wo ihnen der Kopf steht. Einer tut seinen letzten Atemzug ... Sie ziehen ihm das Laken über den Kopf – und denken, das ist der Heinrich Pietsch. Aber es ist in Wirklichkeit der ... sagen wir, August Meyer. Als Heinrich Pietsch aus der Narkose erwacht, wird er in den Akten als August Meyer geführt und lebt weiter als August Meyer, aus welchen Gründen auch immer. Der richtige August Meyer wird als Heinrich Pietsch in ein anderes Lazarett verlegt, aber das merkt er nicht, da er einen Kopfschuss abbekommen hat. Er hat auch keine Angehörigen und Freunde, die sich um ihn kümmern. In der Schreibstube glauben sie, dass Heinrich Pietsch gestorben ist, und seine Eltern hier am Südwestkorso bekommen die Nachricht, ihr Sohn sei gefallen. Eines Tages steht der aber vor ihrer Tür – als August Meyer und mit einem furchtbar entstellten Gesicht. Nur noch ein Gedanke hält ihn am Leben: sich an von Zabelsdorff zu rächen. Die Eltern verstehen das – und sie schützen und decken ihren heißgeliebten Sohn.»

«Ham Se Fieber, Herr Kommissar?», fragte Galgenberg. «So um die 42 rum?»

«Nein.»

«Denn sollten Se sich schnellstens selber einweisen ... in Dalldorf, inne Irrenanstalt. Da, wo Se hinjehörn. Ick komm denn morjen zur Besuchszeit.»

Kappe hatte gar nicht richtig zugehört. Manchmal ging ihm Galgenbergs Gequatsche gehörig auf die Nerven. Außerdem hatte er etwas bemerkt. Ein Mann kam herangeschlendert, blieb vor dem Haus gegenüber stehen und sah sich um, wobei er Kappe für einen Augenblick die rechte Gesichtshälfte zuwandte. Dann verschwand er im Hausflur.

Das bemerkte sogar Galgenberg. «Da is eener rin!», sagte er.

«Ja. Einer mit 'ner hässlichen Gesichtsnarbe.»

Galgenberg leerte sein Glas mit einem großen Schluck. «Schimaniak», sagte er. «Scheint heute unser jroßer Tach zu sein.»

Kappe verstand nicht. «Wieso denn Schimaniak?»

Galgenberg ahmte den einbeinigen Böwert nach: «Der Pietsch – mit eijne janz schräckliche Narbe ...»

# FÜNFUNDZWANZIG

HEINRICH hatte seinen Entschluss gefasst. In drei Tagen würde er auf dem Operationstisch eines berühmten Professors liegen, der ihm ein neues Gesicht versprochen hatte. Danach würde er Berlin verlassen. Für immer. Und nie wieder hierher zurückkehren. Vielleicht ging er nach Hamburg. Oder nach Hannover. Jedenfalls in eine Stadt, wo die Menschen ein vernünftiges Hochdeutsch sprachen und seine Umgangsformen zu schätzen wussten. Und wo ihn niemand kannte. Das war das Wichtigste.

Er läutete an der Tür, die ihm sofort geöffnet wurde. «Das war knapp!», schnaufte der alte Mann und zog ihn in den Korridor. Er trug einen Bademantel über dem kragenlosen Oberhemd.

«Heinrich! Du musst sofort wieder gehen!», jammerte nun auch die Frau und rang die Hände. «Die Kriminalpolizei war hier. Stell dir nur vor, die Mordkommission!»

Heinrichs linke Gesichtshälfte erblasste, doch er fasste sich schnell. «Damit war zu rechnen», sagte er müde. Eigentlich fühlte er sich beinahe erleichtert. Es war alles zu gut gegangen. Zu lange blieb das Glück nie an der Seite eines Einzelnen. Anna Adomeit fiel ihm ein. Bei der wäre er sicher gewesen.

Als es an der Tür läutete, legte der Vater erschrocken den Finger über die Lippen. Heinrich schüttelte den Kopf und ging hinaus. «Heinrich!», schrie die Mutter hinter ihm her.

Vor der Tür standen zwei Männer. Es bedurfte nicht ihrer Dienstmarken, um zu erkennen, wer sie waren. «Ich habe Sie erwartet», sagte Heinrich ruhig. «Die beiden alten Leutchen wissen von nichts.»

Der jüngere der beiden Kriminalbeamten sagte erstaunt: «Sie geben also zu ...?»

«Ich gebe zu, den unfähigen und feigen Oberleutnant von Zabelsdorff seiner verdienten und gerechten Strafe zugeführt zu haben. Dass dabei noch jemand anderes verletzt wurde, tut mir sehr leid.»

«Heinrich Pietsch», sagte nunmehr der ältere Beamte und griff nach Heinrichs Arm. «Sie sind hiermit vorläufig festgenommen.»

Abwehrend hob Heinrich seine freie Linke. «Heinrich Schimaniak», sagte er fest. «Damit keine Missverständnisse entstehen.»

Kappe musterte ihn von oben bis unten. «Aber Sie sind doch Heinrich Pietsch», sagte er wohlwollend. «Ihr Kamerad Böwert hat sie auf dem Bahnhof Tegel erkannt.»

«Ich besitze gültige Papiere auf den Namen Schimaniak. Beweisen Sie mir erst einmal, dass ich es nicht bin!»

Kappe dachte an die Bilder auf der Anrichte, doch er sah auch die Erschütterung in den Gesichtern der Eltern, die schweigend in der Salontür standen. «Na schön», sagte er gedämpft. «Belassen wir es vorläufig bei Schimaniak.»

«Is ja schließlich ooch ejal», knurrte Galgenberg und ließ die Handfessel klicken. «Hauptsache, wir ham endlich unsan Handgranatenmörder!»

# Es geschah in Berlin ...

Horst Bosetzky: **Kappe und die verkohlte Leiche (1910)**
Sybil Volks: **Café Größenwahn (1912)**
Jan Eik: **Der Ehrenmord (1914)**
Horst Bosetzky/Jan Eik: **Nach Verdun (1916)**
Iris Leister: **Novembertod (1918)**
Horst Bosetzky: **Der Lustmörder (1920)**
Peter Brock: **Das schöne Fräulein Li (1922)**
Wolfgang Brenner: **Stinnes ist tot (1924)**
Petra A. Bauer: **Unschuldsengel (1926)**
Horst Bosetzky: **Bücherwahn (1928)**
Petra A. Bauer: **Kunstmord (1930)**
Jan Eik: **Goldmacher (1932)**
Klaus Vater: **Am Abgrund (1934)**
Horst Bosetzky: **Mit Feuereifer (1936)**
Jan Eik: **In der Falle (1938)**
Jan Eik: **Polnischer Tango (1940)**
Petra Gabriel: **Beutezug (1942)**
Horst Bosetzky: **Unterm Fallbeil (1944)**
Jan Eik: **Heimkehr (1946)**
Horst Bosetzky: **Razzia (1948)**
Petra Gabriel: **Operation Gold (1950)**

Alle Bände sind auch als E-Book erhältlich.